LE PAYS BLANC

DE LA MÊME AUTRICE

Un matin ordinaire, Fleuve Éditions 2020 ; Pocket 2021
Un autre bleu que le tien, Fleuve Éditions 2021 ; Pocket 2023
À l'encre rouge, Fleuve Éditions 2023 ; Pocket 2024

MARJORIE TIXIER

LE PAYS BLANC

fleuve
ÉDITIONS

Fleuve Éditions
92, avenue de France – 75013 Paris
serviceclients@lisez.com

Publié avec l'accord de Librinova

ISBN : 978-2-265-15816-0

Dépôt légal : août 2024

À Muriel
qui m'a accompagnée
sur le chemin du retour

À wiosną – niechaj wiosnę,
nie Polskę zobaczę !
Et, au printemps – que je voie le printemps,
non la Pologne !

Jan Lechoń, « Érostrate »,
Karmazynowy Poemat, 1920[1]

1. Traduction de Roger Legras dans la préface des *Poètes polonais du « Scamandre »* (collectif), Éditions L'Âge d'Homme, Paris, 2004.

DANS L'OMBRE DES GRANDS

Points de jonction

Au commencement, je vois une chaîne tatouée à l'entour de sa cuisse. En plein milieu, pour être précis. S'y suspend une croix, s'étirant jusqu'à la flexion du genou. D'une main, la jeune femme aux cheveux mouillés agrippe une bouée et fait signe de l'autre. Un petit garçon accourt. Elle le soulève dans ses bras, laissant tomber le jouet. C'est une femme marquée qu'un homme observe de loin. Je suppose qu'il s'agit de son compagnon ou de son mari, le père de son fils, probablement.

Tandis qu'elle embrasse l'enfant, je détaille son tatouage : la chaîne, la croix et les points de jonction. Bien qu'elle s'éloigne, son image demeure captive, intacte, tel l'insecte pris au piège de la résine de pin que les siècles transforment en ambre. Un fossile, pareil à ma mémoire.

Encerclé de baigneurs, je rejoins le bar où, en guise de carte bancaire, je présente le bracelet magnétique reçu à l'accueil en échange d'une bière. Soucieux de ne pas la renverser, je me rapproche du bord de la piscine le bras en l'air, content de m'installer face aux Tatras pour siroter cette chope de *żywiec* dont la teinte dorée imite la couleur des feuilles.

C'est l'automne et ma solitude me permet de sonder mon entourage une fois le paysage passé au crible. La bière n'est à ce compte qu'un prétexte, ma nourriture essentielle consistant en cette beauté que mon regard traque sans relâche comme d'autres chassent les papillons.

La cime des montagnes de Zakopane vire au rose à mesure que mon verre se vide, puis la nuit tombe. De l'histoire de mon pays d'origine, je ne sais rien et, en toute naïveté, j'ai pris un vol avec deux ans de polonais à mon actif et ma nostalgie pour excuse. Les Russes ont beau bombarder l'Ukraine jusqu'à faire trembler la Pologne, je me sens aspiré vers l'est, solidaire du carnage qui s'opère sous mes yeux comme pour me confronter à mon ignorance.

Découvrir est une nécessité qui m'apaise. Une journée à Zakopane, une seule. Un trajet éclair, sans photographie, et Lady Gaga dans le taxi collectif, puis David Hallyday suivi d'une série de chansons polonaises. Parfois, captant quelques mots, j'ai cru comprendre ma langue ancestrale. Je me suis bercé d'illusions. L'ivresse me faisant trembler d'autant plus fort que le paysage défilait trop vite.

À la troisième bière, la montagne est noire et la fête bat son plein. Cris, spots colorés, cocktails à volonté, mais l'heure est venue de rentrer. Je sors des sources chaudes, ruisselant, sans serviette ni rien pour me sécher. En quelques enjambées, je regagne la piscine couverte et me laisse égoutter sur un transat.

Sur le côté droit du bassin, non loin d'une cascade, deux hommes de ma génération discutent, le cheveu doré et la barbe en pointe. Le plus petit présente une rougeur dans le dos. Une tache qui, semblable à trois griffures parallèles, le transforme en proie de choix pour mon œil affûté. Qu'y a-t-il en eux qui me parle de moi ? D'un passé où nous aurions pu gambader ensemble dans les allées du Planty ?

Chaque lacune ravive mes fantasmes. À travers ce dos rouge, je vois le sang d'une nation que les siècles ont souvent rayée de la carte au point de la réduire à néant.

Que vais-je faire de tant de vide ?

À Paris, on m'a commandé une exposition de dix toiles pour le printemps, or je n'ai rien. Que des châssis nus, sans toiles, mais tous pourvus d'un croisillon. Il me faudrait du lourd, du grand, quelque chose de puissant tenu par des clés de tension enfoncées à bloc. Et cette échéance, tout éloignée qu'elle soit, me paralyse. Imaginer mon nom sur les cartels d'une galerie parisienne me donne le vertige si bien que, malgré les six mois dont je dispose encore, l'angoisse m'envahit et paralyse ma main dès lors qu'elle s'empare d'un pinceau. Ce vide accentue un autre vide, plus profond, plus enfoui. Ce même vide que la peinture est venue combler à sa manière. Sans dérivatif, je suis comme nu, à vif. Jusqu'ici j'ai peint, vendu des toiles, vécu de mon art et respiré de la térébenthine à longueur de journée. C'est peut-être une manière de shoot répréhensible, c'est surtout ma façon de vivre et ma raison de me lever le matin. Extraire de la peinture de tubes poisseux, la mêler à une dose de médium et de siccatif avant de travailler la matière afin qu'elle soit bonne à appliquer sur une toile tendue à la façon d'une peau de tambour. Des gestes rituels, toujours semblables, dans ma bulle, rien de plus et rien de moins, et puis soudain, sans prévenir, la membrane a explosé.

Enfin, mon corps cesse de dégouliner et je rejoins les vestiaires. Ma solitude mêlée de nostalgie me leste soudain d'une honte si amère qu'il me vient à l'idée de renoncer à fouiller dans mon passé. En guise d'excuse, je pourrais rejeter la faute sur ce pays controversé, objet de critiques incessantes et qui, en définitive, n'intéresse personne.

Mais il est déjà trop tard pour me raviser.

Le processus s'est enclenché la semaine dernière. D'emblée, j'ai pris ma décision, oubliant d'en informer ma compagne. Cela m'a frappé au moment d'imprimer mes billets. Un aller-retour avec escale en Allemagne. Nous avons tellement pris l'habitude de nous concerter qu'il m'a fallu deux jours pour lui annoncer mon départ en Pologne, sans elle. Sylvie m'a pourtant laissé partir avec un naturel touchant. Elle se doutait que ce moment viendrait et m'a félicité d'avoir suivi mes envies plutôt que de me rabattre sur de nouvelles excuses. Sa réaction m'a désarçonné. Un instant, je me suis cru incompris, perdu dans une relation fondée sur un malentendu. Abandonné. Sylvie m'a caressé la joue. C'était sa manière de m'apaiser. Impossible d'annuler ses cours, sinon elle serait venue avec moi, m'a-t-elle murmuré à l'oreille avant de m'embrasser.

Ces paroles rassurantes me reviennent à l'esprit lorsque je m'éloigne de la piscine thermale de Zakopane, accablé de solitude.

Alors, pour conjurer l'angoisse naissante, j'en suis revenu au commencement, à la croix tatouée sur cette cuisse blanche et à la raison de ma présence ici.

J'avais mon histoire à éclaircir autant qu'à inventer, vaste entreprise où l'art, plus que jamais, prenait tout son sens.

Table rase

Mon passé est un abyme dont j'ignore le point d'ancrage.

Ce gouffre, je le dois à ma mère qui a fait table rase, préférant le silence bientôt confondu à l'oubli. Parfois, s'il m'arrivait de l'interroger sur ses origines parce que son nom de naissance était étranger, elle me disait :

« Pour avancer dans la vie, il faut s'appuyer sur le présent et ne pas se retourner. Seul l'avenir compte. Ce nom dont tu me parles, je l'ai oublié à l'instant où je me suis mariée. Ton père, lui, aurait voulu que nous écrivions plutôt ton prénom avec l'orthographe polonaise, mais j'ai refusé. Thomas, ici, c'est mieux. »

Je restai bouche bée, sans mots, suspendu à son regard vide autant que surpris par la soudaine neutralité de sa voix. J'attendais alors de la sentir attendrie ou fatiguée pour revenir à la charge. Et mes grands-parents, qui étaient-ils ? Avait-elle une famille, des oncles, des tantes, un frère, une sœur ? Elle me répondait qu'elle m'avait moi, et papa. Le reste était sans importance. Et s'il m'arrivait de lui demander pourquoi elle n'avait pas eu d'autres enfants, elle se crispait, se levait d'un bond et disparaissait. Avec le temps, j'avais fini par comprendre que c'était le seul moyen qu'elle avait trouvé pour ne pas fondre en larmes ou me retourner une gifle.

À l'approche de mes dix-huit ans, l'envie de savoir se transforma en besoin et devint obsessionnelle. Depuis combien de temps ma mère avait-elle cessé de faire sa *babka* de Pâques piquetée de petits œufs au sirop de sucre que j'avalais toujours en premier ? Pourquoi, l'année de mon entrée au collège, avait-elle arboré fièrement une bûche à la place de la traditionnelle recette de Noël dont je me régalais pourtant ? Bien des années après, ce gâteau au miel couvert d'un glaçage au chocolat continuait à enchanter mes papilles sans que j'en connaisse le nom polonais. En puisant dans mes souvenirs, je pouvais voir ma mère le déposer sur la table décorée de bougies et de branches de houx avant de l'entendre clamer : « Qui sera le premier à goûter le gâteau du roi ? » Elle affichait son sourire de reine, coupait une part, la posait droite sur une assiette à dessert, et me l'offrait avec un clin d'œil qui me promettait de me régaler. Un jour qu'elle s'était absentée pour faire des courses – je devais alors être en terminale car je me rappelle que je travaillais sur une série de dessins au pastel gras en vue de la préparation de mon dossier pour le bac –, j'ai fouillé dans le meuble à rideau où je savais qu'elle rangeait ses papiers. J'ai cherché le livret de famille, mais il n'y était pas, alors j'ai fouiné un peu partout, en vain. Ce vide me fit pressentir que ma mère avait des secrets. Après avoir francisé son identité, n'allait-elle pas jusqu'à nier toute origine étrangère ? Ce que d'aucuns auraient considéré comme une richesse lui paraissait honteux. Et toute tentative d'en comprendre les raisons se heurtait à un mur dont les dimensions ne cessaient d'augmenter. Face à ce roc de déni, j'eus recours à mon père.

Un matin de printemps, alors que le cerisier fleurissait dans le jardin, j'allai le retrouver dans son bureau où il travaillait penché sur sa table d'architecte, compas et règle à la main, la fenêtre ouverte. À mon entrée, il cessa ses activités, ravi de prendre de mes nouvelles. Obnubilé par la manière d'obtenir l'information censurée, je fus surpris de sa sollicitude bien que ce fût son naturel. Je baragouinai quelques banalités avant d'introduire le mensonge, les yeux rivés sur son plan dans l'espoir de cacher mon embarras. D'une voix contrefaite, je prétextai un document administratif à compléter immédiatement pour lequel j'avais besoin du nom de naissance de maman. Imperméable à tout soupçon, il se pencha pour attraper une feuille usagée dans la corbeille et y inscrire à la mine de plomb le patronyme de celle que personne ici n'appelait plus autrement que Dorothée.

Cette feuille, je la cachai aussitôt dans le rabat d'un carnet de croquis, fourré dans une grande caisse en bois. Je me souviens qu'une fois l'information mise en lieu sûr, j'étais retourné dans le bureau de mon père pour le regarder travailler sur le plan incliné. Comme lui, je tenais un crayon que je laissais filer sur du papier. À cette époque, il était mon modèle préféré parce qu'il posait naturellement. Il bougeait à peine.

Un peu plus de vingt ans plus tard, juste avant mon départ pour la Pologne, j'ai repensé à cette feuille griffonnée par mon père. J'ai ressorti mes carnets de la même caisse qui m'avait toujours suivi depuis. Chaque rabat fut inspecté, mais la feuille demeura introuvable.

Lorsqu'il n'y eut plus rien à passer en revue, j'avais sept piles d'autant de carnets autour de moi et je me tenais assis en tailleur, compressé entre ces colonnes de papier et la caisse. De dépit, j'aurais pu appeler ma mère pour lui demander si elle était l'autrice de ce larcin, mais elle m'aurait retourné l'accusation.

Qui avait fureté le premier dans la vie de l'autre ?

Ensuite, elle se serait braquée, le silence nous aurait encore un peu plus éloignés et je me serais senti fautif.

À bien y réfléchir, j'aurais pu rétorquer que l'enfant a tous les droits de connaître son histoire, que c'est un devoir fondamental des parents de transmettre comme un legs tout ce qu'ils savent de la mythologie familiale, et que personne, dès lors qu'il décide de mettre un enfant au monde, n'a plus le monopole de sa vie. Cependant, je n'en croyais pas un mot et respectais trop ma mère pour la souiller de ma curiosité déplacée. En sa présence, je n'étais plus capable que de blâmes et de reproches. Alors, plutôt que de nous pousser sans cesse l'un et l'autre dans nos retranchements, il m'avait semblé plus humain de profiter de mon emménagement à Paris pour me consacrer à mes études d'art et m'affranchir du poids de ses silences de façon progressive et respectueuse.

Guerre froide

Le soir de mon arrivée à Cracovie, mon sac à peine posé sur le canapé, je sors prendre l'air de mes ancêtres.

À l'instinct, je traverse la rue, longe un édifice gothique éclairé à la lanterne – puisqu'il fait déjà nuit – et mes pas me guident jusqu'à la rue Anny menant tout droit au Rynek. Face aux tours asymétriques de la basilique Sainte-Marie, mes larmes coulent, je me sens ivre. Les chopes de bière d'un litre sur les guéridons des bars n'y sont pour rien. Mon ivresse vient d'ailleurs. La pluie sur les pavés, mes pieds et mes cheveux mouillés n'altèrent nullement la merveille que j'ai devant les yeux. L'âme dorée de Cracovie, comme une légende connue sans avoir été apprise. Je songe à Notre-Dame de Paris, gothique elle aussi, mais aux tours parfaitement identiques. Il y a du déséquilibre à Cracovie, un certain mouvement qui me rappelle une maxime polonaise lue je ne sais où : « La Pologne tient par le désordre. » *Ma peinture est sage*, pensé-je, *lisse et apaisante. Jolie et consensuelle. Assez neutre pour plaire et se laisser installer dans un salon ou au-dessus d'un lit sans froisser personne.* N'est-ce pas ce que l'on attend des œuvres d'art en général ?

Les calèches, en file indienne, flattent le touriste au pied de la Halle aux draps. J'ai retiré des zlotys à l'aéroport, beaucoup de zlotys, je veux goûter à tout sans compter. Je tends deux billets au cocher dont l'attelage à deux chevaux est rutilant. Il descend de son siège en bois, déplie au maximum la capote et me lance :

— Sale temps pour visiter Cracovie ! Mais ça fait du bien, on manque de pluie, la sécheresse, l'été indien… Demain, il fera beau à nouveau.

Je m'installe sur la banquette capitonnée tandis que le cocher va s'asseoir à l'avant. D'un geste ample, il donne un coup de cravache et met l'attelage en branle.

La place brille comme un miroir. Le blanc lumineux des parasols duplique les globes des réverbères et, sous les épaisses toiles en polyester, je devine les clients enveloppés dans leurs parkas, agglutinés aux tours chauffantes des terrasses, un verre à la main.

Moi, je me trouve seul dans la caisse montée sur ressorts, dépourvu de capuche mais à l'abri de la capote pour découvrir la vieille ville au trot. Tout est si beau, si neuf et pourtant si familier que j'en deviens volubile dans mon silence. Avide de me confier, j'imagine Sylvie à mes côtés. D'une écoute sans failles, elle a la patience d'endurer mes tergiversations sans jamais douter de mon talent. « Travaille, dessine, peins, lâche tout ce qui gronde en toi, c'est ton seul moyen d'exorciser », conclut-elle dans l'espoir d'abréger la litanie de mes inexplicables tourments.

Happé par la poésie des rues centenaires, l'atmosphère de Cracovie m'envoûte au point que j'en oublie ma solitude. Quand nous passons la porte Florian, je crois quitter un monde, laissant derrière moi le cœur sacré pour rejoindre la périphérie. La clameur des cloches d'une église invisible met un terme à ma béatitude.

Au huitième coup, la calèche entame un demi-tour sur la place Matejko.

De la culture polonaise, je ne connais rien hormis Chopin et Marie Curie que je résume à la découverte du polonium et au détail de son enterrement dans un cercueil de plomb car sa dépouille demeure radioactive. En grattant légèrement, je peux bien sûr songer aux polémiques sur Polanski et au réalisateur qui a conçu une trilogie avec Juliette Binoche et dont j'ignore le nom, mais, de l'âme de la Pologne ne m'habite qu'un *dzien dobre* approximatif, un *na zdrowie* suspect et un goût de *makotch* sur le bout de la langue, une graine d'œillette perdue quelque part entre les dents.

Jusque-là, ce n'est pas vraiment important.

En 2018 pourtant, un électrochoc est venu tout remettre en question.

En flânant rue Rambuteau, j'avais été frappé par une affiche de cinéma en noir et blanc. *Cold War*. C'était le titre du film avec une série de patronymes polonais en dessous. Au passage, j'avais attrapé un programme papier avachi dans un porte-brochures à roulettes.

Le synopsis se résumait en une phrase : « Pendant la guerre froide, entre la Pologne stalinienne et le Paris bohème des années 1950, un musicien épris de liberté et une jeune chanteuse passionnée vivent un amour impossible dans une époque impossible. »

Une séance était programmée deux heures plus tard. Je décidai d'attendre au jardin Anne Frank où je m'installai sur le banc à gauche du marronnier issu d'un greffon de l'arbre que la jeune Juive allemande aimait contempler à Amsterdam et dont elle parlait dans son journal. Je me sentis lourd soudain, comme si je portais le poids du monde sur mes épaules et que j'étais, tout à coup, devenu un vieillard.

L'angoisse me poussa à sortir mon carnet de croquis. J'y griffonnai quelques mots : la date, le titre du film et des points de suspension. À défaut d'enchaîner par un dessin, mon esprit se mit à divaguer, fouillant le passé les yeux rivés sur le marronnier qui fleurissait en perdant ses feuilles. Ce spectacle contradictoire de la nature me laissait muet, ramassant l'attente en une contemplation troublante.

Les premières images sur le grand écran me firent un effet semblable malgré l'absence de couleur. Il faut dire que le film était esthétique, avec ses plans tableaux et son noir et blanc d'un mat travaillé à l'estompe.

Très vite, à la vue s'ajouta la dimension sonore...

Comment exprimer, plusieurs années après, que les réminiscences vinrent par la musique, la langue, et quelques fèves avalées en se jurant un amour éternel ?

Lorsqu'un chœur de jeunes filles commença à entonner *Dwa serduzska* sur une scène au fond de laquelle le portrait de Staline se hissait, mon corps fut pris de tremblements. La mémoire cellulaire, sans doute. Dès lors, le drame me plongea dans un état second, étrange sensation de torpeur mêlée de transe. L'univers me transportait, la propagande communiste m'oppressait tandis que l'amour entre Wiktor et Zula me fascinait. Cette façon de se regarder, de se tomber dans les bras et de s'embrasser comme si c'était toujours la dernière fois.

Dwa serduzska, « Deux cœurs », et un amour impossible.

À la fin de la séance, il fallut m'arracher du fauteuil, je voulais m'accrocher au générique jusqu'à ce que seul le noir défile pour n'entendre que la musique et l'enregistrer définitivement en moi.

Combien de fois ai-je écouté cette chanson depuis ? Les paroles, je les ai imprimées. En français et en polonais. Je les ai apprises, prononcées, chantonnées. À pied, au volant de ma voiture, le soir avant de m'endormir, le matin à peine réveillé. J'ai apprivoisé le polonais en écoutant cette chanson, puis d'autres chansons, dont je mémorisais les mots en les recopiant autour de mes croquis. Les titres de mes toiles sont devenus bilingues, j'imaginai que je rêvais en polonais, que je parlais couramment cette langue dont le chuintement m'était aussi neuf qu'opaque.

Ce film devint ma référence. Mon lien premier à la Pologne au point que j'aurais pu croire que toutes les Polonaises ressemblaient à Joanna Kulig et tous les Polonais à Tomasz Kot. D'ailleurs, dans mon imagination trop fertile, si ce dernier portait le même prénom que moi, ce n'était pas un hasard, mais plutôt le signe que je partageais quelque chose d'essentiel avec ma culture oubliée, à deux lettres près.

Lorsque le cocher se met à siffloter en stoppant l'attelage à l'endroit exact d'où nous sommes partis, je suis happé par la masse de drapeaux jaune et bleu qui flottent devant la basilique.

Une fois de plus, la réalité me rattrape avec la violence d'une gifle.

Face à ces résistants chevronnés, je ne suis qu'un témoin passif et compatissant. Un touriste lambda qui, par la force des choses, se rapproche d'une guerre inepte pour trouver le courage d'affronter celle qui se joue en lui.

Point d'ancrage

Après ma virée en calèche, suivie dès le lendemain de mon excursion dans les Tatras, je suis content de passer la soirée dans l'appart-hôtel que j'ai loué à la semaine sur un site Internet. Les baies vitrées du séjour m'offrent une vue de choix. Au loin, trône la tour du château de Wawel tandis qu'en contrebas, sur la route, les rails des tramways longent le parc du Planty. De la chambre, je peux contempler l'édifice gothique joliment éclairé que j'ai longé la veille à mon retour du centre-ville, sans savoir qu'il s'agissait de la façade de l'université Jagellonne, fleuron de Cracovie datant du XIIe siècle.

Je passe la soirée, avachi sur le canapé, plongé dans la lecture de *Pologne* de James A. Michener, un pavé de huit cents pages qui, contre toute attente, n'a rien de confus ni d'ennuyeux. La photocopie de l'état civil de ma mère me tient lieu de marque-page. Je me surprends à la relire de long en large, une fois encore.

Quelques jours avant mon départ, j'en ai reçu une copie dans ma boîte aux lettres. J'en avais fait la demande à la mairie trois semaines plus tôt. La démarche avait été impulsée par un échange téléphonique avec mon père qui avait accepté, à l'insu de ma mère, de m'épeler son nom polonais. Il le connaissait par cœur, comme s'il était fier de pouvoir le transmettre. Au passage, j'en avais profité pour lui demander s'il se souvenait du village que maman citait parfois, en manière de conte, pour m'endormir lorsque j'étais petit. Il avait hésité. C'était si loin tout ça… Nous avions changé de sujet, mais au moment de nous séparer, il avait ajouté : « Tiens, au fait, le petit village de Pologne de tes ancêtres, c'était Nowa Wieś. Je crois me rappeler que ta mère traduisait ce toponyme par l'expression *nouvelle campagne.* » Il n'avait fait aucun autre commentaire, je m'étais gardé de lui dévoiler mes intentions, nous nous étions embrassés à distance avant de raccrocher.

Sur l'état civil, je pouvais donc m'attendre à trouver ce lieu ainsi que le nom de ma mère. Les deux éléments y figurant, je fus rassuré de constater que l'histoire qu'on m'avait racontée coïncidait avec la réalité. Ma mère s'appelait bien Balińska comme mon père me l'avait écrit autrefois. Elle avait vu le jour à Cracovie tandis que sa mère était née à Nowa Wieś. Là, je découvris enfin le nom complet de ma grand-mère : Aniela Szablewska. D'aussi loin que je me souvienne, jamais ma mère ne l'avait prononcé devant moi. Cette découverte me remplit d'une joie intense qu'une courte mention manuscrite, détachée du texte, sur la marge de gauche vint pourtant avorter.

Aussitôt, le document me fit l'effet d'une bombe.

D'une écriture hésitante, flottait l'étrange tournure : *née « enfant jumeau »*.

Mon cœur fut pris en étau sous le choc de cette révélation.

Ma mère avait un frère ou une sœur jumelle, et je n'en savais rien.

Très vite, j'en vins à manquer d'air, la panique me saisit. Il fallait me calmer. Me raccrocher au présent. Espérer que ce voyage en Pologne m'apporterait des réponses. Mais à quelle porte frapper ? Vers qui me tourner pour trouver un point d'ancrage et retracer l'histoire d'une famille dont personne n'avait daigné me parler ?

Craignant que ces retrouvailles ne viennent décevoir mes espoirs avant d'avoir eu le temps de découvrir la Pologne par moi-même, je décidai de troquer les considérations purement biographiques contre une approche plus artistique. Et puisque j'ignorais comment me lancer dans une recherche généalogique méthodique et pointilleuse, me vint plutôt l'envie de solliciter le régisseur du Musée National qui pourrait m'initier à la peinture polonaise et, par ce biais, me remettre en lien avec mon passé.

Mon rythme cardiaque commença à ralentir à cette idée. Ma respiration devint plus régulière. L'étau qui m'étouffait se relâcha et je pus enfin bouger.

Je repris le document du bout des doigts. Il était brûlant.

Ma mère avait des parents polonais et j'en découvrais les noms pour la première fois. J'avais juste quarante ans, pensais-je. La moitié de ma vie était passée et j'en revenais seulement au point de départ. Comment se pouvait-il que j'aie vécu si longtemps suspendu à un tel gouffre, à un tel vide ? À nouveau, je crus m'effondrer comme une maison sans fondations vouée à une décrépitude précoce.

Sur le papier, ma mère n'avait pas le même prénom que celui que j'employais.

L'état civil l'appelait Dorota, je ne connaissais qu'une Dorothée. Même mon père ne l'appelait jamais autrement, sauf pour lui dire *ma chérie, mon cœur, mon amour*… Elle, c'était Dorothée Delvaux. Mme Delvaux, épouse de Louis

Delvaux, architecte dans le même cabinet. Un couple de passionnés à ce point accaparés par leur métier qu'ils ne m'avaient pas vu venir. Maman m'attendait depuis cinq mois quand le médecin gynécologue consulté pour une visite de routine lui avait révélé sa grossesse.

« Moi, enceinte ! s'était-elle sans doute exclamée, levant les yeux au ciel.

— Et pourquoi pas, cela arrive plus souvent qu'on ne le croit... Un simple oubli suffit, mais je m'étonne que vous n'ayez senti aucun changement en vous.

— Oh, je suis si occupée ! avait-elle dû répliquer. Je souffre de maux de ventre depuis toujours, c'est sans doute pour cela que je n'ai pas fait le rapprochement. Je pensais avoir pris un peu de poids et me disais justement qu'il était temps d'entreprendre un régime. »

D'après les bribes de conversations glanées dans mon enfance, j'imaginais que ma mère avait pu réagir ainsi à l'époque de l'annonce miraculeuse au cours de laquelle l'ange Gabriel lui était apparu, sans ailes et sans auréole, sous les traits d'un médecin qui ne s'étonnait plus de rien.

En lisant son état civil, je me demandai si elle avait choisi mon prénom au hasard ou en conscience.

Lors de la consultation, peut-être avait-elle ajouté :

« Combien y en a-t-il ? craignant ou espérant la reproduction de sa propre histoire.

— Un seul, pourquoi ? aurait pu répondre le gynécologue.

— Pour rien », aurait-elle conclu, déçue ou soulagée.

Et puis elle serait repartie, étourdie par la révélation. Elle se serait arrêtée dans un café quelconque, aurait commandé un double espresso avec un verre d'eau, histoire d'avaler la pilule. Elle aurait attendu le lendemain pour transmettre l'information à mon père qui l'aurait accueillie avec son flegme habituel, sans effusion, mais avec un étrange sentiment de fierté de se dire qu'un peu de lui avait réussi à se glisser dans le corps de sa femme.

Bien sûr, j'imagine. Que faire d'autre quand on ignore tout ?

Thomas était un prénom de gémellité, son étymologie araméenne signifiant « jumeau ». Sans le savoir, je portais donc la trace du passé de ma mère.

Ses parents, *mes grands-parents*, j'en découvrais l'identité grâce à un acte officiel. À la lecture de cet état civil rédigé en bonne et due forme, je compris pourquoi j'avais tant tardé à me pencher sur mon arbre généalogique.

Je n'étais pas prêt.

Dorota Balińska, née le 8 juillet 1957 à 4 h 30 du matin, fille de Stanisław Baliński, né à Brudzewek, artiste peintre demeurant à Cracovie au 410 de la rue Grodzka et d'Aniela Szablewska, née à Nowa Wieś, couturière demeurant à Cracovie à la même adresse.

La révélation de la profession de mon grand-père me donna un coup de fouet. Je bondis sur mon ordinateur et j'entrepris une recherche.

Ses tableaux me mordirent les yeux. Des huiles sombres et cadavériques, entre la tombe et le brasier. Une peinture torturée et des sculptures en plâtre d'une précision chirurgicale. Né à Varsovie, mais exilé en France pendant la Seconde Guerre, il était l'auteur d'une œuvre polymorphe. Son succès lui venait de ses sculptures inspirées de mythes et de célébrités polonaises, de ses photographies ou encore de ses tableaux surréalistes. Dans sa réserve, après sa mort, avait été retrouvée une série de toiles tenues secrètes qui dépeignaient sa vision du ghetto et du génocide des Juifs. L'article, sommaire, s'achevait sur la mort précoce de l'artiste. On mentionnait le nom d'une femme qui était son épouse et le prénom de trois enfants qu'il aurait eus avec elle, mais pas de trace d'Aniela ni de Dorota ni de la jumelle.

Enfin, je tombai sur une photo de lui. En noir et blanc. J'y découvris un homme au visage éclaté, psychédélique, muni d'épaisses lunettes noires, la main serrée en poing pour tenir son menton. Un artiste campé, posé et assumé dont j'imaginais le propos corrosif et le cynisme naturel.

Cette image virile de mon grand-père me vida de toute énergie.

Contrairement à lui, je recherchais plutôt la discrétion, ne portant que des vêtements neutres. Un jean, des baskets, une veste sur un simple tee-shirt et ma barbe de trois jours. Je manquais d'un ancrage suffisant pour défendre la moindre cause, persuadé que mon ignorance justifiait mes silences. Face à l'œuvre immense et engagée de Baliński, quel poids pouvais-je avoir avec mes pastels et mes huiles purement décoratifs ?

À vouloir marcher dans l'ombre des grands, je me sentais tout petit.

Ravir et ravager

Comment se renseigner sur un peintre mieux que dans un musée ?

Sur le coup de 10 heures, je sors de mon appartement et prends la direction du Musée National où j'espère me familiariser avec l'œuvre de Baliński. D'après mes recherches, une dizaine de ses tableaux appartiennent à l'exposition permanente. J'attends cette rencontre avec une impatience mêlée d'inquiétude.

Le musée se situe à l'ouest de la vieille ville, dans le quartier de Piasek. Les routes aussi larges que passantes n'ont rien de comparable aux anciennes rues qui font le charme du centre. La cadence de mon pas s'accélère à mesure que j'avance tout droit sur un long trottoir censé me mener au musée en une quinzaine de minutes.

L'idée ne m'est pas venue de prendre le tramway. Je veux marcher dans Cracovie, sentir sous mes pas la pulsation de cette ville dans laquelle mes grands-parents ont vécu autrefois.

Bientôt, le Musée National se profile sur ma droite. Sa façade, d'un abord assez terne, est d'une modernité sobre et massive. Une esplanade émaillée d'arbres et de bancs mène à un escalier débouchant sur la porte d'entrée. Au-dessus, deux étages de hautes fenêtres reflètent la luminosité intense du soleil matinal.

Je vais droit au but, ignorant la statue colossale érigée à gauche du bâtiment. La porte d'entrée étant encombrée par un groupe d'étudiantes occupées à griffonner des notes sur un carnet sous la dictée de leur professeure, je serpente dans le rang pour me frayer un passage.

L'entrée du musée est si vaste qu'elle transforme le moindre bruit en clameur. Les voix s'y amplifient au point de s'agréger en un bruit de fond entêtant.

Je prends place dans la file d'accueil, espérant échanger en anglais avec l'hôtesse puisque je suis loin d'avoir la capacité de résumer ma requête en quelques mots de polonais.

Se comprendre n'est pas difficile, mais obtenir ce que je suis venu chercher s'avère plus compliqué. Plusieurs coups de fil entrecoupés d'une argumentation solide sont de rigueur avant que je tende la main à l'hôtesse, l'implorant du regard pour qu'elle me passe le téléphone. Après un échange sommaire suivi de longues minutes d'attente, on daigne enfin venir me renseigner.

Surpris de me retrouver face à quelqu'un d'aussi jeune, je doute d'être en présence de la personne indiquée. C'est une fille de taille moyenne, brune aux cheveux courts, alerte et dynamique, aux antipodes de l'image que l'on peut se faire des spécialistes de l'art académique.

Naturellement, je lui tends la main pour la saluer.

— Alors comme ça, vous êtes français !

Elle lance sa réplique dans ma langue, le visage ébloui d'un sourire euphorique.

Je lui réponds sur le même ton, un oui, plus réservé.

— Première fois en Pologne ?

— *Tak*, déclaré-je en polonais, soucieux de lui prouver mon envie d'entrer dans son monde.

— Et vous peignez, c'est bien ça ? Si vous êtes venu jusqu'ici, j'en déduis que vous aimeriez exposer à Cracovie ?

Plutôt que d'abonder dans son sens, je lui explique en bref que j'ai des origines maternelles polonaises et que j'ai décidé de renouer avec ce pays grâce à sa peinture. C'est la seule raison de ma présence ici. Pour ne pas l'influencer, je prends soin de passer sous silence mon lien avec Baliński, tout en espérant qu'elle m'en parlera d'elle-même si d'aventure elle accepte d'endosser mon initiation.

— Je vois, dit-elle, je vois… Je suis la régisseuse du musée, voulez-vous que je vous le fasse visiter ?

Sa voix devient plus fade et son sourire disparaît. On dirait qu'elle semble déçue. Son regard, soudain, transperce le mien. Un regard de feu qui me dévoile la présence d'un strass sur son arcade droite.

Tandis que j'approuve d'un hochement de tête, elle me fait signe de la suivre en bas des escaliers, là où l'écho est moins intense.

D'une voix monocorde, elle joue le rôle de la conférencière sérieuse et appliquée, à l'exposé parfaitement maîtrisé. Ce musée est le plus grand et le plus ancien de Cracovie, construit en 1879 à l'époque où l'État polonais n'existait pas. Il comporte trois galeries. L'une consacrée aux armes et aux couleurs de Pologne, la deuxième vouée à l'art polonais du XXe siècle, la dernière étant dévolue aux expositions temporaires. En ce moment, c'est l'artiste polonaise Tamara Lempicka, véritable icône des années folles, qui s'y trouve mise à l'honneur.

— Vous aimez sa peinture ?

Mon manque d'enthousiasme l'incite sans doute à m'emmener dans la galerie de la collection permanente.

— Pour entrer dans la peinture polonaise, rien de tel que de se familiariser avec de tels chefs-d'œuvre, c'est évident, mais selon moi, il manque l'essentiel.

Elle s'arrête net, replonge ses yeux dans les miens, retrouve son sourire incandescent.

— *La Dame à l'hermine*, par exemple ? proposé-je spontanément.

— Oh ! Je la connais bien, je l'ai fréquentée au quotidien durant mon stage au Musée Czartoryski ; ne manquez pas d'aller la voir, c'est une merveille ! Contrairement à *La Joconde* qui déplace les foules, cet autre portrait de Léonard de Vinci se fait plus discret. On peut le contempler assis sur une banquette sans se sentir étouffé. Il est de ces trésors qui palpitent dans l'ombre et n'en sont que plus brillants. J'adore cette œuvre ! Dommage qu'elle ne soit pas polonaise en dépit du fait qu'elle appartienne à la Pologne.

En guise de nouvelle tentative, je faillis lancer le nom de Baliński quitte à me ridiculiser une fois encore. La régisseuse a la délicatesse de m'épargner cette nouvelle humiliation en se plantant face à l'un des tableaux les plus emblématiques du musée : *Fille avec chrysanthème* d'Olga Boznańska.

— Voilà une artiste qui a vécu en France, elle aussi. C'est le cas des plus grands peintres polonais ! clame-t-elle avec fierté, dans un français sans fautes. Cela devrait vous donner un indice sur celui dont aucune des œuvres ne trouve place entre ces murs, tout omniprésent qu'il soit à Cracovie.

Là encore, ma langue est sur le point de fourcher, mais elle ne m'en laisse pas l'occasion.

— Avez-vous déjà entendu parler de Stanisław Wyspiański ?

La question me désarçonne. Ce nom ne me dit rien. Une lacune de plus concernant la Pologne dont je ne connais ni les vivants ni les morts. Mon silence lui tient lieu de réponse.

— Dans ce cas, vous devriez aller faire un tour au Pavillon, reprend-elle sans se moquer de mon ignorance. Trois de ses vitraux y demeurent visibles malgré la fermeture. Ensuite, continuez jusqu'à l'église des Franciscains, entrez par la grande porte, avancez d'une dizaine de mètres et alors, seulement, retournez-vous. Il importe de commencer par observer longuement. Ensuite, il faut écouter les réactions du corps avant d'intellectualiser, sans cela l'art perd tout pouvoir.

Avide de conseils, je sors carnet et stylo pour prendre des notes et garder trace de l'itinéraire qu'elle me souffle avec un enthousiasme grandissant.

Son aplomb attise ma curiosité. Ses oreilles sont percées du lobe jusqu'à la conque. Des anneaux y pendent, certains chargés de croix, de perles ou d'éclairs. Que je la détaille avec insistance ne semble pas la gêner, comme si elle y était habituée, à cause de ses multiples breloques.

Nous nous remettons à longer les tableaux, ne leur concédant qu'un coup d'œil furtif. Étrangement, la visite semble désormais s'accomplir ailleurs qu'à l'intérieur du musée. Étape après étape, la régisseuse continue en effet à me guider dans la ville, les yeux enflammés par une passion extraordinaire.

— Après l'église, je vous conseille de vous rendre place Sikorskiego afin d'entrer dans le cabinet consacré à Wyspiański. Je suis certaine que cette immersion dans l'univers pictural et littéraire de cet artiste fulgurant ne vous

laissera pas indifférent. Vous lui ressemblez tellement que vous ne pourrez qu'être bouleversé par son travail.
— Comment ça ?

On pourrait croire qu'une larme a jailli au creux de sa paupière, que ses lèvres ont trembloté et qu'elle s'est reprise pour ne pas se dévoiler. Sa pâleur fait ressortir son strass à l'arcade.

— Pardon, prononce-t-elle en polonais avant de retourner à ma langue. Pardon de rester elliptique, mais je vous l'ai dit, mieux vaut ménager l'effet de surprise le plus longtemps possible. Lorsque vous verrez la statue en bronze sur la place, vous commencerez à comprendre et dès lors que vous serez à l'intérieur, mon émotion n'aura plus de secret pour vous. J'aime ce peintre depuis que je suis toute jeune, c'est grâce à lui que j'ai eu envie d'étudier les Beaux-Arts. Je lui ai même consacré ma thèse. Je regrette qu'il ne soit pas plus connu, la preuve, son nom ne vous dit rien. C'est une injustice que ma vie ne suffira pas à rectifier.

Elle s'exprime dans un français sans hésitation.

— Une fois votre visite accomplie, revenez me voir. Si, comme je l'espère, vous vibrez face à cette œuvre, j'aurai une proposition de travail à vous faire.

Mon regard curieux l'incite à m'en dévoiler davantage.

— Je cherche un artiste pour une résidence d'un mois, prêt à peindre ici même, dans un atelier aménagé au cœur du musée en vue d'une exposition qui voyagerait ensuite dans les villes les plus importantes de Pologne.

Comptant sur ses doigts, elle se met à énumérer des lieux sur lesquels je suis incapable de mettre la moindre image : Łódź, Poznań, Gdańsk, Wrocław, Lublin, et pour finir… Varsovie.

Elle prononce chaque nom avec clarté, dans un français assuré teinté d'un léger accent.

À défaut de l'écouter vraiment, je la dévisage.

Ses yeux pétillent.

Et dire qu'à ce stade, elle ne m'accorde sa confiance que parce que je suis français ! On dirait que la France la fascine au point de projeter sur moi son attirance aveugle.

Łódź, Poznań, Gdańsk, Wrocław, Lublin et Varsovie, une véritable tournée d'artiste dont je ne me sens pas à la hauteur.

Je voudrais refuser, décliner pour une raison quelconque facile à inventer, mais la ferveur de la régisseuse me pousse à me taire, laissant un long blanc planer entre nous, avant qu'elle enchaîne avec un naturel déconcertant.

— Allez explorer l'univers de Wyspiański et revenez me voir. Sachez cependant que je ne pourrai en aucun cas travailler avec quelqu'un qui reste de marbre devant l'œuvre de Stanisław. Vous comprenez ?

Bien qu'elle utilise le français jusqu'au terme de sa réplique, la question résonne à mon oreille en polonais, parce que je l'ai entendue à maintes reprises au fil de mes apprentissages linguistiques.

— *Tak*, approuvé-je spontanément.

Elle sourit en baissant les yeux, un peu gênée soudain, ou confuse ou les deux. Puis elle me raccompagne jusqu'à la sortie, se contentant d'un : « À bientôt, j'espère », à quoi je réponds : « Certainement », en attrapant ses yeux aussi bleus que les miens.

Son émotion est palpable. Elle se retourne et disparaît.

Moi, je reste figé devant la porte en bois sculpté du Musée National.

Où sera mon espace de travail si je reviens ici pour créer dans un pays étranger ?

Jamais je n'ai peint en dehors de mon propre atelier.

Łódź, Poznań, Gdańsk, Wrocław, Lublin, Varsovie...

Il ne tient qu'à moi d'apprendre à prononcer en polonais le nom de ces villes où je risque de m'aventurer par la grâce de mes toiles.

Mais je suis sec comme un lac dont l'eau s'est évaporée.

Il me faudra des huiles, des châssis, de la place, plusieurs chevalets et beaucoup d'énergie pour produire en deux mois une série de toiles aptes à combler ce vide.

Łódź, Poznań, Gdańsk, Wrocław, Lublin, Varsovie...

Mon nom quelque part au milieu de toutes ces villes. Un thème. Elle a proposé un thème : « La femme et la nature », a-t-elle articulé, insistant sur la conjonction de coordination.

Deux des sources d'inspiration majeures de Wyspiański comme je devais l'apprendre peu après.

Kobiety i natura.

J'imagine qu'on inscrira les deux mots en lettres majuscules sur une affiche immense, mon nom plus petit en dessous, avec mon meilleur tableau pour illustrer le tout.

Seul avec mes doutes, je décide d'entreprendre le parcours que la régisseuse d'art m'a conseillé. En descendant les marches du musée, je prends conscience qu'elle ne m'a donné ni son nom, ni son prénom, se limitant à sa fonction, à ce qu'elle a accompli, étudié et transmis jusque-là. D'elle, ne me reste que le nom d'un peintre qu'elle admire.

Je pars donc sur les traces de ce fameux Wyspiański dont je vois le nom gravé en majuscules sur le socle de l'immense statue en bronze érigée sur la face latérale de l'esplanade.

Les bras croisés, le peintre en triomphe semble vouloir me narguer. Je le salue avec respect, bien décidé à faire sa connaissance grâce à l'itinéraire prescrit.

Trois vitraux alignés sur le mur du pavillon.

Une tête de mort en lieu et place du visage du roi de Pologne. Premier choc.

Le vitrail de l'église. Un Dieu le Père spectaculaire, véritable coup de tonnerre, que je découvre en me retournant.

Serai-je transformé en statue de sel après pareille rencontre ?

Je frissonne, les yeux à vif.

L'église est déserte.

Au centre de la nef, la lumière qui se dégage du vitrail est australe. Elle me transperce telle une flèche. Je vois rouge sous mes paupières fermées. Plus tard, je verrai blanc. Je l'ignore encore.

Ce n'est pas de la colère mais le sang d'une terre meurtrie qui reflue dans mes veines et me raccroche à la croix suspendue entre d'autres vitraux du peintre.

Les murs du chœur sont couverts de fleurs emblématiques de la Pologne. Parmi elles, des pensées dans le style Art nouveau. Mes mains les hument, les caressent, les cueillent sans les toucher, je suis ensorcelé. Je m'y perds comme dans un jardin, un éden qui me donne une leçon de couleurs.

Je pense à Sylvie, restée chez nous, je pense toujours à elle lorsque je croise la beauté, car elles ne font qu'une.

Une ellipse ensuite. Je ne me souviens plus d'être sorti de l'église pour rejoindre le musée. Là, j'apprendrai que Wyspiański a peint le Planty la nuit, j'apprendrai plus tard qu'il a œuvré à l'élaboration du jardin aussi. Je saurai que ce peintre est partout à Cracovie, planant sur moi tel un guide porté aux nues pour me donner l'envol.

La statue de lui, à l'entrée du musée.

La chevelure comme une vague folle sur la gauche.

Je lis un panneau avant de contempler les toiles.

Je lis : *Pas d'huile sur ses tableaux, à cause d'allergies. Du papier, du crayon, du pastel…*

Je m'arrête.

N'approcher que par le regard, les explications sont superflues.

La peinture, comme la poésie, doit ravir et ravager avant toute chose.

J'entre dans le musée.

Ma lenteur est égale à l'espoir qui me traverse.

Une toile sur le côté, une fillette au caractère bien trempé qui me défie de ses yeux taupe. Jolie poupée réduite au silence, la main collée sur les lèvres.

J'avance un peu.

Le tableau qui suit me crucifie.

Il s'agit d'un autoportrait du peintre sur un fond végétal stylisé.

Je découvre sa barbe sur ses lèvres serrées, son front large, son œil d'un bleu intense. À la fois avide et surpris, je vibre de me retrouver trait pour trait face à moi-même, dépeint par un autre mieux que je ne saurais le faire.

Mon corps se crispe, je recule.

Il faudra revenir, apprivoiser cette symbiose, percer le mystère de tant de similitudes.

Je comprends que ma venue ici ne tient qu'à la recherche de cette rencontre. De ce choc.

Du crayon, du pastel et une intensité telle que j'en frissonne.

Depuis quand n'ai-je pas frémi à la beauté avec une telle force ?

Hors de moi-même, je regagne mon hôtel, en proie à une fièvre inédite.

Je sors une feuille Canson de 29 sur 42 et me mets à dessiner une femme en lui tatouant un oiseau dans le cou.

Kobiety i natura.

Toute la nuit, je reprends mon dessin, le recommence sur d'autres feuilles.

Bientôt, il m'apparaît que les traits du visage de la régisseuse se sont imposés à ma main. Puis ceux de Sylvie. Puis ceux de la femme des thermes de Zakopane. Autant de femmes qui toutes ensemble n'en forment plus qu'une.

La nuit est agitée. Je dors peu, trop occupé à me demander pourquoi mon visage ressemble à ce point à celui d'un peintre polonais du début du XXe siècle.

Plus encore qu'à l'accoutumée, j'ai l'impression de porter en moi une histoire qu'on ne m'a jamais racontée.

DEUX CŒURS

Les promesses

Elles marchent dans la neige, bras dessus bras dessous. Ce sont deux sœurs, des jumelles nées un matin de novembre 1901, jour de tempête. Elles marchent dans la campagne de Nowa Wieś, située dans la région de la Grande-Pologne, cinquante kilomètres à l'ouest de Varsovie. L'aube commence à poindre. Leurs pas s'enfoncent et laissent une trace sur le chemin forestier, à l'heure où les enfants dorment encore.

— C'est le pays blanc, ici, je l'aime tant, dit Helena, née la seconde mais considérée comme l'aînée. Pour rien au monde je ne quitterais cette terre, toute plate et hostile qu'elle soit l'hiver.

La neige s'écrase sous leurs bottines fourrées. Elles portent une chapka blanche sur la tête, la même pour chacune, et un épais manteau de laine gris. Autour de leur cou, une longue écharpe flotte. L'une est bleue, l'autre rouge. Elles vont, parfaitement identiques, à cette exception près.

— Je porte un enfant, avoue la cadette, mais il n'est pas celui d'Andrzej. Tout le monde le saura puisqu'il est parti depuis longtemps. Je porte un autre enfant que le sien, un enfant que j'aime déjà plus que tous nos enfants réunis.

Helena lâche le bras de sa sœur qui continue à marcher alors qu'elle reste en arrière, incapable d'avancer.

— Viens, lui lance la jeune femme enceinte pour la quatrième fois.

L'aînée s'efforce de la rattraper. Le souffle court, entravée par le choc autant que par l'effort, elle reprend le bras de sa sœur avant de parler :

— Tu ne peux pas dire ça, Broni, ce n'est pas pensable ! Tu as trois beaux enfants, Andrzej est parti travailler en France afin que vous puissiez les élever dignement et toi, pendant ce temps-là, tu batifoles.

— J'aime Szymon depuis toujours.

— Tu exagères.

— D'aussi loin que je me souvienne, nous nous aimons, nous nous sommes promis l'un à l'autre. Sans notre père...

— Parce qu'il est juif, alors tu peux comprendre que...

— Non, je ne peux plus comprendre maintenant que notre père est mort et que mon corps s'est enflammé.

— Tu ne penses pas un mot de ce que tu dis. C'est à cause de la panique, de la peur des conséquences que cet écart fâcheux aura sur la suite de ton existence et sur celle de tes enfants. Tu sais ce que l'on pensera de toi et de cet enfant qui ne sera pas comme les autres.

— Un bâtard.

— Ne parle pas ainsi. Un enfant est un enfant.

— Pour toi, peut-être, mais pas pour les gens d'ici, et encore moins pour Andrzej.

De la neige tombe comme une pluie drue des branches des arbres. Dans un même élan, les deux sœurs baissent la tête, seule Helena sent le froid de la glace pénétrer dans son cou. D'un geste brusque, elle ôte son écharpe bleue et la secoue avant de l'enrouler serrée, nouée au plus près de la peau.

— Szymon m'a proposé de quitter la région, je vais le suivre, je n'ai pas d'autre choix, reprend la cadette lorsque le délestage des branches est accompli.

— Et moi, et notre mère, y as-tu pensé ? Jamais nous ne nous sommes séparées, nous habitons dans la même rue. Comment peux-tu imaginer vivre autrement qu'ensemble comme nous l'avons toujours fait ?

À cela, Bronisława n'a pas encore songé. Elle agrippe le bras de sa jumelle tandis qu'une larme roule sur sa joue. La lumière du jour se fait plus intense lorsque le soleil s'invite entre les branches nues des hêtres, chênes et autres frênes centenaires qu'elles connaissent depuis l'enfance.

— J'ai pensé que peut-être, puisque tu n'es pas mariée et que tu me ressembles comme deux gouttes d'eau… Enfin, j'ai pensé que tu pourrais prendre ma place et me laisser partir avec Szymon.

Helena marque un second arrêt aussi brusque qu'un faux mouvement. Ses bottes fourrées s'engouffrent dans la neige.

— Parce que tu as l'intention de partir sans tes enfants ? s'offusque-t-elle en repoussant le bras de sa sœur.

— Écoute, l'enfant naîtra dans quatre mois. Je sais exactement quand je l'ai conçu avec Szymon. Le lendemain du départ d'Andrzej. Il est venu dans la nuit et je lui ai ouvert ma porte. Je ne pouvais pas refuser. On ne revient pas sur les promesses du passé.

— Tu es folle, ma parole !

— Personne ne se rendra compte de rien. L'hiver m'aide à cacher ce ventre qui commence juste à se dessiner, je mange peu. Il est encore assez discret, mais il me faudra partir dès qu'il deviendra visible.

— Une mère n'abandonne pas ses enfants.

— Une mère non, mais une femme le peut, et je suis les deux à la fois. Inversons nos rôles, au moins pour quelques mois, je t'en prie.

Helena reste sans voix. Son pas imprime sur la neige le poids d'une incompréhension intraduisible et, dans son esprit, les questions s'accumulent. Comment s'occuper des enfants ? Faire illusion aux yeux d'Andrzej ? Mentir ? Endosser le rôle de sa sœur en s'oubliant elle-même ? Et surtout, comment jouer ce jeu dangereux en présence de leur mère qui ne sera dupe de rien ? Pour briser ce tumulte intérieur, elle reprend la parole :

— Tu as perdu la raison. La maternité rend folle et l'amour sans doute plus encore. Dieu m'en préserve.

— C'est la plus belle chose qui soit au monde, Helena.

— Mais tu me demandes pourtant d'y renoncer !

— Par amour pour moi, oui, je te le demande.

Le soleil franchit la cime des arbres et éblouit les deux femmes en passe de sortir de la forêt.

— C'est une folie. Rien d'autre qu'une folie. Dieu nous punira et cela d'autant plus que tu pars pour un Juif. As-tu conscience de ce que tu as fait ?

— Je me suis unie à l'homme que j'aime et que l'on m'a interdit. Depuis que je porte son enfant, je me sens vivante. Avant, je me contentais d'obéir. Dieu me pardonnera. Il pardonne tout.

— Encore faut-il se repentir et se remettre dans le droit chemin.

— L'amour est le chemin, Helena, je n'en vois aucun autre.

— Et l'amour de tes enfants ? Piotr, Józef et Ewa, cinq, trois et deux ans... De tout petits enfants, Broni, réfléchis.

— Oui, un par an, comme c'est de coutume chez les paysannes et deux fausses couches entre-temps pour souffler un peu, encore que ce ne soit pas une partie de plaisir non plus.

— Comment veux-tu que j'échappe à Andrzej, à ses attentes d'homme ?

— Prie pour qu'il ne revienne jamais de la mine.

— Broni, retire ce que tu viens de dire !

— Nombreux sont les mineurs avalés par un coup de grisou ou écrasés sous une berline. Tu sais combien nous en avons déjà perdu ?

— Je ne te reconnais plus… Oh, mon Dieu, dis-moi que tout cela n'est qu'une plaisanterie, une bonne blague comme tu en as le secret. Une histoire pour me faire enrager. Broni, je t'en prie, dis-moi que tu n'es pas sérieuse.

Un long rire fend la plaine couverte de neige. C'est celui de la femme dont l'amour a englouti le cœur au point de la perdre un instant.

— Tu as raison, Helena. Je divague. Je ne peux abandonner ni mon mari ni mes enfants. Tout cela n'était qu'un jeu. Depuis quand n'avons-nous rien eu de palpitant à nous raconter ?

L'aînée attrape le regard de sa sœur, sonde son éclat et demeure un instant perplexe avant de pousser un long soupir nerveux.

— Va, la banalité me suffit, lâche-t-elle, soulagée, et je préfère de loin la routine à l'histoire rocambolesque que tu viens de me raconter. Tu es bien sûre que cette fiction n'est autre qu'une fantaisie sortie tout droit de ton esprit pour pimenter notre terne et douce réalité ?

— Comment peux-tu penser le contraire ? ironise Broni en frappant son ventre du plat de sa main.

Elles se lancent une de ces œillades taquines qui depuis l'enfance ont scellé leur complicité. « Deux sœurs, deux cœurs, une âme », se plaisaient-elles à répéter pour ne jamais oublier qu'elles venaient du même œuf issu du même utérus.

Le placenta, sorti intact, ressemblait à un arbre de vie. Et il se racontait que les jumelles, à peine emmaillotées, avaient trouvé le moyen de réunir leurs bouches pour mieux retomber dans le sommeil des anges.

À l'approche du village, elles accélèrent le pas. La cloche vient de sonner 8 heures et leurs pieds sont gelés d'avoir foulé la neige fraîche. Lorsqu'elles entrent dans la maison, les garçons prennent leur petit déjeuner tandis que leur grand-mère tricote un chandail au pied du fourneau. Les deux sœurs tapent le bout de leurs bottines sur le mur avant d'entrer. Dans un même mouvement, elles se déchaussent avant de retirer chapkas, écharpes et manteaux qu'elles déposent sur les dossiers des chaises les plus proches du feu. D'une même voix, elles lancent un « Bonjour, comment ça va ? », puis Broni attrape trois tasses qu'elle dépose sur la longue table en bois massif. Helena vient aussitôt les remplir de café d'orge. Leokadia a mis la casserole à bouillir quand ses jumelles ont quitté la maison. L'eau frémissait au réveil de ses petits-fils, mais elle leur a servi un verre de lait.

Tandis que les garçons trempent leur pain beurré dans le lait et que les jumelles boivent leur café en silence, Ewa pointe le bout de son nez, une poupée à la main et un linge dans la bouche. Les pieds nus, elle vient s'agripper à la jambe de sa mère qui lui enfile chaussettes et chaussons avant de l'installer sur une chaise rehaussée par un coussin brodé de motifs folkloriques.

— Tu nous feras du *placek* pour dimanche, grand-mère ? suggère Piotr en regrettant de n'avoir qu'une tranche de pain bis à se mettre sous la dent.

— Si vous êtes bien sages, pourquoi pas, répond *babcia* Leokadia, enroulant la laine autour de son index afin de préparer la maille suivante.

— On s'en régalera tous, ajoute Bronisława, aussi gourmande que son fils.

Ce gâteau a toujours été son préféré, celui que l'on déguste lors des grandes occasions après la messe et le *bigos*, sauf en période de carême. Broni piquait le sucre sur la part de sa sœur qui raffolait des raisins secs. Le partage s'effectuait sans mots, pareil à un rituel que le passage à l'âge adulte n'avait en rien modifié.

La cadette se lève, ramasse les tasses et les bols qu'elle empile à côté de la bassine en fer consacrée à la vaisselle. Lorsque cette dernière noue son tablier autour de sa taille, Helena s'étonne de trouver son ventre sans rondeur particulière, comme si la petite histoire de la forêt avait sonné juste à son oreille. Perplexe et honteuse de sa méprise, elle se lève à son tour et enfile son manteau humide avant d'embrasser ses neveux, sa nièce et sa mère. L'heure est venue d'aller s'occuper de Mme Kutner comme elle le fait depuis dix ans. On la paie bien pour cela, mieux qu'un mineur qui sue sang et eau tout en risquant sa vie.

La veuve Kutner porte ses quatre-vingts ans avec élégance. Autour de son cou ruisselle un collier de perles noires dont une réplique orne ses poignets. Cette femme a quitté Varsovie pour se mettre à l'abri dans sa propriété de campagne au début de la Grande Guerre. Ses fils mobilisés et son mari décédé depuis peu, elle a pris le train de Varsovie pour Łódź avant de rejoindre Nowa Wieś en charrette, n'emportant que le strict nécessaire. Des papiers, des bijoux, quelques robes et autant de livres que possible. Le reste a été laissé dans l'appartement de Varsovie, au cas où ses enfants y reviendraient lors d'une permission.

Lorsque Mme Kutner revint au village, elle fut d'abord surprise de trouver sa propriété plus grande que dans son souvenir. Elle traversa la longue allée bordée de tilleuls d'un pas lent et entra dans sa demeure de toute sa taille effilée, le dos droit et les cheveux tirés en arrière, valise à la main. Ses bijoux, elle les portait sur son ventre, dans une pochette de satin bleu qu'elle avait fixée à l'aide d'une épaisse bande médicale. Elle se méfiait de la campagne. De la rusticité de la campagne et de sa convoitise. Elle savait qu'elle détonnait ici, parce qu'elle n'avait jamais souffert de la faim et qu'elle gardait les mains douces malgré les plis de l'âge. *La bibliothèque est intacte et c'est l'essentiel*, pensa-t-elle, surtout à présent qu'elle était seule, sans fils et sans mari. Pour toute compagnie, elle se limitait à un couple de paysans qui veillait sur ses biens depuis plus de trente ans. Lui s'occupait des extérieurs pendant qu'elle entretenait la maison le vendredi après-midi. Si aucun malheur ne leur était tombé dessus, Janina viendrait le lendemain, comme prévu, et elle commencerait par l'envoyer au marché. Ce n'était pas le genre de tâche qu'elle pouvait accomplir par elle-même, vu son âge et sa notoriété.

À son arrivée, Janina ne s'attendait pas à voir sa maîtresse sur le pas de la porte. Elle rougit, gênée, se sentant coupable d'une effraction alors qu'elle était payée pour se trouver là.

— Oh, pardon, madame Kutner, bonjour, je… je ne pensais pas vous revoir aujourd'hui, je ne suis pas…

Elle s'essuya les mains sur son tablier, ses cheveux étaient propres mais mal peignés, sa peau était luisante et le bout de ses souliers, troué. À toute vitesse, elle les cacha sous sa jupe.

— Ne vous excusez pas, ma bonne Janina. Après toutes ces années, vous êtes toujours là et cela ressemble à un miracle !

La paysanne baissa les yeux. Elle n'avait pas l'habitude de recevoir des compliments ni d'être accueillie avec autant de bienveillance. Son rôle consistait plutôt à honorer les besognes qui lui étaient confiées pour gagner sa vie tant bien que mal. Sa place chez les Kutner, elle y tenait, c'était un privilège dans le village, parce que des gens de la haute société lui accordaient leur confiance en lui laissant leurs clés. Après, elle ne cherchait pas à en savoir davantage. Que les Kutner soient là ou pas, tous les vendredis, elle revenait tandis que son mari intervenait de façon plus épisodique.

Au sourire triste et aux épaules rentrées de sa maîtresse, Janina comprit qu'elle était revenue seule et que son mari n'était plus de ce monde.

De son côté, la veuve résista à l'envie de s'épancher, elle savait qu'elle avait un rôle à tenir, une distance à garder.

— Pourriez-vous aller me faire quelques courses ? Du café, du pain, de quoi me nourrir durant la semaine ?

La paysanne s'inclina pour accepter, prenant soin de maintenir ses chaussures à l'abri de ses jupons. Elle avait gardé en mémoire les denrées que lui réclamait autrefois Mme Kutner, voudrait-elle tout pareil que d'habitude ?

— Oui, dans la mesure du possible, ne changez rien, répondit la revenante. N'en prenez toutefois que pour moi seule. Mon pauvre époux nous a quittés et mes fils ont été mobilisés.

— Les miens aussi, embraya aussitôt Janina. Mon mari, Dieu soit loué, est trop vieux pour se battre. Enfin, pardon, je suis désolée pour le Dr Kutner, vraiment désolée, bredouilla-t-elle en se tordant les doigts.

Leurs regards se croisèrent un court instant tandis que Janina regretta aussitôt d'avoir pris la parole. Sa vie ne concernait qu'elle et ne pouvait qu'ennuyer la digne Mme Kutner, aussi baissa-t-elle de nouveau les yeux.

— Nous vivons une bien lourde peine, poursuivit la veuve comme si de rien n'était, mais ici nous sommes à l'abri des bombardements, du moins, je l'espère. Varsovie sera bientôt en cendres, je crains de ne jamais plus pouvoir y retourner. Il faudra tout reconstruire après un tel massacre, tout.

— Si c'est pas misère ! Ici aussi, on a perdu. Beaucoup d'hommes et d'enfants. Les femmes n'ont plus de lait, elles pleurent sans larmes et tout le monde a faim. Il faudra payer plus cher pour vos courses et prendre ce qu'il reste.

La veuve acquiesça, résignée.

— Pourvu qu'il y ait du pain, un peu de café d'orge et de miel, je m'en contenterai.

— Quelle misère ! répéta Janina, regrettant les tables opulentes de la famille Kutner.

La maîtresse de maison plongea sa main veineuse dans sa poche, s'approcha de Janina, lui tendit quelques billets.

— Tenez, voilà assez de zlotys pour payer les courses et vous dédommager de la longue route à pied. La semaine prochaine, venez directement après le marché. Et surtout, prenez le minimum, je ne veux pas vous infliger une charge trop lourde.

La paysanne attrapa les billets et les serra dans sa main. Elle n'en avait pas tenu autant depuis longtemps.

— Je reviens au plus vite, madame, promit-elle en s'inclinant une fois encore avant de se retourner pour filer tout droit en direction du portail.

Lorsqu'elle disparut au loin, Mme Kutner trônait encore, pensive, les bras ballants, sur le pas de la porte. Si Janina avait vieilli, son désir de la servir demeurait identique. *La fierté paysanne*, pensa-t-elle, en refermant la porte derrière elle. Janina travaillerait jusqu'à son dernier jour, c'était ainsi. La veuve n'en mesurait que davantage sa chance d'être née dans une famille aisée. Elle en remerciait Dieu, ajoutant toujours quelques zlotys sur la note de ceux qui consacraient leur vie à faciliter la sienne. Elle avait assez lu pour comprendre ce qu'ils vivaient.

Une fois Janina partie, Mme Kutner se retrouva seule dans son salon. Des draps blancs flottaient encore sur certains meubles. Elle se revoyait les déposer cinq ans plus tôt, à la fin de l'été, pensant revenir à la belle saison, mais son mari était tombé malade et il avait été plus simple de rester en ville pour le soigner. Des médecins, ils en connaissaient de nombreux et des plus doués, mais aucun n'était parvenu à contrer le mal qui l'avait emporté.

Le silence lui parut suspect. Elle ne l'avait pas entendu depuis Varsovie. La ville bruissait sans cesse. Les cloches, les cris, les sabots des chevaux, le rythme effréné de la vie quotidienne, les premiers moteurs de voitures, le sifflement des trains au départ de la gare toute proche et les vibrations du tramway. Elle avait basculé dans la vieillesse en même temps que dans la modernité. Un grand pas en avant, et puis le néant, la solitude et le retour au silence. Un silence suspect.

Elle attrapa le premier drap qui recouvrait le piano à queue et le laissa glisser sur le couvercle. Il finit par se recroqueviller sur lui-même avant de s'affaler par terre. Le piano était intact. En palissandre de Rio, finition cire naturelle. Un joyau de la marque Pleyel, venu de Paris, un cadeau de son mari à l'occasion de ses cinquante ans. Trop grand pour trouver place à Varsovie, ils l'avaient fait livrer à Nowa Wieś où elle pouvait en profiter sans gêner personne. L'instrument suscitait l'admiration de leurs amis en villégiature, l'été. On jouait tard sur le piano, on terminait toujours par les mazurkas de Chopin et il arrivait même de danser sur la terrasse, au clair de lune, pendant que d'autres fumaient la pipe après un dernier verre de vodka. Parfois, lorsqu'un musicien de l'avant-garde interprétait à l'oreille les *Variations* de Paderewski, une larme coulait sur les visages des auditeurs. Ce compositeur avait la réputation de haranguer les foules pour fustiger l'occupation de la Pologne par les Russes, les Prussiens et les Austro-Hongrois. Avec la guerre, le cercle d'amis s'était dispersé et la lutte de Paderewski pour l'indépendance de son pays s'était déplacée aux États-Unis. Un combat acharné dont personne n'entendait plus parler autrement que par des canaux clandestins.

Elle souleva le pupitre, retira la bande de feutre lie-de-vin et laissa les doigts de sa main droite frapper les touches en ivoire.

Le silence était rompu. Elle ne l'entendait plus, mais la musique sonnait faux à son oreille maintenant qu'elle était seule, sans mari, sans fils, sans amis. Et l'avenir lui paraissait d'autant plus redoutable que les notes tirées du piano profanaient le passé. Elle remit la bande de feutre en place et rabattit le couvercle.

— C'est fini, prononça-t-elle à voix haute pour elle-même. Je ne jouerai plus. Le monde est devenu trop sombre pour se divertir à présent que Varsovie est exsangue.

Elle négligea de replacer le drap sur l'instrument que Janina ne manquerait pas de lustrer à son retour du marché, se souvenant que sa bonne commençait autrefois son service en époussetant cette merveille. Avant cette pièce luxueuse, il y avait eu un piano droit, en bois lui aussi, du noyer massif, plus rugueux et moins brillant. Janina aimait en mettre à nu la table d'harmonie. Les cordes dorées formaient une harpe à l'intérieur. C'était sa façon de laisser respirer l'instrument, les fenêtres grandes ouvertes, les rideaux flottant au vent. Le salon semblait battre comme un cœur vaillant, propre et fier. Chez Mme Kutner, elle côtoyait la beauté et s'en délectait sans en toucher le moindre mot à quiconque.

Le seul ennui avec Janina, c'est qu'elle ne pouvait se rendre disponible plus d'une demi-journée hebdomadaire et qu'elle n'avait pas assez d'instruction pour discuter avec elle. Mme Kutner décida donc de vendre le piano avec l'intention de se payer les services d'une jeune fille de compagnie. La solitude la rabougrissait et sa vue commençait à baisser au point qu'elle ne pouvait plus lire sans se munir d'une loupe. En désespoir de cause, elle se tourna vers Janina.

— Est-ce que vous connaîtriez une jeune fille sérieuse et soignée qui pourrait me faire la lecture et m'aider dans les menues tâches du quotidien ? Je la voudrais discrète, mais joyeuse. Il faudrait qu'elle sache cuisiner, ranger la maison, et surtout qu'elle ait un peu de conversation. Vous voyez ?

Janina s'identifia point par point au descriptif à cela près qu'elle avait toutes les peines à s'exprimer. Elle savait son langage fautif, sa parlure issue d'une voix grossière comme le labour d'un champ de patates. Aussi préférait-elle se taire ou opiner afin d'être sûre de ne pas prononcer un mot de travers. N'ayant rien à contredire, elle n'avait donc rien à dire. C'était ce genre de bonne femme façonnée dans la glaise du devoir qui trouvait son bonheur à faire plaisir moyennant quelque succès d'estime. Elle se mit donc à réfléchir le plus solennellement du monde, allant jusqu'à poser son index sur ses lèvres pour implorer Dieu de l'aider à trouver une réponse qui ne déçût pas sa maîtresse.

— J'aurais bien quelqu'un, lâcha-t-elle sans sourire, car elle tenait à cacher la dent qui lui manquait. Si vous voulez, je vous l'amène demain.

Elle avait compté ses mots, pris soin d'arrondir les lèvres, soucieuse de soigner sa diction pour être comprise du premier coup.

— Je savais que je pouvais compter sur vous ! Faisons ainsi, conclut Mme Kutner en toute confiance.

Le lendemain, Janina frappa à la porte en fin de matinée. Elle portait un simple fichu sur la tête tandis que la jeune fille qui l'accompagnait arborait un châle brodé. Noué à la nuque, le tissu flottait dans son dos. Elle était vêtue d'une robe soignée, couverte d'un manteau léger, conforme à la saison.

— Bonjour, madame Kutner. Voilà Helena, c'est ma nièce, la fille de ma sœur.

— Votre sœur ? s'étonna la veuve qui ignorait tout de la vie de son employée.

— Elle travaille aux champs, elle aussi, comme son mari, comme ses filles. Elle n'en a eu que deux, des jumelles, après elle a été tranquille avec ça.

— Savez-vous lire ? demanda Mme Kutner d'un ton sceptique teinté de déception.

Les filles de campagne se montraient vaillantes, fortes et travailleuses, mais rares étaient celles qui avaient pu aller suffisamment à l'école pour apprendre à lire.

— J'ai un peu étudié, je sais déchiffrer les mots et je peux m'améliorer, récita Helena avec conviction.

La dame qui la regardait de haut avait beau l'intimider, elle s'efforça de rester digne. Même si sa tante lui avait seriné que Mme Kutner appartenait à un autre monde que le leur, elle refusait d'avoir honte de ses parents et de sa condition de paysanne. Elle savait lire pour avoir fréquenté l'école jusqu'à l'âge de treize ans. Après, c'était fini pour elle, l'école de Nowa Wieś, et pas question de partir étudier ailleurs, alors elle avait, comme sa sœur, travaillé à la ferme en attendant d'être assez grande pour se marier. C'est ainsi que sa mère les avait préparées à la vie. À dix-huit ans, elles seraient en âge de trouver un mari, mais comme elles n'étaient que deux, l'une d'elles devrait rester et l'autre partir s'installer dans la famille de son époux. « Je resterai ici », avait décrété Helena sans se faire prier et Bronisława l'avait remerciée de se sacrifier, parce qu'elle préférait se marier et avoir de nombreux enfants plutôt que de se rompre le dos aux champs. Elle espérait encore épouser Szymon, mais le père avait refusé et elle s'était rabattue sur Andrzej parce qu'il avait hérité d'une jolie maison proche de la sienne et lui avait promis de l'emmener à Cracovie en cadeau de mariage. Beau garçon et fou amoureux d'elle, il avait plusieurs fois rôdé à la porte avant d'oser demander sa main. Dès lors, il s'était engagé à lui assurer une vie confortable. Il possédait, outre la maison, des terres qu'il avait mises en location dans le but de monter son affaire, un petit négoce de bois. Leokadia et Jacek l'avaient accepté sans réfléchir pour effacer l'autre. C'était un parfait catholique celui-là, dont les parents étaient morts d'une épidémie de typhus à trois jours d'intervalle. Leur fille ne s'en irait donc pas bien loin !

Sa sœur en passe de se marier, Helena avait tiré un trait sur cette perspective, sans le moindre regret. Elle se sentait trop jeune pour cela et se disait que c'était le plus sûr moyen de reproduire une vie qu'elle connaissait déjà par cœur. Alors, lorsque sa tante lui avait proposé de la présenter à sa maîtresse, elle avait attendu la réponse de ses parents avec anxiété, parce qu'ils comptaient sur elle aux champs, mais Leokadia avait eu une réaction à l'opposé de ce à quoi Helena s'était attendue.

« Qu'elle y aille, avait-elle dit à Janina. Elle nous rapportera plus à s'occuper de cette vieille bourgeoise qu'à s'échiner sur nos terres. Et elle sera plus heureuse aussi, elle apprendra… »

Un large sourire avait illuminé le visage d'Helena. Une porte s'ouvrait pour elle ! Sa mère lui permettait de mener une vie différente et elle ne l'en aimait que davantage. Elle s'était ruée dans ses bras, la remerciant dans un soupir.

« Tâche d'être propre sur toi et de montrer que tu es intelligente. Reste fière mais garde ta place, c'est le seul moyen de gagner l'estime de ces gens-là. »

Helena avait acquiescé et sa sœur avait lissé ses cheveux à la brosse après l'avoir aidée à trouver la robe et le manteau les plus élégants qu'elles possédaient. Au moment de partir, Leokadia avait tendu un châle brodé à sa fille.

« Tiens, noue-le sur ta tête, il te portera chance. »

Et Helena avait traversé la campagne aux côtés de sa tante Janina pour se rendre chez la veuve Kutner.

Dix ans plus tard, la jeune fille, devenue femme, est encore à son service. Helena se charge certes de la maison, de la cuisine et du ménage, mais ce n'est pas ce qui l'occupe le plus. Elle lit pour elle des romans ardus qui lui ont donné du fil à retordre avant qu'elle ne parvienne à les réciter avec grâce.

Lorsque Mme Kutner avait demandé à Helena de lui faire la lecture, quelques jours après l'avoir embauchée, elle avait été déçue. La paysanne s'y prenait mal, articulant certains mots de travers, trébuchant sur les plus difficiles et ne comprenant goutte de ce qu'elle ânonnait. La veuve le voyait à la manière qu'elle avait de plisser les sourcils pour redoubler de concentration et donner le change. Au lieu de la blâmer, elle l'avait laissée s'exercer, se contentant de la reprendre quand les lettres et le son étaient discordants.

À mesure que la vue de Mme Kutner déclinait, la qualité de lecture d'Helena s'améliorait. Bientôt, le ménage et la cuisine ne furent plus qu'une parenthèse dans sa journée de travail et, son temps de lecture allant croissant, elle se mit à modifier sa voix en fonction des personnages pour finir par donner la réplique comme au théâtre.

Quand sa diction devint parfaite, la veuve Kutner tripla son salaire. Helena n'en revenait pas. *Quelle aubaine !* se disait-elle. *En plus d'avoir une bonne maîtresse, de travailler au chaud et d'être si bien payée, je m'amuse à lire et à me cultiver. Que demander de plus ?*

Parfois, il lui arrivait de se sentir gênée de mieux gagner sa vie que les hommes, même si elle reversait son argent à ses parents, ne gardant pour elle que le minimum dont elle avait besoin pour faire bonne impression à Mme Kutner. N'était-elle pas déjà bien heureuse de savoir lire et de n'avoir pas à travailler aux champs ou au marché comme toutes les femmes de la famille ?

Rien n'aurait pu lui faire penser le contraire.

Les trois pigeons

Pour les endormir lorsqu'elles étaient petites, Leokadia leur fredonnait la chanson des *Trois Pigeons*. Les fillettes se tenaient serrées dans le lit, sous la *pierzyna*, cet édredon de plumes si lourd qu'elles se sentaient écrasées.

La mère commençait toujours par vocaliser depuis le fourneau où elle ajoutait un peu d'eau dans la casserole pour l'infusion du soir.

— *Cou-cou-rou-cou-cou*, gargarisait-elle dans sa gorge allongée.

Ses lèvres s'avançaient, ses joues s'étiraient et son visage se transformait.

Leokadia s'approchait de ses filles d'un pas de mystère tout en soufflant un crescendo d'onomatopées. Parfois, elle battait des mains, mimant les ailes du volatile au bec court. Dans les deux cas, Helena et Bronisława s'engouffraient sous la *pierzyna*, ne laissant dépasser que leurs longs cheveux blonds.

Alors, la mère s'agenouillait sur le tapis et entonnait la chanson des pigeons.

« Plus fort, plus fort », réclamait Helena.

« Plus vite, plus vite », implorait Bronisława.

« Encore, encore », suppliaient-elles d'une même voix.

Si le père n'était pas rentré de l'étable où il distribuait de la paille aux bestiaux, la mère répétait son refrain de plus belle :

Le pigeon blanc se sent bien seul au village depuis que le pigeon noir est parti
À la ville, il travaille, pendant que le pigeon blanc se languit
Mais un pigeon gris frappe à la porte et voilà le blanc ragaillardi
Cou-cou-rou-cou-cou – Cou-cou-rou-cou-cou
Après les rires viendront les larmes si les langues se dénouent

Sitôt que la porte venait à grincer, le chant immédiatement s'arrêtait et l'on entendait la prière à la Vierge résonner dans la petite pièce jouxtant la salle à manger. Il y avait deux autres lits dans cette dépendance couverte de lattes en bois, deux couchettes superposées qui attendaient d'autres enfants qui ne venaient pas.

Dans le village, Leokadia faisait figure d'exception. Chaque femme avait de nombreux enfants qui dormaient par deux et se disputaient les édredons dans des lits trop petits. Toutes les femmes mettaient leurs filles d'un côté et leurs fils de l'autre, créant des binômes aptes à maintenir une certaine paix, mais Leokadia n'avait pas ce genre de préoccupation. Ses filles étaient nées jumelles et chaque nuit les ramenait à leur paradis originel, celui dans lequel elles flottaient dans la même eau, serrées l'une contre l'autre en se tenant la main. Pouvait-elle empêcher son corps de saigner tous les mois au lieu de concevoir un enfant ?

Le soir, à l'heure où les jumelles étaient plongées dans le sommeil, Jacek revenait à la charge, sûr de façonner un fils dans l'antre de sa femme. Il l'imaginait fort, carré, puissant pour l'aider aux champs avant de prendre la relève. En plus du reste, il lui aurait appris à pisser debout, et quand le petit se serait plaint qu'une goutte s'obstine à mouiller sa culotte, il lui aurait dit : « T'inquiète, fils, il y en aura toujours une, ça prouve que t'es un homme ! »

Il le rêvait souvent, ce petit-là, mais il ne venait pas.

Leokadia n'en souffrait pas, elle. Elle avait ses filles, ses deux cœurs, ses beautés à qui elle s'amusait à raconter des histoires de jeunes filles rebelles entre deux roucoulements. Un conte revenait souvent, celui de la paysanne qui, au retour du lavoir, avait rencontré un beau jeune homme de la ville dans une redingote toute neuve. Il avait des yeux bleus comme l'océan qu'elle n'avait jamais vu et une moustache un peu rousse. Il était peintre, la trouvait mignonne et avait voulu brosser son portrait avant de s'en aller.

« Encore, encore ! scandaient les petites.

— Il l'a croquée, il est parti et n'est jamais revenu, mais quelque part, dans Cracovie, on peut voir le portrait de la jeune paysanne, un seau à bout de bras, les cheveux déliés et le corsage dégrafé. Ses jolies joues roses témoignent d'un bonheur que rien ne pourra jamais lui enlever.

— On ira, nous, voir le tableau à Cracovie ? demandait toujours Broni en se redressant d'un coup.

— C'est très loin, ma chérie, Cracovie, c'est le bout du monde, et tu sais ce qu'il arrive quand on s'éloigne du nid... Souviens-toi de la chanson des pigeons ! »

Broni était bien trop petite pour comprendre la morale de cette chanson. Pour elle, c'était juste un *Cou-cou-rou-cou-cou* mignon, une agréable ritournelle rigolote. Le dernier éclat de rire avant la prière à Marie.

Aucun fils ne vint jamais, pas plus qu'une autre fille et, avec le temps, on finit par se dire que la première grossesse de Leokadia avait dû briser quelque chose à l'intérieur de son ventre et la rendre stérile par la suite. Jacek se fit moins pressant, se contentant de caresser la croupe de sa femme pour mieux s'endormir, tandis que Leokadia remerciait la Vierge de lui avoir donné deux magnifiques fillettes avant de la laisser tranquille.

Au fil des années, les couchettes superposées se convertirent en espace de rangement pour les jumelles et personne n'alla plus aborder le sujet du fils que Leokadia et Jacek n'avaient jamais eu. La chanson des pigeons, si elle cessa d'être chantée, demeura pourtant dans les mémoires, suscitant l'envie de se rendre en ville pour s'acheter des vêtements à la mode et dégotter le tableau de la paysanne au seau, se fossilisant comme une prière dans l'esprit des deux sœurs. C'est dans ce terreau-là qu'Andrzej puisa pour conquérir Bronisława. Au lendemain de leur mariage, il l'emmena à Cracovie, lui offrit un tour de calèche, une *żywiec* sur la place du Rynek et un beignet fourré à la confiture avant de rejoindre le Chêne de la liberté, planté un an plus tôt, en 1918, devant le Collegium Novum.

— La guerre est finie, la vie et la liberté sont à nous ! clama Andrzej, en soulevant Broni dans ses bras.

Que le Planty fût en mauvais état, dévasté par les coupes infligées par les Allemands, lui était bien égal. Il avait sa petite affaire à la campagne et une jolie fille qu'il venait à peine d'épouser. Bientôt, il aurait un fils, une cohorte d'enfants, alors il fallait profiter de ce jour unique qu'ils ne revivraient pas avant longtemps.

Lorsque Bronisława lui demanda de faire un détour par le musée car elle voulait voir le tableau de la jeune fille au seau, Andrzej la regarda d'un air consterné puis se fendit d'un rire moqueur.

— Mais les musées, ma pauvre, si tu savais, la guerre a réduit tout ça en miettes ! Mieux vaut bien manger et bien boire que de perdre son temps à contempler des reliques. Et puis, la fille au seau, moi, je l'ai sous les yeux maintenant et pour toujours. C'est toi, ma Broni ! Viens là...

Sensible aux flatteries, la jeune mariée céda. À quoi bon perdre leur temps en quête d'un tableau anonyme qu'ils n'auraient sans doute jamais trouvé ?

Le soir, ils dormirent à l'hôtel et repartirent le lendemain vers Katowice où ils firent une halte brève avant de remonter vers Łódź. Là, ils séjournèrent pendant deux jours. L'hôtel était miteux mais suffisant pour que leur étreinte nocturne soit fertile. Le petit Piotr fut ainsi conçu vers minuit, après un dîner au restaurant et une séance de cinéma. Le lendemain, ils flânèrent au lit. Andrzej fumait une cigarette en caressant le sein de Broni qui pensait à sa sœur et au tableau qu'elle n'avait pas vu.

On serait déçu à Nowa Wieś, elle avait promis...

Embarrassée, elle se rongea l'ongle de l'index. Quelle excuse parviendrait-elle à trouver ? Elle se sentait d'autant plus coupable qu'elle savait que jamais sa mère n'entreprendrait le voyage à Cracovie et qu'Helena, si elle s'obstinait à passer ses journées auprès de Mme Kutner, n'aurait pas la moindre perspective de s'évader non plus. *Un peu de rêve ne fait de mal à personne*, se dit-elle, *broder n'est pas mentir après tout, si c'est pour faire plaisir*. Alors, elle décida d'affabuler. Et tandis qu'Andrzej faisait rouler son téton entre ses doigts, elle frémit, se cambra et crut voir la jeune fille au seau sur le mur du musée de Cracovie. *Le nom du peintre et celui du musée ?... Oh, c'était sans importance, elle avait déjà oublié, mais le tableau, quelle merveille ! On aurait dit le portrait de Leokadia dans sa prime jeunesse.*

Le deuxième jour à Łódź se limita à une flânerie sur le grand boulevard où restaurants chics et immeubles Art nouveau embrasaient le regard de Broni. S'ils avaient pris de la hauteur, ils auraient perçu toute la vitalité de cette ville industrielle aux mille cheminées de briques rouges, mais ils n'en avaient pas eu l'idée. Ils dînèrent sur la terrasse d'un restaurant, place Wolności, face à la statue du héros de l'insurrection de 1794, l'officier Tadeusz Kościuszko. Là, ils commandèrent une soupe de betterave après avoir bu une bière. Avant de partir, ils avalèrent encore quelques vodkas.

— Ne dis rien à maman, surtout. Elle trouverait cela mauvais genre !

— Oh ! Comme tu peux être sotte ! Tu n'es plus une enfant, tu es ma femme et c'est à moi seul que tu as des comptes à rendre à présent.

Elle resta sans voix, la main serrée autour de son verre qu'elle s'étonnait d'avoir déjà vidé à moitié. Les mots d'Andrzej se teintaient d'une étrange couleur flottante. Comme si le mirage se dissipait. Tout à coup, elle regretta de s'être mariée. L'homme qu'elle avait en face d'elle prétendait la dominer alors qu'elle l'aimait si peu. Jamais Szymon ne lui aurait tenu de tels propos. Il l'aurait probablement emmenée voir le tableau à Cracovie. Ils auraient égrené tous les musées, il lui aurait recopié le titre de l'œuvre et le nom du peintre sur un papier, elle écrivait si difficilement elle-même qu'il s'en serait volontiers occupé à sa place. Et puis, ils auraient fait l'amour autrement aussi. À bien y réfléchir, ils n'auraient pu faire que cela à Cracovie, l'amour et la recherche de la jeune fille au seau pour rapporter un cadeau à Leokadia.

Mais elle était mariée à Andrzej, plus beau, plus riche et plus catholique que Szymon. N'était-ce pas le lot de toutes les femmes ? Se contenter, se satisfaire, se résigner ?

D'un trait, elle avait avalé sa dernière lampée de vodka et s'était mise à rire telle une enfant.

— Qu'est-ce qui te prend ? lui avait demandé son mari, surpris.

— Oh, je m'amuse ! Il est temps ! Demain, on rentre chez nous et tout redevient comme avant, alors…

Il avait acquiescé, bien content de retourner au travail, soulagé de pouvoir renflouer son porte-monnaie. Cette virée lui avait coûté une petite fortune, tout de même. L'hôtel, les restaurants, le cinéma, tout cela était si cher pour eux qui venaient de la campagne. Elle y aurait goûté, au moins une fois, se disait-il, espérant qu'elle tombe vite enceinte. Dès lors, il ne serait plus question d'escapades à Cracovie ni de soirées au restaurant pour lui faire plaisir, elle aurait d'autres chats à fouetter, et lui aussi.

Le retour

Un soir, quelques mois après le mariage, ils s'étaient retrouvés sous le grand saule.

Szymon l'attendait depuis plus d'une heure à l'embranchement des deux sentiers lorsque Bronisława s'était jetée dans ses bras, à bout de souffle.

— Merci de m'avoir attendue, j'ai fait tout mon possible, mais…

— Comme j'ai eu peur que tu ne viennes pas ! Jamais je n'aurais dû te laisser l'épouser.

— C'était lui ou rien. Je n'allais pas rester vieille fille ! Il est beau garçon, j'aurai des compensations. Il m'aimera et m'offrira une vie confortable.

— C'est tout ce qui t'importe ? Être au chaud, avec un bel homme que tu n'aimes pas ?

La nuit commençait à tomber tandis qu'un merle entonnait sa sérénade sur la branche d'un noisetier. Strié de ratures orangées, le ciel virait au gris. Un gris encore lumineux, épais et transparent qui les séparerait bientôt.

— Qui te dit que je ne l'aime pas ? avait-elle lancé d'une voix espiègle. N'ai-je pas un cœur pour deux hommes à la fois, puisque celui que je veux m'est interdit ?

— Tu pourrais lutter, t'opposer, partir avec moi.

Le merle s'était envolé à ce moment-là, laissant place au silence.

— Un jour, je partirai avec toi. Quand j'en aurai la force et que je m'en donnerai le droit, mais c'est encore trop tôt, je ne peux pas la laisser, tu comprends ?

Il s'était retourné, glissant ses mains dans ses poches après avoir balayé ses cheveux en arrière. Soudain, il avait eu soif. Une soif extrême. La bouche sèche et la gorge à vif. Quelle était celle pour qui elle s'obstinait à s'enraciner ici plutôt que de le suivre ? À choisir, il aurait nommé les deux. La mère et la sœur jumelle, sans distinction. Il y avait un amour plus grand que le leur dans le cœur de Broni, le lien vital qu'elle avait tissé dès avant sa naissance et contre lequel il ne pouvait lutter.

— Je vais partir, avait-il murmuré, espérant encore la faire fléchir.

— Partir ? Où ça ? Toute ta vie est ici, ta famille, tes parents. Enfin, tu n'y penses pas !

Il l'avait embrassée, étouffant ses reproches sur ses lèvres.

— Viens…

Sa main, il l'avait agrippée dans la sienne pour l'emmener sous les arbres touffus de la forêt. Puis ils s'étaient allongés sur un tapis de pelouse, à l'abri d'un tronc d'arbre couché au sol. Il avait dégrafé le corsage de Broni et leurs corps s'étaient unis le long de la souche d'ébène bordée de nuit.

— Tu ne diras rien…

— Jamais, avait-il promis.

— Reste, reste ici. Je t'en prie. Nous nous verrons comme ça, de temps en temps. Personne n'en saura rien.

Il avait hésité, cueilli un dernier baiser sur les lèvres charnues de son amour d'enfance.

— Je ne supporterai pas de le voir poser ses mains sur toi et te présenter comme sa femme parce qu'il a le privilège d'être catholique alors que je suis juif. Ne me demande pas ça plus longtemps, tu me rendrais fou.

Il l'avait aidée à se relever avant d'ôter les feuilles de sa robe et de remettre sa natte en place. Avec toute la délicatesse du monde, il avait noué son fichu sous son menton et lui avait dit qu'il penserait à elle chaque fois qu'il verrait une femme.

— Où iras-tu ?

— Loin, dans la région des grands lacs.

— En Mazurie ? Mais c'est le bout du monde !

— Le bout de notre monde, oui. Si tu m'avais suivi, je t'aurais emmenée plus loin encore.

Soudain, elle avait senti le vide glisser en elle comme de la poussière dans un verre d'eau.

— Reste, je t'en prie.

— Viens, je te raccompagne chez toi, il est grand temps.

Ils s'étaient séparés aux abords du village alors qu'il n'était déjà plus possible de s'embrasser à l'ombre des saules. Le visage impassible, chacun était parti de son côté. Les mésanges chantaient dans les bosquets, un chat tigré avait traversé la rue et une charrette lestée de foin était passée tandis que Broni, seule sur le chemin, marchait d'un pas lourd, le corps frémissant de l'amour qu'elle avait fait à Szymon.

Six ans plus tard, par un soir de début novembre, il l'attendait au même endroit. À l'embranchement des chemins, sous le grand saule.

Le vent avait beau siffler dans les arbres et le froid paralyser les extrémités de ses membres, il se souvenait qu'autrefois sa patience n'avait pas été vaine. Il l'espéra longtemps, crut l'entendre se rapprocher mille fois, mais elle ne vint pas.

Quand il fut trop tard, il traversa la forêt, les mains accrochées aux sangles de sa musette, et perça l'obscurité de son regard de hibou. Pareil à une ombre, il se faufila dans la cour de la maison de Broni dont il fit le tour à tâtons. Tandis qu'il s'apprêtait à pousser la porte, elle sortit et se retrouva face à lui.

— Alors, tu es venu ?

— Je t'attendais dans la forêt.

— Le petit a pleuré toute la journée, la fièvre n'a cessé de monter, il vient à peine de s'endormir. Je ne pouvais pas…

— Restons ici pour veiller sur lui.

— Suis-moi, susurra-t-elle en lui prenant la main.

Avec précaution, elle poussa la porte afin qu'il se faufile sous l'édredon d'un lit qui n'était pas le sien, et pourtant. Leur étreinte fut absolue, un frôlement de tissu silencieux et une jouissance décuplée par l'attente.

Plus tard, ils s'étaient retirés dehors pour échanger quelques mots avant de se séparer.

— Tu reviendras ?

— Je ne sais pas. Et ton mari, il est parti en France pour combien de temps ? Tu pourrais…

— Je suis mère de trois enfants.

— Déjà ?

— J'en ai perdu deux, aussi. Et toi ?

— Moi ? Je suis venu te chercher. Mon corps déborde de toi depuis trop longtemps.

— J'ai trois enfants maintenant.

— Il y a des cygnes muets sur le lac de Łuknajno. Ils pourront les contempler et les apprivoiser.

— Si tu savais combien ma mère y est attachée, jamais tu ne me demanderais une chose pareille.

— Et que fais-tu de notre amour ?

— Reviens chaque nuit. Reviens toutes les nuits où il ne sera pas là. Je suis à toi avant que d'être à lui.

— Tu me tues, Broni. Tes demandes sont des pièges pour l'amoureux fou que je suis. Là-bas, nous serions libres de nous aimer sans nous cacher, réfléchis.

Dans son ventre, elle sentait comme un nid logé là où le sexe de Szymon s'était glissé. Les mots pour décrire cela, elle les ignorait, mais la vibration que cette rencontre engendrait la parcourait jusqu'au bout des pieds et des doigts, même quand il n'était pas là. Elle pouvait la raviver par l'esprit, penser à lui et se souvenir. Le plaisir grandissait à mesure qu'ils se retrouvaient la nuit sous la *pierzyna*, si bien que lorsqu'une lettre annonça le retour d'Andrzej après six mois passés dans les mines du nord de la France, elle crut s'évanouir.

Avant je l'aimais, à présent, je le désire, c'est encore pire, se dit-elle en songeant à Szymon au lieu de penser au retour de son mari.

Quelques jours. Ils n'avaient plus que cela pour prendre une décision.

La mine, toute rentable qu'elle fût, ce n'était pas pour Andrzej. Trop sombre là-dessous, trop dangereux depuis qu'il avait échappé de justesse à un coup de grisou. Un camarade était resté bloqué sous une berline pendant deux nuits. Ils avaient fini par le désenclaver. Le pauvre diable était couvert de poussière quand ils l'avaient remonté, les jambes brisées avec sa bouche de désert. Il était sauf, miraculé, sauvé. On avait bu le soir pour fêter la bonne nouvelle.

Beaucoup trop, sans doute. Et il avait fallu redescendre le lendemain, y retourner, entendre le grincement des berlines sur les rails et la détonation des explosifs avant d'attaquer la paroi à la pioche. Ses mains en avaient pris un coup, ses illusions aussi. Et s'il avait songé à faire venir femme et enfants pour les installer dans un coron à quelques centaines de mètres de la mine, il y avait renoncé parce qu'il ne voulait pas être parqué comme un étranger, à ruminer ses traditions dans un monde qui n'était pas le sien et encore moins celui de Bronisława. Alors, une fois son contrat arrivé à échéance, il avait été l'un des premiers à fuir le pays noir. Il était rentré en train et sans regrets, résolu à reprendre son affaire de bois. À présent qu'il avait compris que l'exil ne lui offrirait ni argent facile ni vie moins rude, il savait que la plaine d'Ostricourt valait bien celle de Nowa Wieś. D'ailleurs, l'hiver n'y était pas moins froid. Et puisqu'il y avait de la neige dans les deux cas, mieux valait rentrer chez soi et retrouver sa femme et ses enfants plutôt que d'être considéré comme un étranger, ici.

Broni avait hésité. Pour la première fois de sa vie, elle s'était sentie nerveuse et angoissée, sans mots pour le dire. Comblée par ses retrouvailles avec Szymon, elle avait pu mesurer la force de ses sentiments autant que la joie merveilleuse d'être en sa compagnie. Au fil des jours, ils s'étaient retrouvés dans la forêt aussi, juste pour parler, se promener, sans même se prendre la main. Il lui racontait sa vie à Łuknajno, ce petit village de pêcheurs où il avait fait son trou. Elle lui parlait de Piotr le volubile, de Józef l'effacé et d'Ewa la rebelle. Ses enfants, elle les adorait, et Leokadia peut-être encore plus, sans parler d'Helena qui les gâtait autant qu'elle pouvait, leur offrant des petits pains ronds pour remplacer le pain bis. Elle leur faisait même la lecture, empruntant des contes chez la veuve Kutner. Les enfants buvaient ses paroles, réclamant toujours plus. Parfois, elle repensait à son enfance et entendait le roucoulement de sa mère.

Cou-cou-rou-cou-cou, Cou-cou-rou-cou-cou…

Qu'est-ce qu'elle racontait cette histoire-là, déjà ?

Qu'importe, c'étaient de bons souvenirs.

Même les larmes sont précieuses

Aniela vit le jour à 4 heures de l'après-midi, au moment où l'horloge sonnait le troisième coup ; elle poussa son premier cri dans les bras d'Helena. Leokadia coupa le cordon de sa vieille main ridée, redevenue sûre pour l'occasion.

Quand le travail avait commencé, Andrzej avait quitté la maison avec ses trois enfants.

À son retour, tout devait être réglé, comme il l'avait expliqué à sa femme d'une voix d'un calme suspect. Un ton si grave qu'il en devenait métallique.

La petite poussa un deuxième cri, se tortilla tandis qu'on lui ôtait le liquide qui tapissait son visage rouge et bouffi de nouveau-né.

Helena déposa un baiser sur le front de l'enfant avant de l'installer sur le ventre de Broni.

— Aniela, mon amour, dit-elle en attrapant son bébé pour l'attirer contre son cœur.

Ses yeux se remplirent de larmes tandis qu'elle répétait le prénom de son enfant. Leokadia pleurait aussi. La grande aiguille courait trop vite sur le cadran, au point qu'elles n'osaient plus y penser.

Il fallait suspendre le temps.

Trois femmes autour d'un enfant. Deux mères et une sœur pour le mettre au monde. Tout commençait là, par un jour d'été 1926 où les arbres arboraient leurs toisons flamboyantes. Un jour de feu, sec et éternel, qu'elles n'oublieraient jamais.

Leokadia se leva avec difficulté pour se rapprocher de Bronisława. Sécher ses larmes n'avait pas suffi, elles coulaient encore, et personne ne lui en tenait rigueur car toutes trois pleuraient un adieu qu'elles porteraient comme une croix.

— Aniela, Aniela, mon amour… Tiens, prends-la, ordonna-t-elle à sa jumelle. Elle doit s'attacher à toi.

La parole s'était étouffée en un sanglot lorsque Helena avait saisi l'enfant.

— Embrasse-la encore, et toi aussi, maman. Embrassez-la chacune très fort pour ne jamais l'oublier.

— Nous ne l'oublierons pas, chuchota Leokadia. Nous l'aimerons et penserons à elle à chaque battement de notre cœur.

— Aniela, Aniela, mon amour… répéta une dernière fois Bronisława. Pardonne-moi, mon ange.

Aussitôt que l'enfant lui fut ôtée, Leokadia lui attrapa les mains. Sans cela, elle aurait pu s'agripper à son bébé et manquer de courage. Au lieu de hurler d'être arrachée à sa mère, Aniela ferma les yeux et sombra dans un sommeil silencieux.

Vite, Helena lui sécha le corps et l'emmaillota, avec la maladresse de celle qui n'avait pas l'habitude.

— Tu apprendras, la rassura Broni, tu sauras faire. Ne doute pas.

— C'est toi, sa mère, et Szymon…

— Oublie, efface cela de ta mémoire. Je t'en prie, pars vite et n'écris pas, n'écris jamais. Pars loin et ne me dis rien. Pardon, Helena, tu sais que tu es tout pour moi. Pars, ne reviens pas et vis ta vie, pleinement, avec elle. Tu seras sa mère encore mieux que moi. Pars loin et ne lui parle jamais de nous, seulement de la Pologne. Qu'elle sache d'où elle vient. Tu lui apprendras notre langue et nos traditions, mais de moi, tu ne diras pas un mot. Parce que je veux qu'elle vive heureuse et légère, avec toi pour mère.

L'horloge sonna 5 heures et les trois femmes sursautèrent.

— Serrez-la une fois encore, embrassez-la, après il sera trop tard et pour jamais…

Helena transposait sur la fillette le désir qu'elle avait de ne former plus qu'un avec sa jumelle et Leokadia. Elle aurait voulu redevenir la petite fille sous la *pierzyna*, se laissant conter l'histoire des pigeons. Revoir sa mère battre des ailes et entonner son *cou-cou-rou-cou-cou* comme un signe de ralliement.

Bronisława était encore trop faible pour se lever, trop abasourdie par la rencontre avec l'enfant de l'homme qu'elle aimait. Helena s'assit près d'elle et Leokadia fit de même de l'autre côté. Ainsi, toutes trois, comme la sainte Trinité, transmirent à l'enfant l'amour qu'elles portaient en elles, cet amour profond et définitif qui se lègue dans le silence des grands lacs.

— Elle ne saura rien, murmura Leokadia, mais elle sentira que nous l'aimons et que nous l'accompagnons dans la vie. Même séparées, nous vivrons ensemble et nous nous parlerons en secret. Il nous arrivera de pleurer, même les larmes sont précieuses. Rien ne pourra briser notre lien. Pars tranquille, Helena, ta sœur et moi avons confiance en toi, en vous. Il n'y a plus de temps à perdre à présent, fais ce que nous avons décidé et ne te retourne pas, jamais. Souviens-toi de Loth et reste vivante plutôt que de ressasser un arrachement qui te rendrait de pierre. Nous tâcherons de faire de même…

D'un pas traînant de vieille dame, Leokadia s'approcha du grand buffet. Elle ouvrit le tiroir supérieur et prit deux châles brodés de motifs traditionnels.

— J'ai choisi trois couleurs, dit la vieille dame, parce que nous sommes trois à l'origine. Le bleu, c'est pour moi, parce que je suis votre mère et que la vie que je vous ai transmise m'est plus sacrée que notre Dieu. Le rouge, c'est toi, ma tendre Broni, parce que tu es la vie, le feu et la passion qui engendre et aime sans calcul. Et le blanc est pour toi, ma tendre Helena. Le vide que tu auras à traverser sera froid comme la neige et le silence qui t'est imposé sera mordant, mais n'oublie pas que cet exil est un espace dans lequel tu pourras t'inventer en toute liberté. Avec ces trois couleurs, j'ai brodé une pensée, parce qu'il y a Aniela, maintenant. Dans le secret de ce que nous sommes toutes les trois. Indissociables. Ne lui dis pas, mais fais en sorte qu'elle le comprenne lorsque tu lui remettras ce châle de ma part, un jour que tu choisiras bien.

Les larmes aux yeux, Helena attrapa l'ouvrage de sa mère et promit qu'elle n'oublierait pas.

Elle n'oublierait rien de ce qui avait été dit et du serment qu'elle avait prêté, les deux mains croisées sur le cœur.

Elle était le blanc, celle qui part et manque, celle qui ne revient pas.

Tout était clair, à présent. En ordre. Limpide. La petite Aniela dormait dans les bras de sa vraie mère et Helena les regardait comme deux merveilles qui s'accordent naturellement parce qu'elles ont le même sang.

En voyant sa sœur serrer les deux pièces de tissu brodées par sa mère, Broni regretta qu'il n'y en ait pas une de plus pour elle. Elle l'aurait portée nuit et jour autour de son cou pour se souvenir, au risque d'attiser la jalousie d'Andrzej. Elle entendait encore ses paroles définitives dès lors qu'il avait vu le ventre rond qu'il ne pouvait avoir fécondé. « Voilà ce que tu as produit en mon absence ! avait-il hurlé. Voilà tout ce que tu as trouvé à faire pendant que je risquais ma vie en terre étrangère pour t'éviter de patauger dans la misère ! Donc, ton bâtard, tu le fais disparaître ou je lui colle une balle dans la tête. Quant à celui qui t'a fait ça, qu'il ne s'avise pas de rôder par ici, sinon... »

Il avait glissé son pouce en travers de son cou pour signifier qu'il égorgerait Szymon s'il se risquait dans les environs.

Face à cette menace, le risque était trop grand à présent qu'Andrzej avait décidé de remonter une affaire avec la ferme résolution de s'enrichir lui-même autant que son pays à la force de ses bras. Il était revenu de France rempli d'un esprit de revanche, plus polonais qu'un Polonais. Un patriote enragé, prêt à tout pour garder son indépendance et sa liberté. C'est pourquoi Bronisława et Szymon avaient dû se faire leurs adieux dans la forêt, à la jonction des deux chemins sous le saule lesté de ses feuilles estivales. Andrzej savait qu'elle en aimait un autre et pouvait s'en accommoder, mais de ce bâtard, comme il s'était plu à le répéter, il ne serait jamais question dans cette maison.

En dépit du tabou, Piotr avait senti l'enfant. Un matin, il s'était rué sur sa mère, posant sa petite tête blonde contre son ventre. Il avait affirmé : « Ici, il y a ma petite sœur. » Après, le ventre s'était mis à gonfler en quelques jours et les autres enfants avaient compris, attendu, imaginé qu'un quatrième enfant allait arriver.

« Quand ? Quand viendra le bébé ? Pour Noël ? » demandait Ewa avec impatience.

Mais Bronisława ne répondait pas. Elle préférait changer de sujet, dire qu'avec les bébés on ne savait jamais, certains étaient rappelés par le Bon Dieu à peine venus au monde. Les enfants, loin de comprendre ce qui se cachait derrière ces euphémismes, s'en allaient jouer dehors, laissant leur mère à ses secrets. Alors, le châle, comme une croix qu'elle aurait portée autour de son cou pour rester proche de Dieu autant que d'elle-même, fidèle à son amour pour Szymon, Andrzej ne l'aurait pas supporté. Et elle pouvait le comprendre. Elle imprima donc dans sa mémoire les fleurs tricolores que sa mère s'était mise à broder à l'instant où elles avaient décidé qu'Helena partirait avec l'enfant, le jour même de sa naissance.

L'horloge sonna la demie. Helena aida sa sœur à sortir du lit et à faire sa toilette avant de changer les draps. Niché dans les bras de *babcia* Leokadia, le nourrisson gardait les yeux fermés, comme si les adieux devaient rester aveugles et sans traces.

Une ultime étreinte souda les jumelles.

À l'oreille, un dernier mot fut chuchoté.

La grande aiguille sonna l'heure fatale comme si le temps scandait sa sentence.

Chaque bouche demeura muette lorsque Helena attrapa Aniela pour l'enrouler contre son cœur et l'emmener loin de Nowa Wieś.

Une efflorescence de petites lésions

Après les larmes, chaque existence irrévocablement biffée dut aller de l'avant.

Comme les pièces se déplacent sur un échiquier afin de se rapprocher du roi et de le mettre en échec, les rôles avaient changé pour laisser à la partie le soin de se jouer, parce qu'il fallait bien aller jusqu'au bout une fois le jeu lancé.

Ne pas penser à la défaite, ni à la médiocrité éventuelle du parcours, mais progresser en essayant de faire face. À ce stade, il n'était plus question de gagner, l'essentiel ayant été perdu, mais plutôt de maintenir la garde pour sauver ce qui pouvait l'être encore.

Helena partie, il fallut quelqu'un pour s'occuper de la veuve Kutner et Bronisława sauta sur l'occasion. Quoi de mieux pour surmonter la souffrance et rapporter l'argent que la récente affaire d'Andrzej ne garantissait pas ?

« Vous ne lisez pas aussi bien que votre jumelle, mais vous êtes tout aussi charmante. Avec le temps, ça viendra peut-être », répétait la vieille dame qui semblait tout ignorer des raisons du départ de sa protégée.

En dépit des lacunes de la nouvelle employée, elle lui accorda le même salaire que celui qu'elle donnait à Helena.

Ses fils étant bien établis à Varsovie, elle avait de quoi vivre elle aussi grâce à la vente de l'appartement de la rue Piwna demeuré intact au cœur de la vieille ville.

Pour économiser davantage encore, la maison de Leokadia avait été vendue et cette dernière s'était installée chez Bronisława. Elle s'occupait de ses petits-enfants, leur contait des histoires le dos collé au fourneau, apprenait à Ewa les rudiments du tricot. La petite avait beau s'appliquer, l'aiguille partait de travers et la laine se dérobait sans que Leokadia ne cessât pourtant de l'encourager. Pendant ce temps, les garçons jouaient aux chevaux de bois, assis sur le banc de la grande table. Ce meuble façonné par son mari donnait à Leokadia l'impression d'être toujours chez elle, là où ses jumelles avaient grandi, à l'époque où Jacek était encore en vie. D'autres objets l'avaient suivie d'une maison à l'autre, dans la même rue du même village. Un peu de vaisselle, des coussins brodés, sa *pierzyna* et son lit qu'elle avait laissé à sa fille, préférant dormir sur la paillasse la plus proche du fourneau pour avoir bien chaud. Séparée d'Helena, elle tremblait de froid jour et nuit. Ses genoux s'étaient couverts de plaques rouges, épaisses et virulentes, une efflorescence de petites lésions sur lesquelles se greffaient encore une manière d'écailles blanches qui collaient à ses jupons. Bientôt, ses coudes furent atteints aussi et jusqu'à ses cheveux, là où les squames migraient en pellicules qui n'avaient de cesse de la démanger.

« Viens, maman, viens que je te mette un peu d'onguent sur ces vilaines plaies », répétait Broni, les larmes aux yeux.

Toutes deux savaient l'origine de ce mal chronique, mais aucune ne blâmait l'autre.

Leur vie meurtrie par une double perte s'était réagencée depuis. Les petits allaient à l'école, Broni passait ses matinées chez Mme Kutner, Andrzej avait augmenté le rendement de sa scierie grâce à l'argent retiré de la vente de la maison de Leokadia et il y travaillait sans relâche, bien résolu à retrouver le confort qu'il avait du temps où sa petite affaire de bois était florissante.

La vie avait repris son cours, mais il arrivait parfois que les enfants cherchent à parler du bébé monté au Ciel. C'est ce qu'on leur avait dit. Le bébé est au paradis, le petit Jésus veille sur lui, et Marie aussi.

— Et tante Helena, elle est partie au Ciel avec lui ? demandait l'un ou l'autre de la fratrie.

Broni se fâchait, Leokadia se taisait.

Qu'allaient-ils donc chercher ? Si le bébé était au Ciel, Helena était partie en France pour travailler à la mine comme papa avant.

— Sans nous dire au revoir ? s'étonnait Józef, le plus sensible des trois.

— C'est que vous dormiez encore à son départ, elle n'a pas voulu vous réveiller mais vous a laissé des petits pains ronds. Vous vous souvenez ?

— Et elle reviendra quand ? insistait Ewa.

— Bientôt, elle reviendra bientôt, scandait Leokadia en reprenant son tricot.

Le soir, on priait l'ange au lieu de chanter la chanson des *Trois pigeons*, on priait l'enfant perdu et la sœur envolée. Cependant vint l'heure où l'ange disparut des récitations afin de prier pour Leokadia qui dormait toute la journée, le corps entièrement recouvert de ces étranges plaques rouges qui laissaient leurs dépôts sur le tissu de la *pierzyna*. L'onguent n'y changeait plus rien. Dès lors, ce fut Bronisława qui préparait le *placek* avec Ewa chaque samedi et pour la semaine entière maintenant qu'ils avaient assez d'argent pour acheter les raisins secs ou les abricots, les œufs et le beurre nécessaires.

Depuis l'arrachement, un silence pesant régnait sur la maisonnée, un silence qui se décuplait à l'instant où Andrzej rentrait du bourg pour s'installer à la table et dîner avant de consacrer la soirée à faire le compte des recettes de la journée et les prévisions des gains à venir. Parfois, lorsque les enfants étaient endormis, il se levait brusquement et Broni savait qu'elle devait le suivre. Il s'allongeait dans le lit, nu comme un ver et la regardait se déshabiller à la lueur d'une bougie. L'ombre de ce corps laiteux flottait sur le mur gris tandis qu'elle ôtait chaque couche de son habit. Mais dans le lit, ce n'était pas Andrzej qu'elle voyait, ce n'était pas les lèvres de son mari qu'elle sentait sur les siennes, encore moins la chaleur de son sexe la pénétrer. La jouissance venait d'un autre, du seul homme qu'elle aimerait jamais.

Nouvelle campagne

Cette perte l'accablait davantage qu'elle n'aurait su l'exprimer.

Bronisława avait beau être aussi serviable et souriante que sa jumelle, Mme Kutner n'éprouvait ni les mêmes affinités ni le même attachement à son égard. Et plus le temps passait, plus elle était convaincue qu'un lourd secret était la cause de cette substitution.

À bien y réfléchir, elle se disait que sa protégée avait changé au cours des dernières semaines qu'elles avaient passées ensemble. Songeuse au point de suspendre sa lecture au beau milieu d'une phrase.

« Vous êtes avec nous ? » s'inquiétait poliment la vieille dame.

Helena sursautait, serrait le livre un peu plus fort entre ses mains. *Où en étais-je déjà ?* se disait-elle, sans bouger les lèvres, tentant une reprise hasardeuse à la première majuscule qu'elle voyait.

« Avez-vous des soucis ? Je vous trouve le teint pâle et la mine triste. Votre mère est-elle souffrante ? »

Helena dodelinait de la tête pour infirmer tandis que la veuve cherchait la vérité.

« C'est votre sœur alors, votre chère Bronisława. »

Helena s'était figée et ses yeux avaient fixé le vide.

« Faites-moi confiance, j'en ai vécu des choses, je peux comprendre. »

Le moment était venu de se confier. Plus elle attendrait plus ce serait difficile et les occasions de parler ne se présentaient pas si souvent, elle se lança donc.

« Je vais partir en France. On dit qu'il y a du travail là-bas, à la mine.

— Vous préférez travailler dans un trou plutôt qu'ici ? »

Mme Kutner avait arqué le sourcil, pressenti qu'une autre raison plus profonde guidait le choix de sa protégée, alors qu'Helena tenait à couvrir sa jumelle quitte à se trahir elle-même.

« Mon beau-frère m'a assuré que les femmes ne descendaient jamais dans le fond. Et c'est une opportunité pour quelqu'un comme moi. J'apprendrai le français, je verrai du pays…

— Certes, vous aurez de quoi apprendre là-bas, mais savez-vous seulement ce qui vous attend ? Croyez-moi, ce ne sera pas facile. Vous devrez vous faire une place. Parce que vous êtes célibataire, on vous prendra pour une fille légère. Il faudra ne faire confiance à personne et vous taire.

— Je sais.

— Dans ce cas, je suppose qu'il me reste peu de temps pour vous enseigner les rudiments de français que j'ai appris à Paris dans ma jeunesse.

— Vous ne m'avez jamais dit que vous étiez allée en France ! s'étonna Helena, admirative.

— Oh, c'est une vieille histoire qu'il n'est plus temps de vous raconter. Parler la langue du pays est le seul moyen de s'y intégrer. Vous aurez aussi tout intérêt à demander la naturalisation dès que possible, sinon vous n'aurez aucune perspective d'avenir. Et, de préférence, ne vous mariez pas trop vite, vous perdriez votre liberté.

— Pour ça, n'ayez aucune inquiétude. La liberté m'est plus précieuse que les liens sacrés du mariage, je veux m'instruire et découvrir le monde par moi-même plutôt que de tenir un ménage. »

La veuve Kutner avait ouvert des yeux de chouette, étirant les rides de ses paupières jusqu'à les faire disparaître.

« Décidément, vous êtes une drôle de fille. Au fond, je l'avais deviné. Les campagnardes aussi avides d'étudier que vous ne courent pas les rues. Vos lectures me manqueront, et vous me manquerez sans doute plus encore.

— Oh ! Ma sœur pourra me remplacer. Nous nous ressemblons tant que vous ne ferez même pas la différence !

— Eh bien, je m'en accommoderai si c'est votre choix, à la condition que vous acceptiez un peu d'argent. C'est le moins que je puisse faire pour vous remercier.

— Je ne peux pas… Ce n'est pas…

— Je ne vous laisse pas le choix. »

Un long silence s'était installé, lesté du poids de la douleur de se séparer bientôt. Elles s'étaient attachées l'une à l'autre depuis le temps. Dix ans… Le lien s'était noué si vite, si fort, si puissant que rien ne pourrait jamais le défaire. Helena penserait souvent à la veuve Kutner tandis que cette dernière appellerait souvent Bronisława du nom de sa sœur. Comme une erreur qu'il est inutile de corriger.

Helena avait baissé les yeux avant de s'éclipser. Se séparer de la veuve Kutner était un crève-cœur. Si la vie en avait décidé autrement, elle serait restée à son service jusqu'à sa mort. Le trajet à pied, du bourg à sa maison, le long des arbres empesés de neige l'hiver, la libérait de toutes ses inquiétudes. Les oiseaux chantaient pour elle au printemps, du rouge-gorge à la mésange charbonnière en passant par le merle. Tous nichaient dans les bosquets à l'abri des regards, clameur invisible dans la nouvelle campagne. Et elle marchait d'un pas vif et alerte, chaussée de bottines ou de sabots selon la saison, un châle ou une chapka sur la tête, les mains dans un manchon ou dans les poches. C'est ici que Broni lui avait annoncé qu'elle attendait un enfant. Elle avait soi-disant eu envie d'une promenade matinale pour profiter de la neige immaculée, avec elle, comme autrefois. Ensuite, elle avait tergiversé, fait mine de plaisanter, mais Helena avait compris que si sa sœur avait réclamé cette balade avant le réveil des enfants, ce n'était pas sans raison.

Quelques semaines plus tard, Broni allait emprunter cette même route seule pour retrouver Szymon à l'embranchement des chemins où pleurait le grand saule. Les petits occupés à l'école, elle avait fait une brève apparition chez Mme Kutner avant de prendre congé, prétextant une forte inquiétude pour sa mère malade.

Car le temps des adieux était venu.

Leur bébé était né. Une petite Aniela qu'Andrzej acceptait d'adopter à condition que l'autre disparaisse et ne revienne jamais.

Szymon la supplia de réfléchir encore. Si elle voulait, il l'emmenait, elle, leur fille et ses enfants à elle. Avec son nouveau métier de pêcheur, il aurait les moyens de les assumer tous, à parts égales. Là-bas, tout était tellement plus beau, plus doux aussi, grâce à la poésie des lacs de Mazurie.

— Et il y a une petite crique. Un jour, j'y ai vu des chevaux sauvages et des jeunes filles nues les monter à cru.

— Cesse de dire des bêtises, Szymon. Aucune fille ne monte nue sur un cheval.

— Les filles de Mazurie sont libres, elles t'apprendraient.

Un long rire feula pour transpercer la campagne desséchée par l'été.

— Je ne peux pas. Que deviendrait Leokadia ?

— Ton mari m'a pourtant menacé. Et s'il s'en prenait à toi ? Je ne veux pas…

— Andrzej n'est pas mauvais, il accepte de tirer un trait sur mon écart de conduite et de me garder près de lui avec ma mère.

— Et notre fille ?

— Aniela est sa fille à présent, la petite sœur de nos trois autres enfants. Il ne la considère pas autrement, mais tu dois partir.

Son cœur battait la chamade parce qu'elle jouait sa vie – leur vie – sur un nouveau mensonge. Elle aurait voulu pleurer, s'écrouler dans ses bras, lui demander de rester. Elle ravala ses larmes, enfouit sa douleur et transforma la vérité. Elle alla jusqu'à puiser dans le tréfonds d'elle-même pour durcir sa voix, lui imposant de ne jamais revenir.

— C'est ce que mon mari exige et je te demande de lui obéir.

— Obéir ?

Une flèche transperça le cœur de Szymon, crispant son visage. Il leva les yeux au ciel et comprit qu'il avait tout perdu. Parce qu'il était juif, il était banni. Parce qu'il était juif, il devait céder la femme qu'il aimait à un autre, abandonner l'enfant qu'il n'avait pu serrer dans ses bras à un autre, quitter son village, ses parents, ses amis pour obéir à un autre.

Il serra les poings et s'écarta de Bronisława.

— Viens, Szymon, viens dans mes bras, une dernière fois.

— Entre nous, c'était fini avant que d'avoir commencé et pourtant, si tu savais combien je t'aime…

Et sur ces mots, il partit sans se retourner, la laissant tétanisée.

Elle le suivit du regard aussi longtemps qu'elle put, ravalant ses larmes. Son corps, elle l'avait senti se vider de sa sève alors que son âme s'était fêlée. Jamais plus elle ne rirait, pensa-t-elle. La jeunesse était terminée. Quelque chose en elle se détachait pour s'avachir à ses pieds, à l'embranchement des deux sentiers sous le grand saule en pleurs. À bien écouter, aucun son ne résonnait plus dans la campagne. Aucune couleur ne venait plus s'agripper à sa rétine. Elle lâcha son châle rouge qu'elle ne tenait plus qu'entre le pouce et l'index. Szymon le lui avait offert lorsqu'il avait compris qu'elle était enceinte. Elle n'avait pas eu besoin de le lui annoncer. Il l'avait vu à son teint, à ses épaules qui s'étaient élargies, à son ventre qui était devenu plus dur.

« Le rouge, c'est pour la passion, ma Broni, et pour tout l'amour que j'ai pour toi et cet enfant que nous avons fabriqué ensemble. »

Et ils s'étaient aimés encore, autant qu'ils avaient pu, gémissant en silence pour protéger leur secret.

Maintenant, tout cela était scellé et chaque acteur de cette histoire était modifié dans sa structure. Seuls les ignorants pouvaient être épargnés, et encore…

Mon grand péché radieux

S'il s'en retournait pour la seconde fois par-delà les frontières de sa Pologne natale, cela lui importait peu. Sa nationalité était juive avant que d'être polonaise, même s'il parlait le polonais sans connaître le moindre mot de yiddish, excepté pour réciter les prières rituelles qu'il avait oubliées depuis longtemps.

Il cheminait ainsi vers les grands lacs de Mazurie, la tête appuyée contre la fenêtre à guillotine, chahuté par le rythme cahotant du train, le brouhaha de la locomotive, le sifflement des arrivées et la clameur des passagers en transit. Les escales étaient nombreuses sur la double voie Varsovie-Olsztyn. Autant d'occasions de mettre pied à terre pour se dégourdir les jambes tout en regardant les autres sans leur parler. Parce qu'il n'avait plus de mots, Szymon, ou presque. Quelques paroles concédées au charretier qui l'avait amené à la gare, lui épargnant de longues heures de marche, mais l'arrachant plus vite à la femme aimée et à l'enfant qu'il ne connaîtrait jamais. Alors, se taire était l'issue par laquelle il pensait enfouir, enfouir et oublier pour refaire sa vie aux confins d'un pays qui n'était plus vraiment le sien puisqu'il migrait vers la Prusse-Orientale, dans la Pologne désossée, annexée, avalée par ses voisins.

S'il n'avait pas été juif, si toute sa famille n'avait pas été de confession israélite et de nationalité juive sur ses papiers d'identité, il aurait pu épouser Broni. Voilà ce qu'il se répétait. Épouser Broni et baptiser Aniela, au nom du Père, du Fils et du Saint-Esprit, avec le mot *amen* afin de tout changer. Pour une histoire de croyance, de lien à un Dieu qu'il n'avait jamais prié, on le chassait en le menaçant de mort. Pour laver un crime qu'il n'avait jamais commis mais qu'il portait comme un stigmate en l'honneur du grand héros crucifié érigé à l'entrée des églises, on le privait de son amour. Il était ainsi devenu le méchant, le banni, celui qui erre, comme Caïn, bien qu'il n'ait tué personne.

Et ce sacrifice était d'autant plus injuste qu'il n'aurait pas eu la moindre influence sur sa descendance. Un père juif ne léguait pas sa religion. Alors, pourquoi ? Pourquoi lui refuser ce bonheur si rare de partager la vie d'un être profondément aimé ?

Oublier. Il n'avait plus qu'à oublier et pour y parvenir, il décida de se taire et de devenir aussi muet que les cygnes flottant sur les rives du lac de Łuknajno où il s'était installé sept ans plus tôt, juste après le mariage de Broni à un autre.

À l'époque, il avait quitté Nowa Wieś sur le coup de midi après avoir fait ses premiers adieux à Bronisława.

« Tu es mon grand péché, lui avait-elle murmuré, mon grand péché radieux. »

Et ils s'étaient arrachés l'un à l'autre, laissant leurs corps à vif.

En état de manque, il avait suivi la route de campagne aussi longtemps qu'il avait pu avant qu'un charretier ne lui propose de l'emmener jusqu'à Łódź. Là, il avait pris un train en direction de Varsovie, un autre pour les grands lacs de Mazurie qui l'avait déposé à Olsztyn. Ensuite, il avait marché jusqu'au village de Mikołajki où il avait décidé de s'arrêter.

La première fois, il s'était contenté de louer une chambre chez un couple de paysans. À présent, il revenait avec l'intention de s'installer définitivement.

— Je cherche une hutte à acheter, dit-il à un pêcheur en train de démêler ses filets. Il y en aurait une par ici ? Près du lac de préférence, ou dans la forêt, s'il n'y a rien ailleurs.

— Une hutte ? s'esclaffa le vieil homme. Mon pauvre, tu t'es trompé de pays. Dans les Tatras peut-être, du côté de Zakopane, c'est possible. Ici, crois-moi, on ne trouve rien de tel.

Szymon n'avait encore jamais entendu parler de ces lieux-là, mais peu lui importait, il ne désirait rien d'autre que ce lac. Dans le bleu, il verrait les yeux de Broni et ceux de la petite Aniela…

Durant les derniers instants qu'ils avaient volés au temps, Bronisława lui avait brossé son portrait en quelques mots. Un poupon aux yeux bleus, des cheveux blonds, fins et bouclés. Ce qui n'était pas vrai. Le bébé était né chauve, mais il avait fallu broder… Oh, ce n'était pas mentir ! Elle savait que les cheveux de celle dont le prénom signifiait « petite messagère » pousseraient, seraient fins et blonds comme les siens lorsqu'elle était enfant. Les mêmes que ceux d'Helena qui avaient foncé avec le temps.

Il avait entendu sa voix changer, se serrer et avait senti sa gorge se nouer tandis qu'elle pâlissait. Il avait perçu l'embarras, la gêne et plus encore la douleur qui vernissait chacun de ses mots. Il la connaissait assez pour savoir que son sourire était forcé, que chaque mot était inventé pour le rassurer et que sa fille resterait pour lui un mystère.

Il avait écouté sans parler. C'est peut-être à ce moment-là que l'appel du silence avait commencé.

— S'il n'y a pas de hutte, il y aurait bien une cabane, un gîte, une pièce quelconque à vendre ?

La longueur de sa phrase le déçut. Ce n'était pas facile de rester muet, surtout quand il fallait s'ancrer ailleurs.

Le pêcheur se leva après avoir enroulé son filet sur un tas d'autres filets formant une masse qui, jetée à l'eau, se déploya pour capturer toutes sortes de poissons.

Lorsqu'il s'approcha de lui, Szymon eut comme une révélation de la vie qui l'attendait s'il s'implantait là.

Il se vit sortir la nuit et somnoler le jour afin que le temps passe jusqu'à l'oubli de tout regret. Ainsi, il pêcherait au casier, sur une barque qu'il achèterait bientôt à un marin.

La journée, si l'ennui le prenait, il pêcherait à la ligne, guettant le héron, une casquette sur la tête pour se protéger du soleil.

À la brune, il se ferait un feu de brindilles au bord de l'un des deux mille lacs, diffractés comme les pièces d'un puzzle. Le sien aurait la délicatesse du pastel et sa végétation, les lignes minutieuses d'une estampe japonaise. Entre les joncs, il fumerait la pipe et affûterait ses hameçons au crépitement du feu. Le poisson écaillé cuirait ainsi sous ses yeux. Il le retournerait plusieurs fois à l'aide d'une branche avant de l'avaler dans un calme quasi mystique, au son des herbes caressées par le vent, des coassements nocturnes et des derniers chants d'oiseaux. Le soir venu, l'onde serait noire comme l'encre, ne faisant qu'une avec l'obscurité, tailladée par le reflet des étoiles. Ce serait l'heure de mettre sa barque à l'eau et d'allumer le fanal pour aller relever les casiers.

Tout cela, il l'apprendrait d'un ancien pêcheur, celui qui lui vendrait bientôt sa barque et ses casiers, ses cannes et ses filets, en un lot d'un prix modique comme pour s'en débarrasser ou tourner la page. Szymon n'était pas matelot, mais il savait écouter et observer, s'imprégner et apprendre vite. Le vieil homme l'initierait donc en quelques leçons, lui enseignant les courants et les fonds marins. Il s'agirait aussi de bien placer les nasses et de leur ajouter du poids afin de les caler au fond de l'eau. Après, il n'y aurait plus qu'à attendre que les poissons attirés par l'appât s'engouffrent dans la goulotte et se retrouvent piégés. C'était une question de patience autant que de chance.

Sa hutte, il avait fini par l'acheter à un pêcheur endurci dont le visage buriné avait pris l'aspect rugueux d'une peau de poisson. Juchée sur pilotis, ouverte sur le paysage. Mieux que tout ce qu'il avait pu imaginer. Au réveil, Szymon contemplait le tremblement lumineux de l'onde, la grâce des roseaux et le passage des oiseaux. Il savait que, sous l'eau, brochets, perches et anguilles se mêlaient à l'ablette, à la brème et à l'ide. Autant d'espèces à collectionner dans ses filets pour gagner sa vie et s'occuper jour et nuit. Le barbeau, il le pêcherait à l'asticot. C'était un poisson lourd et vigoureux qui se vendait bien, lui avait assuré le pêcheur.

« Il s'attrape facilement à la ligne. C'est un pauvre bougre à barbillons qui pullule, tu verras... », lui avait promis son maître pêcheur.

Et Szymon avait vu. Seul sur les flots, avec sa barque pour unique compagne, il lui semblait n'être plus rien pour personne, mais tout à lui-même, riche du legs que lui avait fait le vieux pêcheur sur l'étendue poétique d'un lac où, en fait d'art, la nature avait tout inventé.

Après les adieux

Il se disait que la plupart des Polonais qui avaient quitté leur pays pour s'enrichir dans les houillères de France et de Westphalie n'aspiraient qu'au retour.

Il se disait qu'ils mettaient de l'argent de côté, se privant de viande, dans l'espoir de s'acheter un lopin de terre et une chaumière sur leur terre natale.

Il se disait aussi que certains noyaient leur chagrin dans l'alcool, à coups de cognac, à coups de rhum, réduits à l'état de manœuvres analphabètes.

Tout cela se disait dans le train bondé de migrants polonais qui emmenait Helena loin de son pays natal. Pour elle, comme pour la majorité d'entre eux, le trajet ne s'arrêtait pas en Lorraine. Ensuite, il faudrait encore remonter vers le nord, en direction du bassin minier du Nord-Pas-de-Calais, là où les gueules noires polonaises se multipliaient depuis 1920 et où Antoni Janowski l'attendait.

Pareille à une apprentie docile et résignée, elle avait suivi à la lettre les étapes qu'Andrzej lui avait préparées. L'exil était un périple pour lequel elle avait dû consentir à se renier.

Pour cent zlotys, Andrzej lui avait fait faire un passeport.

Pour cent de plus, il avait fait changer son nom.

Helena Szablewska devint ainsi Helena Janowska.

Afin de brouiller les pistes, il la domicilia à Varsovie et signa à sa place sous la photo qu'elle lui avait donnée.

Il maintint sa date de naissance en 1901, retira la mention « née enfant jumeau », la déclara paysanne de profession, de taille moyenne, le visage allongé, les cheveux blonds et les yeux bleus, sans signe particulier.

Il biffa la mention « mari » et « enfant ».

Sur la troisième page, à la rubrique « se rendant en... » il fit écrire Francji/France.

Chaque mot apparut ainsi, inscrit à l'encre noire, dans les deux langues.

Les tampons administratifs estampillèrent le feuillet de taches violettes.

Le faux avait l'air vrai.

Il y en avait un autre pour Aniela Szablewska, fille d'Artur et Beata Szablewska, tous deux nés à Nowa Wieś, parents décédés, enfant confiée à une voisine du nom d'Helena Janowska, domiciliée à Varsovie, etc.

Confrontée au prénom falsifié de sa jumelle, Helena avait serré les dents. Bronisława, devenue Beata, n'était plus sa Broni à elle.

Et ce n'était pas tout. Un autre document était prêt au cas où l'enfant eût été un fils.

Il se serait appelé Henryk, celui-là, Henryk Szablewski.

Ce dernier passeport était tombé des mains d'Helena.

Leokadia l'avait attrapé et jeté dans le poêle.

Broni avait pleuré, demandé pardon, et toutes trois s'étaient embrassées.

Le consulat de France à Varsovie avait accordé un visa de dix mois pour les trois. L'Allemagne et la Belgique avaient à leur tour approuvé un visa de transit moyennant l'achat de six timbres fiscaux de dix francs belges.

Ces papiers obtenus, ne restait plus qu'à franchir la frontière.

Pour Andrzej, il était clair que l'enfant devait disparaître, mais proprement. Il y tenait. Il avait payé cher pour effacer la honte en douceur, estimant que trois livraisons de bois valaient bien trois passeports pour vivre en paix et sauver sa famille. Bronisława ne l'écoutait pas. Il le voyait bien mais poursuivait son argumentaire en se donnant de grands airs. Il avait une revanche à prendre, sa fierté à sauver. Il se persuadait que la honte la condamnait au silence et que c'était la moindre des politesses après ce qu'elle lui avait fait. De son côté, Broni n'avait pas les mots pour dire qu'un blanc colonisait son esprit, comme un nuage, qui reviendrait de plus en plus souvent par la suite, un petit nuage qui l'emporterait toujours plus loin.

Après les adieux, à l'heure du grand départ, Helena glissa les deux documents dans son sac de voyage. Sous une nouvelle identité, elle partit avec l'enfant pour rejoindre le dépôt de Mysłowice en Haute-Silésie.

La France voulait des hommes robustes et des femmes jeunes et saines. Helena alla rejoindre son frère, Antoni Janowski, ce fut la version qu'elle donna au centre d'hébergement. Elle passa l'étape du raffinage, un examen médical en bonne et due forme. Le bébé fut ausculté, lui aussi. Elle se plia aux règles, se laissa faire : désinfection, épouillage, vaccination, coupe de cheveux, photographie. L'avis fut favorable. Sans même lui demander si elle parlait français, on lui enfila une pancarte autour du cou. Elle irait d'abord à

Toul, en Meurthe-et-Moselle, le nom de la ville était écrit en majuscules sur le carton.

Il fallut nourrir le bébé. Elle savait s'y prendre. Les enfants de Bronisława n'étaient-ils pas un peu les siens ? Elle suivit les derniers conseils de sa sœur, renoua avec les gestes qu'elle avait appris avec ses neveux. Si le lait pasteurisé venait à manquer, elle compenserait par un biberon d'eau sucrée, offrirait son doigt à la bouche d'Aniela pour l'aider à patienter. Le balancement du train berça l'enfant qui ne pleura pas.

Le voyage fut chaotique pourtant. On s'entassait dans des wagons dépourvus de vitres où hommes et femmes étaient séparés. À cette époque, on acheminait sans lumière jusqu'à neuf cents ouvriers polonais. Tous avaient reçu un carnet doté de cinq feuilles de couleur dont chacune portait le nom d'une gare et l'image d'une denrée. À Ceska-Trebova, ils auraient de la soupe, à Prague du thé, à Karlsruhe une ration de pain. La traversée de l'Allemagne dura trois jours. Parce qu'on la crut mère, on laissa à Helena un peu plus d'espace sur la banquette. Elle remercia sans démentir.

Enfin, le train entra en gare et le porte-voix des agents du Comité central des Houillères lança un appel sur le quai : « Terminus, *proszę wysiąść z pociągu.* »

Les voilà arrivés à Toul, en Meurthe-et-Moselle, lieu de tri des migrants. Ici, un nouvel examen médical s'imposait, assorti d'une courte quarantaine. Elle ne craignait rien, elle était sereine. Elle se savait jeune et saine, vaillante et prête à s'intégrer au plus vite.

« Terminus, veuillez descendre du train », répéta le porte-voix.

Le soulagement fut de courte durée. On se rua pour sortir des wagons. Dans la cohue, les jeunes enfants se mirent à pleurer tandis que les mères se réjouissaient d'être arrivées en France. Une nouvelle vie les attendait, il fallait sécher ses larmes, rassembler ses affaires et suivre les instructions. Surtout, ne pas se perdre.

Helena n'avait pour tout bagage qu'un sac sur le dos et s'en félicitait. Aniela à bout de bras, elle dut marcher trois kilomètres pour rejoindre une ancienne caserne qui servait de dépôt. Pareille aux autres, elle passa par la chambre de sulfuration avant de prendre une douche et de recevoir un vêtement propre ainsi que des serviettes. Entre deux examens médicaux, Aniela fut emmaillotée. On s'étonna qu'une mère ne donnât pas le sein. Helena expliqua avec quelques mots d'un français tout neuf que la mère du bébé était morte, alors on lui fournit du lait et des biberons propres. Les repas se voulaient copieux à la cantine du centre de dépôt, la soupe était agrémentée de viande le midi, de lard et de pâtes le soir, mais Helena avait le ventre noué. Elle avait beau être convaincue d'obtenir le contrat de travail qui la conduirait à Ostricourt où Antoni l'attendait, sa fatigue nerveuse doublée de nostalgie lui coupait l'appétit. Contrairement aux autres, cette période d'isolement ne lui pesait pas. C'était comme un moyen de faire le deuil du passé pour se préparer à sa nouvelle vie. Dès lors, elle ne se sépara plus du dictionnaire qu'on lui avait donné à son arrivée en Lorraine, apprit le français, s'occupa du bébé.

Bientôt, la quarantaine toucha à sa fin. Elle reçut une carte estampillée « Industrie », un contrat de travail et un lieu d'affectation. Comme prévu, elle irait donc dans les mines du Nord. Soulagée, elle endossa son sac et enroula le bébé contre sa poitrine pour affronter les trois kilomètres à pied en direction de la gare. Prendre l'air et marcher lui firent du bien même si chaque pas réveillait les souvenirs. Elle savait qu'elle devait aller de l'avant, ses nouveaux titres de transport pliés dans sa poche lui en donnaient la possibilité.

De Toul, elle se rendrait jusqu'à Ostricourt en passant par Nancy et Paris. De la Ville lumière, Helena ne vit que la grande verrière de la gare de l'Est. Aniela somnolait tandis qu'elle errait dans la salle des pas perdus. Elle dut prendre un autre train, dans une autre gare, ailleurs. On lui avait expliqué les étapes, elle avait noté, elle avança point par point. Paris Nord à rejoindre, un métro à prendre pour la correspondance. Aniela s'était endormie et c'était tant mieux. Helena bredouilla quelques mots de français à un employé de gare. Parce qu'elle était seule, belle et étrangère, il lui porta sa valise, lui acheta un ticket de métro et la mit dans la rame. *Ça va encore plus vite que dans le train*, se dit-elle. La petite se réveilla, de faim. Helena glissa son index entre ses lèvres pour la faire attendre. Les yeux partout, elle décryptait la moindre information. L'agent lui avait dit de descendre au premier arrêt. Sous terre, elle pensa qu'elle y serait peut-être souvent si on la faisait descendre dans la fosse. C'était une perspective qui lui déplaisait, elle chassa cette idée, se raccrocha au moment présent. Bientôt, la vitesse ralentit et elle se leva, prête à descendre. Elle s'agrippa à la rampe, la petite gigota, chouina, trop ballottée pour s'apaiser. Helena pensa à Broni, à sa mère, aux enfants, elle pensa à tous ceux qu'elle avait laissés là-bas et qui n'avaient jamais mis le pied en France ni emprunté le métropolitain. Elle répéta ce mot : « métropolitain », pas plus long que ses mots polonais, un joli mot, plein d'élégance comme tous les mots français.

Soudain, une secousse plus violente que les autres lui fit perdre l'équilibre. Une jeune femme la rattrapa, la stabilisa. Helena la remercia en polonais, s'excusa, reprit en français.

La jeune femme trouva une place assise au moment où Helena sortit de la rame. À défaut de savoir où aller, elle suivit le flux des voyageurs et chercha le panneau « gare du Nord ». Une fois sous la verrière, elle fut à bon port et n'eut plus qu'à attendre. Son train partirait deux heures plus tard. Elle avait faim, le bébé aussi. Pour cette fois, un biberon d'eau sucrée suffit à Aniela tandis qu'elle se contentait d'une pomme et d'un quignon de pain.

Cette nuit-là, elle dormirait à Lens. Une famille polonaise s'apprêtait à l'accueillir avec l'enfant. Ils l'attendraient à la gare, lui feraient signe, la reconnaîtraient. Ils avaient l'habitude. On lui avait tout expliqué à Toul. Elle avait noté leur nom. Les Trzebiatowski. Eux aussi étaient venus de Pologne avec l'espoir de travailler dans les mines de France. Ils lui expliqueraient ce que c'était que de vivre en exil, ils la rassureraient et elle pourrait leur poser autant de questions qu'elle le souhaitait.

Des questions, elle n'en avait pas. Elle avait sommeil.

Lorsque *pani* Trzebiatowska s'empara du bébé, Helena eut l'impression de retrouver son intégrité. Elle avait beau aimer sa nièce de tout son cœur, elle sentait que cette compagnie l'entravait et l'alourdissait à plus forte raison qu'elle ne pouvait plus s'en séparer. À table, on servit des *pierogi*, des ravioles au chou et aux champignons que la maîtresse de maison avait fait cuire à la vapeur. Pour le dessert, elle offrit du *sternik*, un gâteau au fromage nappé de confiture. Helena remercia mille fois, mangea à peine, de peur de déranger, remercia encore avant d'aller se coucher.

Le lendemain, on l'emmena à la gare de Lens, direction Ostricourt. C'était son terminus à elle. Un cocher serait posté devant la gare pour l'emmener jusqu'au coron où elle rejoindrait son frère.

— Il a dû vous manquer, répéta la Polonaise exilée, mais bientôt c'est le pays qui vous manquera. On n'oublie pas, vous savez, même si on est plus heureux ici qu'à crever de faim là-bas.

Elle lui donna une belle part du gâteau de la veille, pour la route, et du lait frais pour le bébé.

— Bonne chance ! asséna-t-elle, souhaitant le meilleur à cette jeune femme qui n'avait pas demandé grand-chose.

Trop fatiguée par le voyage, sans doute. Responsable d'un bébé qui n'était pas le sien, surtout.

À son arrivée en gare d'Ostricourt, un cantinier l'attendait dans sa carriole. Dépêché par la Compagnie des Houillères, il avait apporté une chaise, un lit pour le bébé et un autre pour elle, ainsi que des couvertures dont le coût serait prélevé sur ses premières payes. D'un geste sûr, il attrapa son unique bagage et l'invita à grimper sur la banquette avec l'enfant. Pas la peine de parler, la fiche pendue au cou d'Helena lui indiquait la destination à atteindre. Il se contenta de regarder ses mains blanches et lisses. Il savait qu'on sacrifiait la jeunesse des Polonaises en les assignant à des tâches pénibles. Alors, ses jolis ongles propres, il se garda de lui dire qu'elle pouvait faire une croix dessus. Comme les autres paysannes venues de Pologne, elle serait affectée au triage du charbon et se salirait les mains.

C'était à ce prix qu'on gagnait le droit de vivre en France.

Le coron Osada

Antoni Janowski n'avait rien de commun avec son copain Andrzej. C'était un homme sans attaches venu en France pour se bâtir une vie meilleure.

Il vivait à la septième porte du coron Osada, avec deux autres familles polonaises, où il occupait une chambre sur les quatre. On se tassa pour en laisser une à Helena qui arriva avec le bébé de sa voisine. Tout était écrit dans une lettre que le jeune Polonais s'était fait lire par l'instituteur pour être sûr de tout comprendre.

Il était de ceux qui disaient : « On est venu en France pour travailler, faut se taire. »

Alors, quand les syndicats lui collaient le *Polonité* entre les mains afin qu'il adhère à leurs idées, il chiffonnait le journal et fourrait la boule de papier dans sa poche pour allumer le feu.

Tout ça, il s'en moquait, lui. Il travaillait comme une bête et ça lui suffisait.

À son arrivée à Toul, on lui avait offert un dictionnaire franco-polonais, mais comme il ne savait pas bien lire, il l'avait donné à la petite Natalia qui aimait l'école. Ensuite, on lui avait prêté un logement, un jardin, et il apprit qu'il aurait droit à des soins s'il tombait malade. Quand il serait vieux, il pourrait même faire valoir ses droits à la retraite. En attendant, il travaillait à la mine huit heures par jour, six jours par semaine et son salaire variait de treize à quinze francs, indemnité de vie chère comprise, mais grâce à son rendement, il gagnait plus. Il était content. Il mangeait du bon pain blanc, parfois des bananes et des oranges – il n'en avait jamais vu en Pologne –, il avait cessé de demander de mettre du sucre sur les frites plutôt que du sel, il s'était habitué. Il se débrouillait en français, sans la syntaxe. Alterner un nom et un infinitif lui suffisait à se faire comprendre. Il en apprenait de nouveaux dès que possible. On parlait surtout polonais autour de lui. Il était poli. Il savait dire « oui, monsieur » correctement, « bonjour », « au revoir » et « merci ». Il avait répété, ce n'était pas si facile, contrairement aux apparences. Il s'adapta. Parce qu'il était jeune, dynamique et ambitieux, il rejoignit le Sokol le dimanche pour s'adonner à la gymnastique au lieu de noyer sa mélancolie dans l'alcool. Il voulait rester beau et épargner assez d'argent pour ravir le cœur d'une jolie Française. Une qui serait pareille à la lampiste qui lui remettait sa lampe et son jeton triangulaire. Il avait remarqué que sa lampe brillait davantage que les autres qu'elle distribuait. Elle le regardait longtemps dans les yeux et lui disait « bonjour » deux fois. Elle lui demandait comment il allait. Il lui répliquait : « Et vous, mademoiselle ? », « *Tak* », lui répondait-elle en riant. « *Tak tak* », c'était ravissant. Chacun faisait un pas vers l'autre, chacun prenait son temps.

Il regretta d'apprendre si lentement la langue de la femme qui lui plaisait.

La voiture à cheval s'arrêta au pied des palissades, à l'entrée de la rue principale. Helena scruta les habitats en briques alignés, les portes hautes et les volets en bois. Elle avait l'impression que l'enfilade de ces maisons n'en finissait pas. Elle compta treize cheminées sur le toit, peut-être davantage, elle n'était pas sûre. La petite Aniela gigota dans ses bras, se cabra, réclama un peu de calme pour dormir. Sur le trottoir, une femme marchait et remontait vers elle avec son garçon. Sans cérémonie, elle la salua en polonais et Helena lui répondit de même. Un groupe conversait un peu plus loin, statique, deux adultes et deux enfants, tandis qu'un jeune homme s'approchait d'elle au pas de course.

— Helena ? demanda-t-il, sûr de lui.

Elle portait un enfant, il ne pouvait pas se tromper. Il avait épinglé la photo qu'Andrzej lui avait envoyée au-dessus de son lit. *Plutôt jolie, la fille*, avait-il pensé, mais pas pour lui. Une Française le faisait déjà rêver, une brunette qui n'avait pas froid aux yeux, pour qui le temps de la séduction s'étirait à l'infini car les mariages mixtes restaient rares.

— *Jestem Antoni*, lui dit-il en lui tendant la main.

D'un geste brusque, il fit signe au cocher d'avancer plus loin.

— *Siedem !* hurla-t-il.

La charrette stoppa au nº 7 du coron Osada.

— Bienvenue dans la cité du Court-Digeau ! On a trente parcelles, autant de jardinets et même une chapelle ! Tu auras tout ce qu'il te faut ici, et la petite aussi.

Antoni débita ses paroles en polonais, elle les traduisit dans sa tête en français. Les mots qui lui manquaient, elle les apprendrait la nuit. En attendant, elle acquiesça, le corps brûlant. C'était l'angoisse de l'arrivée quand, loin de tout, on croyait se retrouver au bord d'un précipice, seul et abandonné, autant que coupable d'être parti.

La rangée de maisons en briques l'hypnotisa. Jamais elle n'avait vu des murs pareils auparavant. Des murs si hauts qu'ils lui donnaient le vertige. Chez elle, ils étaient bas, faits de bois, de planches et de troncs d'arbres entiers. Là-bas, les maisons s'étiraient en longueur au lieu de s'élever. C'étaient des chaumières aux fondations de pierres. Ici, les toits se perdaient dans les nuages, invisibles. Ils étaient fous et impétueux, proprement démesurés. La petite qui dodelinait de la tête, endormie dans ses bras, ne voyait pas la différence. Ne la verrait peut-être jamais, Bronisława non plus et pourtant, il lui semblait que l'ombre de sa sœur cheminait à ses côtés, levait la tête comme elle et ouvrait grands les yeux. Sa présence invisible l'empêcha de vaciller. Avec elle, Helena tenait, pour sauver l'enfant au risque de se perdre elle-même.

Nul doute qu'elle serait reléguée à une tâche ingrate, il fallait s'y préparer, la prévint Antoni. Il fallait manger encore un peu son pain noir avant d'avoir droit au pain blanc. Se soumettre, accepter, être conforme à l'image que l'on se faisait ici des bons petits Polonais, solides et travailleurs. *Peut-être la fera-t-on descendre dans la fosse ?* Helena posa la question du bout des lèvres, parce qu'on lui avait raconté dans le train que les femmes qui rampaient dans les entrailles de la mine portaient des pantalons.

— Des pantalons ? répéta-t-il en s'esclaffant. C'était avant, tout ça. Les femmes ne descendent plus depuis une vingtaine d'années. La faute à la catastrophe de Courrières, plus de mille morts. En 1906, je crois bien. Après ça, plus de femmes au fond, on préfère les mettre à quatre pattes dans le charbon, au criblage ou au triage, c'est selon. Mais vise plutôt la lampisterie, c'est mieux que de manipuler la houille, tu t'occupes des lampes, tu vois du monde, et surtout, tu ne te salis pas. Ce serait une bonne place pour une fille comme toi.

Helena ne connaissait pas le métier de lampiste.

— Comment dit-on cela en français ? demanda-t-elle.

Sourd à sa question, Antoni s'arrêta à la porte du nº 7 où il enjoignit le cocher de vider sa charrette sur le trottoir.

Helena observa la scène, la petite Aniela momifiée sur son sternum. Elle se répéta le mot *lampiarz* pour ne pas l'oublier. Elle le chercherait dans le dictionnaire dès qu'elle se serait installée. Le cocher débarqua un berceau, un sommier en bois, un matelas éventré, deux grandes couvertures et autant de chaises.

— Ça ne pèse pas bien lourd, tout ça, c'est bien le minimum que donne la Compagnie des Houillères pour l'arrivée d'un immigré. Quelle bande de rapiats ! Et dire que vous devrez rembourser cette camelote avec ses premières payes...

Antoni le laissa parler, un sourire forcé au coin des lèvres. Il ne voulait ni critiquer ni entretenir de mauvaises pensées. À ses yeux, sa présence ici était une chance qui justifiait tous les sacrifices.

Helena ne manqua rien de leur échange, elle écouta et analysa la situation. En franchissant le seuil de la porte, elle se remémora les conseils de la veuve Kutner. « Demande le meilleur pour toi. Commence par dire que tu sais lire et écrire. C'est très rare, les immigrés sont trop souvent illettrés. C'est un atout dont tu ne dois pas te priver. »

Antoni referma la porte derrière elle et l'invita à monter les escaliers. Elle s'exécuta, avec la lenteur de celle qui découvre un environnement aux antipodes de celui qu'elle a fréquenté auparavant. Sur le palier, Antoni l'engagea à tourner à droite et à pousser la première porte. Helena pénétra dans une pièce carrée dotée d'une large fenêtre percée de six carreaux, au-dessus desquels courait encore une longue baie fixe. La forte luminosité lui fit froncer les sourcils.

— Encore un peu, ils t'auraient reléguée sous les combles, mais j'ai fait en sorte que tu aies une pièce bien éclairée.

Parce que tu es seule, avec le bébé. Rassure-toi, je ne te demanderai aucune contrepartie. Andrzej est plus qu'un ami pour moi. Sans lui, je ne serais plus là. Il a failli y passer, lui aussi, c'est pour ça qu'il est reparti… Il te l'a dit ?

Helena ne sut que répondre, adopta la mine de celle qui ne s'étonnait de rien et s'avança jusqu'à la fenêtre pour plonger son regard sur la route. Impression de vertige. Elle ne se souvenait pas d'être montée si haut. Chez Mme Kutner, elle n'avait jamais fréquenté que le rez-de-chaussée, l'étage ayant été condamné afin de concentrer la chaleur en bas.

Le bébé continua de dormir sur la poitrine d'Helena. Elle ouvrit la fenêtre, voulut respirer, recouvrer ses esprits.

La pièce était vide, à l'exception du sac posé en plein milieu.

Antoni laissa sa protégée prendre l'air et descendit les escaliers à toute vitesse avant de remonter avec le berceau. Aussitôt, il redescendit et revint en portant sur son dos le sommier en bois puis le matelas défraîchi. Le dernier trajet s'accomplit en un éclair, deux couvertures ne pesaient pas lourd. Helena regretta que ce ne soit pas des *pierzyna* mais ne se plaignit de rien. Elle n'aurait pas froid, c'était l'essentiel. On vivrait ici autrement que chez soi. Antoni lisait pourtant dans ses pensées.

— T'inquiète pas pour les couvertures, c'est provisoire. Rares sont les Polonais qui s'en accommodent. Je m'en occupe ! Les femmes font des *pierzyna* semblables aux nôtres, elles les brodent avec des motifs colorés comme chez nous. Je t'en trouverai une très vite.

— Ce n'est pas indispensable. J'ai tout ce qu'il me faut. Je suis à l'abri avec le bébé. Il faut surtout que je trouve un travail et de quoi nous nourrir.

Helena demanda à Antoni de plier une couverture en quatre au fond du berceau. Il s'exécuta du mieux qu'il put et la regarda déposer l'enfant sur la laine grise. Aussitôt qu'elle retira ses mains du corps du bébé, celui-ci se mit à hurler, se tordant le visage, boursouflé de pleurs. Pour ne pas déranger les autres habitants, Helena reprit Aniela dans ses bras.

— Chut… Aniela mon ange, chuchota-t-elle tout en la berçant.

La petite sanglota, mais Helena resta calme, guidée par l'ombre de sa jumelle qui lui soufflait les mots capables d'endormir l'enfant.

— Chut… ne pleure pas, Aniela mon ange, écoute, écoute…

Un air d'antan affleura à ses lèvres. Elle murmura plus qu'elle ne chanta.

Dwa serduszka cztery oczy, oj o joj

— C'est une belle chanson de nos campagnes, se souvint Antoni, frappé d'une soudaine nostalgie.

Co płakały we dnie nocy, oj o joj

— Bientôt, tu sauras la chanter en français, il le faudra… Ce sera quelque chose comme ça : *Deux cœurs, quatre yeux qui ont pleuré dans la nuit, aïe aïe aïe*, traduisit-il d'un air content. Apprends la langue de l'étranger, mais n'oublie pas qu'elle ne sera jamais aussi belle que notre langue natale.

Helena approuva, le regard happé par sa protégée, impatiente de reprendre sa chanson.

Dwa serduszka cztery oczy, oj o joj
Co płakały we dnie nocy, oj o joj
Czarne oczka co płaczecie
Że się spotkać nie możecie

Antoni crut qu'elle pleurait un amour perdu et il avait raison. Helena déplorait la perte de sa sœur, voyait des yeux bleus à la place des yeux noirs, une belle jeune fille plutôt qu'un beau garçon.

Deux cœurs, quatre yeux
Qui pleurent dans la nuit
Des yeux noirs qui pleurent
Que tu ne peux pas rencontrer

À la fin du premier couplet, la petite s'abandonna au sommeil. Les traits de son visage devinrent lisses, ses joues perdirent leur rouge et Helena en profita pour la déposer dans le berceau avant de se tourner vers Antoni.

Il vivait au premier, lui aussi, dans la plus petite pièce et cela lui suffisait. Contrairement aux autres, il n'avait pas commandé de wagon aux autorités militaires françaises pour le transport de ses meubles. En 1923, il était venu seul, dépourvu de tout, jetant un trait sur son passé. Sans peur et sans regrets. Persuadé qu'un homme n'a pas le droit d'être faible, de vaciller, de douter. Comme elle, il avait pris le train de Mysłowice en direction de Toul. Une fois débarqué en France, il avait marché avec les autres migrants jusqu'à un baraquement immense pourvu d'une cantine. On lui avait donné à manger, mais parce qu'il était seul, il n'avait reçu que trois francs pour la route tandis que les familles en recevaient dix. La nuit, il l'avait passée dans le même lit qu'un immigré venu des environs d'Essen en Westphalie. Né dans un village de Poznanie, ce fils de paysan instruit à l'école allemande, tout en restant polonais de cœur, avait décidé de rejoindre la France après trois ans au fond d'une mine de charbon de la Ruhr. Son argent allemand ayant perdu sa valeur, il avait dû échanger à grand-peine ses marks contre des francs, mais ce n'était rien au regard de la complexité des démarches administratives. Il avait fallu passer par le consulat polonais à Essen pour solliciter la citoyenneté polonaise et recevoir un nouveau passeport. Alors seulement, il avait pu obtenir du consulat français à Duisbourg le droit de partir dans les quarante-huit heures. Par bonheur, le bougre avait appris le lendemain qu'il était affecté au bassin de Longwy en Lorraine dans une mine de fer.

Après deux jours d'attente, à l'aube, ils se souhaitèrent bonne chance sur le quai de la gare. Antoni quitta la ville de Toul, une pancarte autour du cou sans parler un mot de français. Le lendemain, aux alentours de midi, il arriva dans le bassin houiller. Des familles descendirent à chaque station de train jusqu'à ce qu'arrivât enfin son tour. Pour lui, le terminus, c'était Ostricourt, écrit en majuscules sur le carton. On l'attendait à la gare et il se retrouva de nouveau chez le médecin où il se soumit aux examens indispensables pour gagner le droit d'être conduit à la mine. Là, il reçut un numéro et apprit qu'il travaillerait à l'extraction de la houille. Dès lors, il se tourna vers les interprètes polonais dans le but de trouver un logement autre que les baraques insalubres assignées aux nouveaux arrivants. Deux semaines plus tard, on lui dégotait une petite pièce à l'étage d'une maison du coron Osada à condition de vivre avec deux autres familles entassées au rez-de-chaussée. Antoni s'y installa de bon gré, il pouvait se rendre à la mine à pied et s'éviter d'attendre le train sous la pluie ou dans le froid glacial de l'hiver.

À écouter Antoni, Helena mesura combien son arrivée était facilitée par son accueil. Elle l'en remercia, il répliqua que c'était le moins qu'il pouvait faire pour son ami, et pour elle aussi.

— Et la petite ? Qui va prendre soin d'Aniela lorsque j'irai travailler ?

— Idà ne demande pas mieux. Elle vit au rez-de-chaussée et s'occupe de tout dans la maison. Moyennant quelques sous de plus, elle te fera même la cuisine !

La confiance d'Antoni était contagieuse. Ensemble, ils descendirent les escaliers, laissant le bébé endormi dans son berceau après avoir fermé la fenêtre. Ida cuisinait tandis que quatre enfants jouaient par terre avec des figurines en bois peint. Les présentations furent rapides. Elle savait déjà qui était Helena, la fille qui avait pris en charge une orpheline à peine née. Elle n'y croyait pas trop mais se gardait de le montrer. Ce n'étaient pas ses affaires. Elle avait même tout à gagner dans cette histoire. Moyennant cinq francs par mois, elle s'engageait à garder le bébé et à le nourrir, ainsi que sa mère adoptive. C'était la moitié du salaire que gagnerait bientôt Helena, mais elle accepta, grâce à Mme Kutner.

La dernière fois qu'elles s'étaient vues, la veuve lui avait remis un paquet qu'elle lui avait demandé de n'ouvrir qu'une fois de retour chez elle. Dans ce dernier, se trouvaient deux romans polonais, un recueil de poèmes en français et une enveloppe contenant un numéro de compte bancaire.

Loin de pouvoir imaginer la somme que Mme Kutner lui avait léguée, Helena présumait que ce serait suffisant pour payer Ida. Ce soulagement fit pourtant place à une nouvelle inquiétude qu'elle exprima à demi-mot.

— Tu es sûre que ce ne sera pas trop de travail avec un nourrisson en plus de tes propres enfants ?

Ida se plia de rire sur son fourneau. Helena se reprocha d'avoir parlé de travers.

— Va, ne te préoccupe pas pour moi ! J'attends justement le cinquième, je n'en suis plus à un enfant près.

Un paysage grandiose

La petite eut beau dormir du sommeil de l'ange, Helena ne put fermer l'œil de la nuit. Encore sous le coup de l'émotion du voyage et de son arrivée à Ostricourt, elle n'avait rien vu de son nouveau lieu de vie à l'exception de la grande rue, des palissades et des maisons en enfilade du Court-Digeau, bordées d'un trottoir. Elle n'apprit que bien plus tard qu'elle avait échoué dans un coron épargné par la guerre, composé de trente logements en pierres de taille et en briques implantés sur la parcelle n° 893. Pour l'heure, elle ne songeait qu'à son rendez-vous du lendemain. Antoni l'emmènerait au petit matin, ils iraient ensemble se présenter à la direction de la mine où l'on recevait les femmes en quête de travail. Avant de se coucher, elle avait cherché la traduction du mot « lampiste », mais il ne figurait pas dans le petit dictionnaire qu'on lui avait donné à Toul. Par déduction, elle supposa qu'il s'agissait de l'entretien des lampes confiées aux mineurs pour les éclairer au fond de la mine.

Lorsqu'elle cessait de ressasser son entretien d'embauche, elle se mettait à penser à sa sœur, restée à Nowa Wieś avec leur mère. Elle sentait la peine qu'elles devaient éprouver, elles aussi. Une brisure irrémédiable dans leur vie à toutes trois. Une brisure d'autant plus acerbe qu'elle les condamnait au mensonge. Chacune de son côté avait sa version recomposée d'une histoire qu'elles avaient décidé de construire de toutes pièces. C'était le prix à payer pour le pas de côté de Bronisława. Une folie que Leokadia lui avait pardonnée, sans la blâmer un seul instant, demandant à sa fille aînée de faire de même :

« Tu comprendras, lorsque tu aimeras. Ce n'est pas toujours comme on le croit. On ne décide pas de ces choses-là. On aime, et puis voilà. L'enfant vient parfois et il faut mentir, se taire ou partir. C'est ça aussi la vie, Helena. Tu as lu assez pour le savoir à présent, l'amour est un paysage grandiose qui nous prend à la gorge et nous aspire.

— Dieu m'en garde ! s'était exclamée Helena qui commençait à mesurer combien l'adultère de sa sœur allait modifier le cours de sa propre existence. Moi, je n'aimerai jamais que toi, Broni et l'enfant qui viendra. Mon cœur est trop entier et trop étroit pour offrir davantage.

— Tu aimes pourtant bien Mme Kutner, que je sache.

— C'est différent. Cela n'a rien de comparable. »

Leokadia avait attrapé les mains de sa fille pour les porter à sa bouche.

« Je te souhaite d'aimer comme ta sœur a aimé Szymon, il n'y a rien de plus beau dans la vie, surtout si de tels sentiments s'épanouissent sans entraves. Peut-être que tu auras cette chance, toi, contrairement à nous. »

D'un geste brusque, Helena avait retiré ses mains de celles de sa mère et lui avait jeté un regard glaçant. Un blanc s'était installé dans la pièce, un silence plus lourd que la couche de neige qui recouvrait leur toit l'hiver.

« Parce que toi aussi, Leokadia...

— Maman, appelle-moi maman. C'était juste une fois, et grâce à lui, j'ai porté deux cœurs en moi, deux merveilles. Ton père ne pouvait pas, lui, mais il a cru à un miracle et nous avons été heureux. Je ne regrette pas.

— C'est toi, alors, sur le tableau… Le peintre…

— Il s'appelait Stanisław. Son nom, je ne l'ai pas demandé. Je revois son visage comme s'il était encore à mes côtés. Ses yeux d'un bleu métal, pénétrants, ses lèvres fines sous sa moustache fauve. J'allais au puits et je suis revenue avec vous en moi. Nous nous sommes séparés au pied du saule pleureur.

— Là où Broni n'a cessé de retrouver Szymon !

— Ne la juge pas, ne nous juge pas. Il n'y a rien à regretter puisque la vie l'emporte sur la trahison. Si tu savais ce que le corps reçoit quand il aime ainsi ; il suffit d'une fois pour que la foudre entre à jamais en toi et te donne toute l'énergie du monde.

— Dieu m'en préserve !

— Pardonne-moi, Helena, pardonne-nous. Je t'en prie. Et surtout, garde tout cela pour toi et épargne la petite, quitte à lui cacher la vérité. C'est le meilleur moyen de nous protéger toutes. »

Helena en doutait sans parvenir à se le formuler. Le mensonge n'avait jamais fait partie de son caractère, ce n'était ni une arme ni une solution, encore moins un baume pour assurer le repos de l'âme de ceux que l'on tenait à laisser dans l'ignorance. Mais qui était-elle pour questionner les choix de sa mère et de sa sœur ? Elle s'était levée, s'éloignant de Leokadia pour se réchauffer les mains au-dessus du fourneau. Elle avait pesé ses mots avant de reprendre la parole en tournant le dos à sa mère :

« Tu aurais pu continuer à me mentir…

— J'en avais l'intention, la parole a dépassé ma pensée, je ne voulais pas.

— Tu as bien fait. »

La suite de la conversation, elle l'avait oubliée. Elle se souvenait juste de ses mains, de cette chaleur-là qu'elle ne connaîtrait plus ensuite. Après, le bébé était arrivé et elle était partie, raflant la vérité au passage en guise de consolation.

Contrairement à ce qu'elle s'était imaginé, les femmes ne portaient pas de fichu sur la tête à la lampisterie, mais un tablier blanc qui couvrait leur robe jusqu'aux pieds. Leurs cheveux étaient noués, remontés en chignon. Toutes n'étaient pas polonaises, loin de là et c'était heureux. Helena espérait se rapprocher des Françaises pour apprendre leur langue et s'intégrer au mieux, quitte à s'éloigner de ses compatriotes qui ne comprendraient pas son désir de se mêler à des étrangères.

Qu'elle se trouve là était presque un miracle, elle ne cessait de se le répéter. Elle travaillait dans un vaste espace lumineux, à l'abri du bruit et des risques du fond. Comme les autres, elle s'était pliée à une ultime visite médicale pour gagner le droit d'exercer ce métier. On y passait tout en revue, jusqu'à la qualité de vos dents. Et, parce qu'elle avait déclaré en français qu'elle savait lire et écrire, elle n'était devenue ni trieuse ni clapeuse. À ces postes, elle aurait passé ses journées à enlever les pierres et les impuretés mêlées au charbon, vêtue d'un grand tablier noir, debout toute la journée. Lorsqu'elle avait fait la queue pour rencontrer l'agent chargé de distribuer les places à la mine, elle avait tendu l'oreille à deux Polonaises venues pour rejoindre leurs maris.

« Il paraît que c'est formidable. Chacun se serre les coudes et on vit entre nous, disait l'une, les mains serrées sur ses genoux.

— Mon homme dit qu'on peut se parler, rigoler et même chanter en triant le charbon, ajoutait l'autre en remettant son fichu coloré. »

La première semblait sceptique, comme si leurs paroles mutuelles n'étaient là que pour les rassurer. Après avoir hésité, elle ajouta :

« Le pire, c'est la langue. Il sait quelques mots, lui, depuis le temps qu'il est arrivé. Du patois, à ce qu'il paraît, même pas du bon français. Il faut aller à l'école pour ça. Nos enfants, eux, auront plus de chance !

— Oh, t'inquiète, on apprend vite. On est jeunes, on saura s'adapter, et puis ce sera un peu comme chez nous. Il y a des commerçants polonais dans toutes les cités. Des bouchers, des charcutiers... On peut trouver de la *metka*, de la *melona*, la *krakowska* et même la *kiszka* et jusqu'à des tailleurs pour nous confectionner des robes bien de chez nous. »

À les entendre, Helena sentait le passé glisser sur sa peau telle de l'eau sur une vitre. Comme Antoni, elle voulait se fondre dans sa nouvelle vie, se mettre au pli, gommer les traces de son exil et ne garder de la Pologne que la nostalgie passagère des grandes fêtes religieuses. Le reste, elle était prête à l'effacer, pour se réinventer autre et ailleurs, seul moyen de supporter l'idée de vivre sans nouvelles de sa famille.

C'était table rase ou désespoir.

Avec Aniela pour greffe sur son corps amputé.

Parfois, le manque de sa moitié devenait insoutenable. Si elle ne s'était contenue, elle aurait hurlé à la manière d'une mère devant le cercueil de son enfant. Une plainte indécente, sauvage et déchaînée qu'elle refoulait en se mordant la lèvre inférieure et en serrant les poings. Le souvenir était glacial, le manque cinglant, et elle sentait la tempête dans son âme, la rafale incessante des pluies d'automne qui lessivent le cœur pour l'empêcher de saigner.

Ô temps bénis de l'enfance où leurs longs cheveux flottaient dans le vent ! Elles couraient à travers les prairies vert mousse, main dans la main, jusqu'à se rouler dans l'herbe avant de contempler le ciel gorgé de nuages. Tout cela était dans son cœur, toujours palpable et palpitant, intouchable.

Oublier, il fallait oublier, mais penser à Broni lui était aussi vital que respirer.

C'était sa nourriture invisible, indispensable.

Des traces dans la neige

Dehors, la neige tombait à petits flocons lorsque Helena sortit du n° 7 du coron Osada. Déjà l'automne était passé. Elle était arrivée en plein été, à l'époque où les arbres s'empèsent d'un vert homogène avant de jaunir à l'approche des moissons.

C'était un froid bien connu qui lui rappelait le temps où elle imprimait des traces dans la neige, tenant sa sœur par le bras. Leurs pas réguliers semblaient dessiner des rails dans leur sillage et, la promenade achevée, elles retombaient sur leurs premières empreintes avec l'impression d'avoir accompli une boucle, une touffe de forêt à l'intérieur.

Ils marchaient comme deux ombres dans la nuit. Antoni apprenait à ralentir et Helena à augmenter la taille de ses foulées. Parfois, ils se parlaient en polonais, mais la plupart du temps, ils se taisaient. Marchant à demi endormis, raclant jusqu'à la lie le reliquat d'un sommeil toujours trop court. À vol d'oiseau, un kilomètre séparait la cité du Court-Digeau de la fosse n° 7. Contrairement à d'autres mineurs qui devaient attendre le train matin et soir entre leurs huit heures de travail, ils pouvaient cheminer à pied, à leur rythme et dans le silence. À 5 h 30, ils quittaient la cité par la rue de l'Ermitage avant de bifurquer à gauche pour longer la route en lisière de la forêt de Phalempin. Ensuite, c'était tout droit jusqu'à la mine. S'ils étaient arrivés plus tard, ils auraient vu le paysage de la houillère, ce décor typique qui, d'un bref coup d'œil, renvoyait au monde des profondeurs. La tour métallique à droite, le terril 108 à gauche et la cheminée au centre, le tout bordé d'arbres dont les feuilles ne réapparaîtraient qu'à la toute fin du printemps. Mais la nuit gommait tout paysage, limitant le regard au profit de sensations fugaces dont les senteurs et les murmures nocturnes avaient le secret. La chapka venue de Pologne atténuait encore cette clameur sourde, maintenant Helena dans une somnolence rêveuse qu'Antoni venait parfois interrompre. Il savait qu'il est périlleux de se retourner, de vénérer ceux qui sont restés au pays et de se reprocher d'être parti. Il le lui répétait chaque fois qu'il la voyait douter de se trouver à sa place sur ce trajet noir comme le charbon qui menait tout droit dans les entrailles de la terre.

— Helena, souviens-toi, tu as fait un choix. Ne te morfonds pas, sinon tu deviendras comme toutes ces femmes nostalgiques et tristes qui ressassent leur malheur.

— Certains hommes le font aussi.

— Ils se noient dans la vodka jusqu'à devenir violents. Parfois, les femmes s'en retournent au pays où elles ne seront pas plus heureuses.

Helena l'écoutait, maintenant la cadence pour ne pas le ralentir. L'idée du retour lui semblait hors de propos. Sa vie était ici désormais, à la lampisterie. C'est là qu'elle allait, en attendant de trouver mieux.

— Mieux ? s'étonnait Antoni qui ne voyait pas de poste plus avantageux pour une femme dans une mine.

— Je voudrais réussir, lui répondait-elle, en pensant à Aniela. Je voudrais la sortir de là.

Antoni connaissait ce refrain par cœur. C'était celui de tous les exilés, et lui-même ne faisait pas exception.

— Mais qu'est-ce que ça veut dire, réussir, selon toi ?

Et Helena répondait qu'elle voulait se cultiver, élever Aniela dans une belle maison et aller au musée.

Antoni se demandait d'où lui venaient de pareilles envies, mais se contentait de se moquer d'elle gentiment.

— C'est pour ça que tu apprends le dictionnaire par cœur ?

À cette question, Helena se mettait à parler en français et il s'amusait à répéter les mots qu'elle récitait avec dévotion. C'était ainsi qu'ils achevaient leur route.

Ils étaient toujours les premiers arrivés à la mine. Elle profitait de cette avance pour étudier au calme pendant qu'il s'éternisait dans la salle des lavabos, parfois appelée « salle des pendus » suite à la catastrophe de Courrières. Aux yeux d'Antoni, le lieu se limitait à un immense vestiaire doté de douches collectives où il se décrassait après sa journée et se changeait le matin avant d'embrayer. À cette époque, le bleu de travail était blanc, comme pour emporter dans le fond un fragment de la clarté du jour, même si dans les entrailles de la terre, à la lueur de sa lampe à huile, il travaillerait mains et torse nus. La bouffarde, il la réservait au grand air et consacrait son temps d'avance à nettoyer sa pipe en attendant l'arrivée de la lampiste dont il était amoureux. C'est d'elle qu'il voulait recevoir sa lampe chaque matin, pour lui porter chance. Il était toujours le premier à lui donner son jeton en la regardant droit dans les yeux.

— Celle-là, un jour, je l'épouserai, répétait-il à Helena sur le chemin.

Et c'était à son tour de rire de lui, de se moquer, de le faire enrager alors qu'elle devinait l'attirance de la lampiste pour le jeune Polonais. Quelques allusions avaient donné des garanties, des questions glissées l'air de rien lorsqu'elles se croisaient entre deux rangées de lampes fraîchement lustrées. Helena en disait peu, aiguisant sa curiosité, l'obligeant à revenir à la charge, attisant ses sentiments.

Elle est bien comme Broni, pensait-elle. L'amour se lit sur son visage et elle ne le craint pas. Au contraire, elle se laisse griser, séduire et désirer pour éclore à la beauté. Cette beauté sans réserve de la femme qui se sent pleinement désirable.

Antoni l'aurait bien invitée au bal du nouvel an s'il n'avait manqué de papiers et de moyens pour lui offrir la vie qu'elle méritait. Il avait donc remis cela à plus tard.

— Je peux te donner de l'argent, lui avait proposé Helena, un soir qu'il se lamentait à l'idée qu'elle lui file entre les doigts.

— Jamais je n'accepterai l'aumône d'une femme. Ne dit-on pas « fier comme un Polonais » ?

— On verra si tu seras aussi fier lorsque ta fiancée imaginaire en épousera un autre. Au cas où ton orgueil s'en trouverait moins atteint, je pourrais te prêter l'argent dont tu aurais besoin.

— Et toi ? Et la petite ?

— Nous avons tout ce qu'il nous faut avec ce que je gagne. Accepte mon aide et tu pourras accélérer les choses, l'inviter au nouvel an, gagner son cœur et convaincre son père. Alors ?

Sans argent, il n'irait nulle part, il le savait. Il fallait un bon pactole pour se marier et obtenir une maison individuelle dans le coron. Voilà pourquoi il redoublait de travail au point de toucher les primes de rendement les plus importantes de la fosse n° 7.

Un soir, il trouva le courage de frapper à la porte d'Helena. La petite dormait dans son nouveau lit à barreaux. Le berceau, devenu trop petit, était descendu d'un étage, prêt à accueillir le bébé qu'Ida aurait bientôt fini d'attendre.

Il se présenta avec deux verres et une bouteille de vodka.

Elle le fit asseoir face à elle, si bien qu'ils se tenaient contre le mur de part et d'autre de la fenêtre dont les volets étaient fermés. Un guéridon entre eux, bas et minuscule, où Antoni posa les verres et la bouteille achetée chez un commerçant juif nouvellement installé en plein centre d'Ostricourt, sur la place face à l'église.

Ça lui avait coûté cher, ce petit plaisir, mais c'était l'occasion.

Au lieu de la laisser hésiter, il insista. Trinquer ne faisait de mal à personne ! Pour ne pas le décevoir, elle lui demanda de faire le service. Ne fallait-il pas toujours une première fois ?

Il but d'un trait. Elle, à menues lampées, la gorge en feu.

Enfin, il en revint à ce qui les occupait vraiment.

— Écoute, j'y ai bien réfléchi et si tu es toujours d'accord, j'accepte ta proposition. Bien sûr, je te rendrai tout, avec intérêts, mais promets-moi de t'installer chez nous lorsque je serai marié. Tu auras une chambre pour toi et une autre pour Aniela. Je ne veux pas te laisser ici, sans que je puisse veiller sur toi. J'ai promis à Andrzej…

Sa voix fléchit et Helena comprit que cette prétendue promesse n'était qu'un moyen de se donner bonne conscience.

— Ce ne sera pas la peine, reprit-elle pour le rassurer. Je compte bientôt partir avec Aniela. Enfin, si tout va bien. Moi aussi, j'ai un projet et il n'est pas de rester ici. Je veux voir une autre tour métallique que le châssis à molettes de la fosse nº 7. Maintenant que je parle à peu près correctement français, je veux pouvoir contempler la tour Eiffel et vivre à Paris dans une belle maison du faubourg Saint-Honoré.

— Mais où es-tu allée chercher de pareilles idées ?

— *Bergère ô tour Eiffel le troupeau des ponts bêle ce matin…*

— Qu'est-ce que tu racontes ? Je n'y comprends rien ! regretta-t-il en polonais.

— C'est un vers de Guillaume Apollinaire que Mme Kutner me répétait souvent. Son fils en mission à Paris au début de la guerre lui avait rapporté un exemplaire de son recueil *Alcools*. À cette époque, elle vivait à Varsovie et c'était un véritable trésor à ses yeux, sans doute parce que la mère de ce poète était polonaise et que du sang de notre patrie coulait dans ses veines, tout exilé qu'il fût. Elle me l'a pourtant donné quand je suis partie.

— Encore un souvenir douloureux. Tu sais bien que…

— *Bergère ô tour Eiffel le troupeau des ponts bêle ce matin*, écoute cette mélodie délicate et sans heurt. J'ai répété ce vers un millier de fois en français sans véritablement le comprendre, mais je le trouvais beau. C'est tout ce qui compte avec l'art. Je veux voir la tour Eiffel et vivre à Paris. Comme le poète, je suis lasse de ce monde ancien. Il me faut plus et j'ai peut-être trouvé le moyen de marcher dans Paris toute seule parmi la foule.

— Pauvre fille, la vodka te serait-elle déjà montée à la tête ? Je venais juste accepter ton offre.

Helena versa une lichette dans chacun des verres, grisée de divaguer à voix haute.

— Un jour, je parlerai sans accent et personne ne pourra deviner que je suis issue de l'immigration. Je serai assimilée. Toi aussi, c'est ce que tu veux, n'est-ce pas ? Devenir comme eux ? Parler une langue raffinée, te régaler à chaque repas, ne pas te contenter de saindoux sur tes tartines de pain sec. Boire du café de temps en temps. Ne pas trimer toute une vie, le dos plié sur la terre labourée, les pieds dans la boue. Tu as raison d'accepter l'argent que je te prête. Il n'est pas le mien et peut bien servir pour nous deux. D'ailleurs, moi aussi, j'ai quelque chose à t'annoncer.

— Oh, petite cachottière, un mineur t'a tapé dans l'œil ? lança-t-il sur un ton malicieux avant d'avaler sa vodka cul sec.

Le bébé se mit à geindre.

— C'est un mauvais rêve, ça va passer, la rassura Antoni pour l'empêcher de se lever. Alors, qu'as-tu à me dire de si important ?

Elle se redressa sur sa chaise et remplit le verre d'Antoni avant de se lancer.

— La société de recrutement du personnel de maison m'a fait convoquer la semaine dernière. On cherche une employée parlant polonais pour se mettre au service d'une famille parisienne d'origine polonaise. Des gens instruits, à ce qu'on m'a dit, qui veulent quelqu'un de confiance et comme j'ai déjà travaillé au service de Mme Kutner en Pologne, ils ont pensé à moi. J'ai accepté tout de suite. Je pars dans un mois.

— Et la petite ? Ils veulent bien d'elle ?

— Sur ce point, je n'ai pas cherché à mentir, au contraire, mais cela n'est pas un problème. Je peux partir avec l'enfant. Ils ont une chambre pour elle et la prendront gratuitement en charge.

— Tu vas travailler pour des riches alors, tu n'as pas honte ?

— Non. C'est seulement grâce à eux que je serai libre, tu comprends ?

— Fais comme tu veux, c'est ta vie après tout, je n'ai rien à redire. Chacun ses choix !

Il leva son verre en guise d'approbation et le bébé se mit à pousser de légers soupirs.

— Tu me donneras ta nouvelle adresse ? Dès que je pourrai, je viendrai te rendre ton argent. J'espère que tu ne seras pas gênée d'ouvrir la porte à un simple mineur polonais !

Bien sûr qu'elle lui laisserait son adresse, même s'il avait tout le temps de la rembourser. Elle savait qu'elle n'aurait aucune dépense à faire si elle entrait au service d'une famille aisée. L'argent qu'elle gagnerait, elle l'emploierait pour emmener Aniela au théâtre ou à l'opéra, dans quelques années, lorsqu'elle serait suffisamment grande. C'était le délai nécessaire avant de se donner le droit d'explorer ces univers dont elle ne connaissait que les noms sans pouvoir imaginer à quoi ils ressemblaient. Dans les livres, elle avait lu des descriptions, appris les codes, les noms, entendu la musique et dévoré les paroles. Dans les livres, elle avait tout appris par l'esprit mais n'avait encore rien senti dans son corps. Elle voulait faire l'expérience de ces mondes où la beauté se déploie dans toute sa grâce, ces mondes que les gens comme elle ne sont pas censés fréquenter. Des mondes réservés aux initiés assez fortunés pour se payer du plaisir, sans manquer du reste. Elle travaillerait dans ce but, réservant une part qu'elle placerait sur un compte pour Aniela. Une somme qui augmenterait au fil des années et dont sa protégée pourrait bénéficier plus tard.

Le lendemain matin, ils se réveillèrent avec la gueule de bois. Antoni avait sifflé le reste de la bouteille dans son lit. Le sommeil ne venait pas. Il nourrissait des scrupules, se sentait responsable d'Helena. Devait-il avertir Andrzej de sa décision de partir à Paris ? Un pressentiment lui dictait de plutôt la laisser faire sans rien dire. Avec le temps, il avait compris que l'histoire qu'elle racontait sonnait étrangement faux. Il y avait des discordances, des anicroches, des simulacres. Il l'avait senti à la manière dont Helena évitait de prononcer son patronyme, à sa façon d'embrasser l'enfant comme si elle embrassait quelqu'un d'autre qui lui manquait plus que tout. Il aurait pu creuser, fouiner, poser des questions, mais il préférait faire semblant de la croire et la laisser libre. À Paris, elle serait noyée dans la foule, comme elle disait, protégée. De quoi ? Avec le recul, il sentait combien l'attitude d'Andrzej avait été nerveuse et calculée. Il devinait que les papiers étaient des faux, destinés à étouffer un passé sulfureux dont il voulait se débarrasser. Autant d'impressions qu'il avait d'abord refoulées. Ce n'était pas son affaire ! Il rendait service à un ami, se contentait d'accomplir ce qu'on lui demandait, rien de plus. Le doute était venu à mesure qu'il avait fait la route avec Helena matin et soir, veillant sur elle tel un frère, au prétexte de la promesse faite à un ami.

Parfois, il imaginait une aventure entre Andrzej et Helena dont Aniela aurait été le fruit, une amourette gênante dont il se serait débarrassé par un exil. Mais cette idylle ne tenait pas, Helena n'avait aucune affinité possible avec Andrzej, alors il élucubrait d'autres intrigues qui venaient se mêler aux stratagèmes destinés à conquérir le cœur de sa chère Louise.

De son côté, Helena n'avait pas non plus fermé l'œil de la nuit, regrettant d'avoir parlé à Antoni. Ne risquait-il pas de faire capoter son projet en envoyant une lettre à Andrzej ? Afin de se rassurer, elle se répétait que l'un et l'autre peinaient à écrire et que ce frein, cumulé à la lenteur de l'acheminement du courrier, la mettait à l'abri d'un tel danger.

Il fallait garder confiance, continuer à travailler et à vivre sans rien montrer avant de partir. C'était le seul moyen d'éviter les sarcasmes et la jalousie des autres. Parce que Helena se sentait privilégiée, favorisée. Le français, elle le parlait déjà correctement et son accent commençait à s'atténuer. Elle avait même bon espoir de l'effacer à mesure qu'elle maîtriserait les subtilités de cette langue qu'elle brûlait de faire sienne.

La journée, elle s'efforçait d'utiliser les mots qu'elle avait appris le matin, tendant l'oreille pour attraper l'inflexion française qui lui imposait bien souvent de resserrer les lèvres. Cette nouvelle langue était d'une beauté envoûtante, fluide comme l'eau d'une rivière, douce et sensuelle, mais retorse et à contre-temps de la sienne. Avec des articles devant les noms, des genres pour les distinguer entre eux, des pronoms personnels et des règles truffées d'exceptions qui corsaient le tout. Bien que ce ne soit pas facile, elle se sentait apte à progresser et c'est mot à mot, pas à pas et jour après jour qu'elle apprit à se fondre dans un moule qui ne la contraignait pas.

Pendant ce temps-là, Antoni marchait dans le fond, cahin-caha au trot des berlines, longeant les galeries avant de monter dans l'ascenseur. Il en ressortait noir comme un carabin, mais fier de sa journée de labeur. Le soir, lorsqu'il remettait sa lampe à Louise, il s'excusait de ne pas se montrer sous son meilleur jour, tout en promettant de se récurer dans la salle des lavabos, dont il sortirait « propre comme un sou neuf ». Il prononçait l'expression en français, d'un petit air malicieux. Et elle riait de sa naïveté, le trouvant beau quand même, malgré la suie, la transpiration et les cheveux poisseux. Il l'attirait d'autant plus qu'il était courageux.

Le soir qui précéda son départ, ce fut Helena qui sortit la bouteille de vodka. Achetée dans la même boutique du Polonais juif installé sur la place d'Ostricourt en face de l'église. Elle invita Antoni. La petite dormait déjà, et il regretta de ne pas la voir sourire une dernière fois. Helena installa les deux chaises qu'elle possédait face à face, de part et d'autre du guéridon.

— Tu pourras récupérer tout cela, dit-elle, ça te sera utile pour t'installer, même si ce n'est pas grand-chose. Les chaises sont plutôt robustes et le guéridon n'est pas vilain.

Elle versa deux rasades de vodka dans les verres à eau.

— Trinquons, *na zdrowie*, à ta santé ! lança-t-elle à la cantonade, dans un état second.

Et elle s'assit, en gigotant, cherchant la position la plus confortable pour soulager son dos fatigué à force de travailler debout à la lampisterie.

— Alors, tu vas où, exactement ? On te l'a dit ?

— Je prends le train de 10 heures pour Lens et de là, j'enchaîne sur celui de Paris. Quelqu'un viendra me chercher à la gare. C'est tout ce que je sais, en plus de l'adresse, 23, rue Octave-Feuillet. Tiens, je te l'ai notée sur ce papier. Garde-le et n'hésite pas à me faire signe si tu as besoin d'aide pour toi, ta femme ou tes futurs enfants. Je n'oublierai jamais ce que tu as fait pour moi qui ne se compense pas en argent.

N'ayant pas bu immédiatement après avoir trinqué, ils se rattrapèrent. Helena se leva ensuite, s'empara d'une enveloppe dissimulée sous son matelas et revint s'asseoir.

— Je peux ? demanda-t-il en attrapant la bouteille.

Elle approuva d'un hochement de tête, il remplit les verres au tiers.

— Tiens, lui dit-elle, en posant le pli sur le guéridon. C'est le seul moyen dont je dispose pour te remercier.

Après un instant d'hésitation, il glissa l'enveloppe dans sa poche et vida sa vodka d'une traite.

— Dans ce cas, je t'emmènerai à la gare demain. Je porterai ton sac, je te dois au moins ça !

Elle acquiesça. Elle savait qu'il serait pénalisé à la mine pour son retard, mais comprenait sa démarche, cette envie de la remercier sans même connaître le montant de la somme qu'elle tenait à lui laisser.

À la banque, on lui avait remis une liasse de billets comme elle n'en avait jamais vu. Elle les avait cachés dans la poche de sa robe, sous son manteau, prenant soin de garder sa main dessus afin qu'ils ne s'évaporent pas.

— Je vais vivre dans le 16e arrondissement. D'après l'employé de la société de recrutement, c'est un quartier chic. Il m'a conseillé de faire profil bas, d'observer et de savoir tenir ma langue.

L'employé polonais avait l'air sec des apatrides dont le cœur s'est fossilisé en quelques mois. D'abord, il l'avait évaluée, comme on jauge un fruit sur un marché. S'il avait pu la soupeser, il l'aurait fait. Pour être sûr. Il fallait qu'elle en vaille le coup, c'était un poste rare et dangereux. Une paysanne à la ville. Elle savait lire, écrire. Drôle de fille. À surveiller par conséquent. Ses premières paroles avaient coulé avec le naturel d'une pluie de printemps. Elle vivrait dans un arrondissement cossu de Paris, avait-il articulé dans son meilleur polonais. Entre le bois de Boulogne et les jardins du Trocadéro. Elle pourrait toujours aller s'y promener pour retrouver le goût de la campagne qui lui manquerait. Parce que cela manque toujours, l'origine, le pays, la terre, la langue, tout manque quand on est ailleurs. Et son visage était devenu mou, mou et élastique, dès lors qu'il avait ralenti le débit de sa parole pour s'enliser dans sa nostalgie. Cela avait duré l'espace de quelques phrases au cours desquelles ses yeux avaient fixé la fenêtre close.

« On étouffe ici », avait-il conclu en se levant brusquement.

Il avait ouvert la fenêtre en grand, mais ce n'était pas assez. Il suffoquait. Elle le voyait chercher une respiration qui se dérobait parce qu'il s'était aventuré dans la zone grise de l'araignée mère. Un pas de plus vers le souvenir et il aurait chuté. Son visage s'était tendu comme si un masque de pierre l'avait recouvert en un instant. Il s'était pincé la main gauche pour se ressaisir. Quand il était petit, il jouait à ça, à se pincer la peau et à la faire tourner jusqu'à se faire mal. Après, il conservait des rougeurs éphémères et tout redevenait comme avant. Tout redevenait aussi blanc sur sa peau qu'autour de lui. Il avait fini par cesser ce geste compulsif qui le ramenait au bord du vide. Ultime tentation. C'était fini, tout ça. Définitivement. Fini.

Une explosion avait alors retenti à l'extérieur.

« Ils ont fait péter une mine ! Y aura du boulot après ça, mais c'est pas toi qui t'y colleras si je te signe ce papier. »

Elle avait baissé les yeux, ses jambes tremblaient.

Avait-il conscience du pouvoir qu'il exerçait sur elle à ce moment-là ? On aurait dit qu'il jouait, s'amusait à sélectionner les éléments qu'il pouvait extraire de la mine parce qu'ils y faisaient figure d'exception, ou parce qu'il fallait obéir aux ordres et envoyer dans les villes quelques filles à même de servir les exilés nantis.

Ses mains étaient bien jolies, avait-il pensé avant d'hésiter. Ne méritait-elle pas de trimer un peu, de se priver de viande et de quémander un habit neuf ? Pourquoi certaines devaient être épargnées quand d'autres sacrifiaient leur beauté pour enrichir la Compagnie des Houillères et tous les pontes qui en tiraient les ficelles ?

Il avait relu l'annonce une fois encore, levé les yeux vers Helena, fixé ses mains à nouveau. Paris… On réclamait une femme instruite sans autre justification. Une femme jeune, de préférence, avec un bébé qui serait une fille.

« Il a quel âge, le bébé que tu as en charge ?

— Neuf mois.

— Et c'est bien une fille ?

— Elle s'appelle Aniela. »

Helena Janowska était la seule dans cette situation à ce moment-là, donc il avait signé le formulaire et fait glisser la feuille sur le bureau afin qu'elle le signât à son tour.

« Il faudra être digne, ma petite, savoir te tenir et rester correcte. Ne va pas nous faire honte ! Tu vois ce que je veux dire ? » avait-il débité en la regardant inscrire son nom au bas de la page.

Encore plus mal à l'aise, elle avait approuvé. La dignité, la correction… Mais pour qui la prenait-il ? Le mépris, voilà ce qu'elle avait senti dans la bouche de l'employé polonais fier d'être devenu français, le mépris de ceux qui voient l'ambition d'un mauvais œil et le mal partout.

Elle n'avait eu d'autre choix que de garder le silence, dissimulant sa joie de partir bientôt, Aniela dans les bras, rejoindre la capitale et la croquer de toutes ses dents.

Le quartier de la Muette

À Paris, une voiture l'attendait à la gare. Ses affaires tenaient encore dans un sac à dos, mais Aniela pesait plus lourd que lors de son premier voyage.

Le conducteur l'avait reconnue immédiatement et elle s'était demandé si c'était grâce à l'enfant ou à cause de ses vêtements rudimentaires. Ses cheveux étaient couverts du foulard qu'elle portait le jour de son départ de Nowa Wieś. Elle ne l'avait pas noué autour de sa tête depuis, déterminée à ne le sortir que dans les grandes occasions pour le conserver intact. Sobre, il était dépourvu de motifs et se portait en turban, à la manière de la jeune fille sur le tableau épinglé au mur du salon de Mme Kutner. Helena en avait fait la description à Leokadia qui avait assemblé deux tissus unis au petit point, une étoffe bleue et une autre jaune paille.

Elle n'avait pas de perle à l'oreille, mais se tenait bien droite lorsqu'elle remarqua qu'on lui faisait signe et s'approcha d'une élégante machine carrée. Les salutations furent sommaires et expéditives. Helena prit place sur la banquette et le conducteur lui fit passer l'enfant. Il déposa le sac dans le coffre de l'Austin qu'il referma si fort qu'elle sursauta. Une fois installé au volant, le chauffeur ralluma sa cigarette, baissa la vitre au moyen d'une manivelle, puis enclencha le moteur. Sentait-il le regard curieux et avide de la jeune Polonaise dans son dos ? Chacun de ses gestes était passé au crible, pour elle tout était nouveau, source d'un ébahissement mêlé à une angoisse latente, si bien qu'elle avait l'impression d'évoluer dans un monde flottant, à la lisière d'un ici et d'un ailleurs dont les frontières se jouaient des extrêmes. Elle vit le bras du conducteur enclencher une vitesse. La voiture noire se mit en route et il lui sembla que la terre commençait à trembler sous ses pieds.

On était loin de la carriole qui l'avait conduite de la gare d'Ostricourt au coron Osada, loin du morne bourg de Toul, loin de Nowa Wieś… La vitesse la prit au ventre, lui donnant un haut-le-cœur que l'odeur du cuir des banquettes mêlée à la fumée de cigarette du chauffeur ne fit qu'exacerber. À son tour, imitant le geste du conducteur, elle posa sa main droite sur la manivelle et, d'un à-coup prudent, l'actionna d'un cran. La vitre s'abaissa de quelques centimètres, elle leva la tête pour attraper de l'air et découvrit une ville à ce point effervescente qu'elle eut l'impression d'avoir des yeux tout neufs.

Les rues larges, les façades élancées vers le ciel minuscule, les pavés, la clameur des voitures circulant à double sens, la foule, l'agitation… Elle manquait de mots. Quel nom donner à ces livreurs en triporteurs, à ces marchands de journaux, à ces enseignes ? À mesure qu'elle traversait la ville, elle se sentait gagnée par une légèreté nouvelle. Aussi blanche et flexible qu'une plume, elle considérait l'étendue de son ignorance comme une chance. La chance d'avoir à apprendre et à découvrir au fil des jours. Puisque tout était inédit, libre à elle d'inventer la suite, sans personne pour lui dicter ses choix. Elle baissa la vitre à moitié, l'air fouetta son visage et son turban vint caresser son cou. La vitesse du véhicule décuplait l'animation des rues. Les vêtements, les chapeaux, les casquettes, tout était différent de ce qu'elle avait connu auparavant. D'un boulevard à l'autre, elle scrutait la capitale comme on décrypte un tableau de Brueghel, avec la perception diffuse d'un foisonnement sonore où la vie bat son plein dans le tumulte d'une foule agitée. Ici, le rythme était différent, capricieux, endiablé au point que son cœur se mit à battre plus vite. Aniela dans ses bras se montrait curieuse de découvrir, elle aussi, dodelinant de la tête, alternant borborygmes et premières syllabes pour épouser ce nouveau tempo. Helena aurait aimé pouvoir lui raconter ce qui était en train de se passer. L'exil devenait sublime, une fois la capitale atteinte. Elles allaient retrouver la délicatesse d'un foyer agréable, avec des tableaux peints à l'huile, de l'argenterie, des verres en cristal et des repas raffinés. Ici, le vin serait sec, mais qu'importe, elle s'y ferait, oublierait le goût sucré du vin de là-bas, sa douceur, sa tendresse. Elle oublierait tout parce que la nouveauté suffirait à combler la perte. Il y aurait une immense bibliothèque, peut-être même un jardin et tant de choses qu'elle n'imaginait même pas…

À vive allure, l'Austin traversait le pont d'Iéna lorsque Helena aperçut pour la première fois la tour Eiffel. Aussitôt, le vers d'Apollinaire s'invita sur ses lèvres. Transportée, elle abaissa totalement la vitre et s'agrippa à la portière afin de contempler la dame de fer sans cahoter. Son ossature métallique, lourde et imposante, lui donnait l'allure d'une géante. *Une Baba Yaga à ciel ouvert*, pensa-t-elle. De ces sorcières qui épient dans le plus grand silence, mais n'en perdent jamais une miette. Drôle de dame qui déjà rétrécissait dans son dos, hors champ, alors que la voiture déviait du boulevard Delessert à la rue de Passy.

— Nous y serons bientôt, mademoiselle ou madame, peut-être ?

Helena ne répondit rien, les mains du bébé dans la sienne, tel un nid de chaleur sur sa poitrine. Vite, tout allait vite.

— Nous sommes dans le quartier de la Muette et voici le jardin du Ranelagh. Vous y viendrez souvent, ajouta-t-il avant de donner un coup de frein.

Le moteur gronda.

— Espèce de crétin ! hurla-t-il en tapant sur son volant.

Après avoir déversé sa hargne, il reprit de la vitesse et put enfin bifurquer sur le boulevard Émile-Augier.

— Encore quelques rues et nous arriverons à destination !

Elle faillit le remercier en polonais, mais se retint en rougissant. En Pologne, elle aurait été à la mode avec son corsage blanc et sa longue jupe plissée, alors qu'ici, les jupes étaient droites, au plus près du corps, les cheveux pouvaient être courts et les yeux maquillés d'un trait noir. Il avait suffi d'un trajet éclair en plein cœur de Paris pour lui rappeler combien il se voyait sur elle qu'elle venait d'ailleurs. À force de s'entendre dire que la France était le pays des droits de l'homme, de la culture et du savoir-vivre, sa confiance en elle s'était étiolée.

Dans les moments de doute, elle pensait à Bronisława. Jamais elle ne l'appelait Bronia, encore moins Bronka ou Broneczka, autant de diminutifs qui circulaient pour désigner sa jumelle. Elle avait son mot à elle seule, le même depuis l'enfance, celui qui sonnait comme une défense, une protection et un amour bien plus puissant qu'elle ne pouvait l'exprimer. Parfois, elle regrettait le mariage de sa sœur. Elles seraient restées ensemble, couvées par Leokadia. Auraient fait de longues promenades dans la forêt. Chaque jour, elles seraient allées au puits, sous le soleil rare, sous la pluie glaciale ou sous la neige, qu'importe, au même rythme. Deux silhouettes qui auraient imprimé leurs pas jour après jour dans la nouvelle campagne. Combien d'empreintes avaient-elles laissées, combien de boucles, combien d'escapades où elles auraient glissé main dans la main sur le lac gelé, éclatant de rire après avoir tourné comme des toupies à s'en étourdir ? Combien ?

Helena pressentit qu'il lui serait impossible de compter à présent. Le calendrier se lirait à la taille d'Aniela qui indiquerait les semaines, les mois, les années. Et le temps aurait l'âge d'Aniela, le visage d'Aniela, l'avenir d'Aniela. N'était-ce pas ce qui les réunissait ?

— Nous y voilà ! s'exclama le chauffeur en immobilisant le véhicule le long du trottoir. Attendez un instant.

Helena patienta sur la banquette, la petite endormie dans ses bras.

Sitôt que la portière s'ouvrit, elle sortit du véhicule sans desserrer son étreinte. La vitesse, les souvenirs, la grille en fer forgé face à elle, tout cela la bouleversait.

— C'est ici qu'on s'arrête ? s'enquit-elle, tandis que le chauffeur se précipitait à l'arrière du véhicule pour en sortir le sac.

En guise de réponse, il claqua le coffre et lui demanda de le suivre tout en emportant son bagage. D'un pas lourd, il s'approcha du portail, glissa une immense clé dans la serrure, la fit tourner plusieurs fois dans le vide avant de trouver le cran. Helena se demanda si c'était sa manière de le regarder avec insistance qui lui faisait perdre ses moyens ou si la serrure était tout simplement grippée. Enfin, il poussa la porte et l'invita à entrer.

Une glycine courait sur la façade de la maison perchée sur une butte à quelques dizaines de mètres de l'entrée. Helena repensa à son arrivée au coron Osada, à la palissade et aux maisons collées les unes aux autres comme pour se soutenir et se donner confiance. La demeure qu'elle découvrait ressemblait plutôt à la mairie d'Ostricourt, une bâtisse immense qui aurait pu accueillir une trentaine de familles polonaises, à tout le moins. À côté de cette merveille, la demeure de Mme Kutner faisait pâle figure, mais Helena se refusa à la dénigrer. Il est de ces perfections que l'on tient à garder intactes, quitte à se mentir un peu.

Cette fois, la porte s'ouvrit toute seule.

Une petite dame vêtue d'une robe noire et d'un tablier blanc tenait le battant de la main gauche, l'incitant à entrer.

— Monsieur vous attend, murmura-t-elle en attrapant le bébé. Ôtez votre imperméable et votre foulard, je vous prie. Vous êtes chez vous, ici.

Helena s'exécuta. Déboutonna son habit venu de là-bas et dénoua son turban en scrutant les murs alentour. Dans le secret de son cœur, elle cherchait *La Jeune Fille à la perle*, comme sur le mur de Mme Kutner. Si elle s'était trouvée là, elle aurait été rassurée, croyant à un signe, le signe que la veuve la suivait partout où elle se rendait pour rompre sa solitude. Depuis qu'elle s'était amputée de Broni, elle avait l'étrange impression d'avancer sur terre à moitié.

Les murs pleins lui paraissaient vides parce qu'ils étaient couverts de tout ce qu'elle n'avait jamais vu. Soudain, une immense tristesse lui serra la gorge, une tristesse mêlée à la honte de se trouver dans un environnement si éloigné du sien. Elle aurait pu rester là, plantée tel un arbre entre le corridor et le grand salon, à passer au crible centimètre par centimètre de mur, de sol, de table, de chaise, de fauteuil, mais la femme de chambre lui demanda de la suivre.

— Monsieur travaille toujours à l'étage. Surtout, parlez bas. Il déteste le bruit. C'est un homme calme. Et ne vous inquiétez pas pour l'enfant, je m'en occupe. J'en ai eu quatre qui sont devenus grands trop vite, regretta-t-elle en montant les escaliers, la main glissant sur la rampe.

Helena fit de même sans se tenir, les yeux rivés sur le nœud impeccable que formaient les lanières blanches du tablier de la femme de chambre.

Au sommet des marches couvertes d'une moquette bleu nuit, maintenue par des barres en laiton, la femme de chambre fit une pause pour reprendre son souffle. Le bébé pesait lourd dans ses bras, elle en avait perdu l'habitude. Autrefois, ici, elle avait porté les enfants de ses maîtres. En regardant la nouvelle arrivée, elle constata combien elle ressemblait à Mlle Joanna. *C'est le bleu des yeux*, pensa-t-elle. *Le même que celui de Monsieur, le bleu slave*. Ses yeux à elle étaient noisette, assortis à ses cheveux d'autrefois, du temps où la petite Asia se balançait dans le jardin sur l'escarpolette pendue à la plus haute branche du marronnier. Son frère, un peu plus grand, la poussait et ils criaient à tue-tête : « Plus haut, plus haut ! Plus vite, plus vite ! Oh ! oh, oh ! Je m'envole... » Le jeu pouvait durer des heures.

— Voilà, vous y êtes, M. Wróblewski vous attend. Soyez naturelle et parlez-lui en polonais, c'est ce qu'il préfère.

Helena opina sans mots et se surprit à poser un baiser sur le front de l'enfant en pensant à Broni. *C'est un baiser de ta mère que je te donne et de moi aussi, lorsque je t'embrasse, c'est forcément deux baisers que tu reçois, ma chérie.* Au moment de taper à la porte, elle prit conscience du fait qu'elle ignorait tout des attentes de l'homme pour qui elle était venue travailler. *Pauvre sotte*, se dit-elle, avant de se ressaisir. Se laisser naïvement porter par les opportunités n'était pas forcément une folie. On ne lui aurait rien dit de plus, de toute façon.

Pour un vague idéal, elle avait fait ses valises. Pour devenir française, vivre en France et s'installer dans la capitale, ce n'était pas rien ! Elle songea à l'immense tour Eiffel filant dans son dos, à son cou qu'elle avait étiré plus que de raison afin de la suivre du regard aussi longtemps que possible. Rien que pour cela, elle avait de bonnes raisons de trembler devant la porte d'un inconnu chez qui elle allait bientôt vivre et travailler.

Elle aurait voulu suspendre le temps à cet instant, allumer une bougie devant un crucifix, réciter une prière. Dessiner un immense silence sur toute la surface de cette porte qui l'effrayait au plus haut point. Elle n'eut d'autre choix que de frapper trois coups secs, vifs et instinctifs, en attendant qu'une voix grave lui ordonne d'entrer.

Contre toute attente, la porte s'ouvrit en silence et un homme d'une belle corpulence l'accueillit d'un sourire satisfait.

— Ah, vous voilà, Helena ! Helena Janowska ? C'est bien cela ?

Ce faux patronyme la fit frémir et elle eut envie de baisser les yeux pour demander pardon, mais ce n'était pas le moment de se montrer faible ou hésitante. L'enthousiasme de son hôte lui dictait tout le contraire, alors elle prononça un *oui* sonore et fier.

— D'où venez-vous ?

— De la mine d'Ostricourt. J'y étais lampiste.

— Avant cela, où avez-vous vécu en Pologne ?

— À Varsovie.

— C'est parfait ! Bienvenue à Paris ! Vous aurez beaucoup de travail si vous acceptez de rester ici.

— Mais j'ai signé un contrat, je me suis déjà engagée, monsieur Wróblewski, je…

— Vous aurez toujours le choix de partir, Helena. Je n'ai pas grandi dans le pays de la liberté pour contraindre mon personnel. Qui n'est pas heureux chez moi peut s'en aller, ne l'oubliez jamais.

Helena en eut la voix coupée, troublée de se trouver face à une anomalie.

— Je parie qu'ils ne vous ont rien expliqué de ce qui vous attendait, je me trompe ?

Helena se sentit fautive, coupable d'avoir consenti à partir sans savoir à quoi se confronter, de s'être laissé appâter comme les bêtes, et d'avoir pris le risque de mettre Aniela en difficulté. Mais qui n'ose rien n'avance pas, alors… Elle tenta le tout pour le tout.

— Oh, je pense avoir su l'essentiel pour me décider. Je voulais élever ma fille adoptive dans de bonnes conditions et le coron Osada, tout bien entretenu qu'il soit, ne me paraissait pas l'endroit idéal pour offrir à Aniela une vie épanouissante, propice à la culture et à l'ouverture d'esprit. Lorsque l'on m'a indiqué que vous cherchiez quelqu'un qui parle et écrive le polonais, j'ai pensé qu'il y aurait moyen chez vous d'accéder à toutes ces richesses, pour elle et pour moi aussi.

— Dans ce cas, vous êtes la bienvenue et votre protégée aussi. Il me faut une assistante. Quelqu'un qui sache recopier, traduire, synthétiser. Vous a-t-on signalé que j'étais jusqu'à peu le directeur de la Bibliothèque polonaise de Paris ?

— Non, Monsieur, je l'ignorais.

Soudain, elle détourna son regard de l'homme imposant et s'aperçut que chaque mur comportait une armoire vitrée remplie de livres. Elle compta trois bureaux, tous couverts de feuilles, de dossiers, de manuels empilés et de crayons assemblés en bouquets dans de simples pots en verre. Dans le fond à droite, une table basse se trouvait proche de deux fauteuils en vis-à-vis. Partout, des lampes à pétrole, et aux murs des tableaux, mais pas *La Jeune Fille à la perle* escomptée. À la place, un autre portrait de femme, une hermine sur la poitrine, regardant à l'oblique, un double rang de perles noires au cou.

— C'est un fleuron de la Pologne, affirma le maître de maison en remarquant l'intérêt d'Helena pour le tableau. L'un des chefs-d'œuvre de Léonard de Vinci ! À vrai dire, je le préfère à *La Joconde*, et de loin. Il fait partie de la collection de la famille Czartoryski depuis 1800, ce que vous voyez ici n'est qu'une réplique.

Il s'assit dans le fauteuil le plus proche de la fenêtre et l'invita face à lui. Un coup sec retentit et la porte s'ouvrit aussitôt sans qu'il n'eût rien à répondre. La dame au tablier blanc entra avec un plateau qu'elle déposa sur la table basse.

— J'ai pensé qu'un thé vous ferait du bien, après ce long voyage.

Helena rougit, ne sachant que répondre, embarrassée de tant d'égards. Il le sentit, mais n'en joua pas. D'une voix douce, il remercia son employée et servit lui-même le thé.

— Marthe est d'une rare gentillesse, vous l'apprécierez, j'en suis sûr. Elle vit ici depuis plus de vingt ans. Elle a vu mes deux enfants grandir et j'ai vu les siens pousser en un éclair. Le temps file à toute allure, vous verrez…

Helena commençait déjà à s'en apercevoir. Tout allait plus vite ici, c'était intangible autant que palpable. Pourtant son esprit et son cœur s'adaptaient déjà à la cadence de ce nouvel environnement dont elle redoutait encore d'être chassée.

— Allez-y, buvez votre thé, ne vous gênez pas. Je ne vous ai pas embauchée pour me servir mais pour m'aider dans mon travail. Aussi, permettez-moi de vous appeler par votre prénom. Bien que j'aie pris ma retraite l'année dernière, je continue à œuvrer en tant que bénévole à la Bibliothèque et cela m'occupe à plein temps. Quant à votre enfant, votre fille adoptive, je veux dire, c'était une exigence de ma femme. Elle souffre de solitude depuis le départ de notre progéniture. Ma fille s'est mariée à un vigneron qui l'a emmenée dans le Bordelais. Quant à mon fils, il s'est mis en tête de s'enraciner à Varsovie, ses études supérieures à peine achevées, alors cette maison nous semble un peu vide à présent, vous voyez ?

Le fauteuil lui parut soudain trop grand et l'espace trop instable. Cet homme était trop loquace, trop poli, trop bienveillant, bien loin de ce qu'elle pouvait attendre d'un Polonais en général. Tant de sollicitude la mit mal à l'aise. Il le perçut et tenta de détendre l'atmosphère.

— Mais parlons plutôt de votre travail ! lança-t-il sur un ton enjoué, après avoir reposé la tasse qu'il avait vidée d'un trait.

Il se cala dans le fauteuil, fixa le regard d'Helena et se lança dans un exposé passionné. Son bisaïeul était un proche ami du prince Adam Jerzy Czartoryski, fils aîné de la célèbre Izabela. Tous deux s'étaient rencontrés à l'université de Wilno vers 1805. Ce lieu de partage du savoir qui appartenait à la Pologne depuis 1773 bascula pourtant sous l'autorité russe dès 1795, transformant l'université en ministère de l'Éducation pour les provinces annexées à l'Empire. Le prince en fut le directeur jusqu'en 1823, veillant ainsi sur le système éducatif polonais, tandis que son arrière-grand-père y enseignait la littérature polonaise. Lorsque l'insurrection du royaume de Pologne contre la domination russe déboucha sur la prise de

Varsovie par l'armée russe en 1831, le prince choisit l'exil et son arrière-grand-père le suivit. Comme beaucoup d'autres nobles et intellectuels de l'époque, ils faisaient partie de ce que l'on appelle la Grande Émigration.

Helena ne connaissait rien de cette histoire. De la famille Czartoryski et d'Izabela, elle avait vaguement entendu parler par Mme Kutner qui les plaçait au rang de ces Polonais illustres qui avaient fait rayonner le pays à l'étranger. Rien de plus. Elle écouta religieusement, essayant de mémoriser. L'émotion était telle que le récit de son hôte s'envolait en fumée, à peine prononcé. Elle s'accrocha cependant autant qu'elle put, bien résolue à revoir tout cela par elle-même plus tard.

— Moi, je n'ai pas eu à émigrer, reprit l'ancien directeur d'une voix émue. J'ai passé mon enfance dans cet hôtel particulier où jadis de somptueuses fêtes battaient leur plein. Chopin, Mickiewicz et Słowacki s'y sont précipités au même titre que Delacroix, Balzac, Lamartine et beaucoup d'autres. Ainsi, mon bisaïeul, mon grand-père et mon père ont consacré leur vie à l'art autant qu'à la Bibliothèque, et c'est tout naturellement que j'ai marché sur leurs traces. Mon père est mort avant que j'en prenne la direction. Je le regrette, il en aurait sans doute été fier mais ne l'aurait pas montré. C'est à cause de son silence que je suis si bavard, et sans doute aussi parce que j'ai grandi entouré de femmes !

Un peu gêné, il posa sa main sur sa bouche pour s'empêcher de sourire. Ne sachant s'il fallait se montrer de glace ou complice, Helena maintint une écoute religieuse qui le poussa à reprendre.

— Je passe mes journées à la Bibliothèque polonaise, située quai d'Orléans. C'est ma fierté. À défaut d'avoir moi-même vécu l'exil, je travaille à la mémoire et à la sauvegarde de la culture de mes ancêtres. Cette institution a plus de cent ans, vous savez ? C'est déjà une vieille dame. Elle a été créée en 1838 et j'espère que sa vie sera encore longue pour conserver le souvenir de nos grands génies polonais comme Adam Mickiewicz ou Frédéric Chopin. Mais venons-en au fait. Je vous ai embauchée parce que vous êtes polonaise, Helena. C'est une condition majeure, mais encore faut-il que cette mission vous intéresse et vous galvanise, sans quoi je vous laisse libre de retourner à la mine ou de chercher, dans Paris, un autre travail. Je vous logerai d'ici là.

— Ce ne sera pas la peine, répondit Helena, comme engourdie, sans préciser qu'elle avait pressenti que son pays lui resterait chevillé à l'âme en dépit de sa volonté de s'en défaire.

Alors, elle posa ses mains sur les accoudoirs du fauteuil, se redressa et demanda à M. Wróblewski ce qu'il attendait d'elle. Il repartit dans une tirade passionnée au cours de laquelle Helena se laissa convaincre, les yeux rivés sur *La Dame à l'hermine* dont le regard avait la détermination tranquille des destins assumés.

Conjonction de hasards

L'exil de leurs ancêtres avait beau remonter à un siècle, les traditions polonaises demeuraient bien ancrées chez les Wróblewski. À ce titre, la maîtresse de maison tenait à ce qu'on maintienne le *a* final de son patronyme même si nombre d'immigrées polonaises y avaient renoncé, allant jusqu'à franciser leur prénom. C'est donc à Mme Wróblewska que Marthe présenta Helena après l'avoir introduite dans le bureau de son époux.

La dame, très élégante avec sa double rangée de perles au cou, se présenta comme l'héritière d'une comtesse polonaise qui avait fait fortune dans les textiles du Nord suite à la Grande Émigration.

— Comme je regrette d'avoir si peu d'occasions de parler la langue de mes ancêtres ! déplora-t-elle. Par ailleurs, je manque de compagnie depuis que mes enfants sont partis, c'est pourquoi je compte sur vous et votre bébé pour remettre de la vie dans cette maison tristement vide.

Helena approuva d'un hochement de tête, prête à se plier à toutes les volontés de sa nouvelle maîtresse.

— Vous serez traitée comme notre égale et partagerez nos repas. Marthe va vous montrer votre chambre. C'était celle de ma fille. Vous pourrez disposer de ses vêtements en attendant de refaire votre garde-robe. Quant à la petite, elle dormira dans une pièce contiguë à la vôtre, ainsi vous pourrez passer des nuits tranquilles.

À la surprise d'Helena, Mme Wróblewska semblait déjà tout connaître de sa vie, l'appelant par son prénom, faisant de même pour le bébé, remontant le fil de son périple depuis le centre de dépôt de Mysłowice. Cette familiarité lui facilitait la tâche, lui épargnant d'avoir à s'épancher sur elle-même. D'emblée, elle devina qu'elle n'aurait pas beaucoup à parler devant cette dame assez bavarde pour couvrir ses silences.

Lorsqu'elle monta dans sa chambre, elle s'étonna de trouver son sac posé sur le lit et son imperméable accroché à une patère. La pièce était aussi coquette que l'intérieur de Mme Kutner. Helena s'approcha d'un miroir et crut voir une étrangère. Ce n'était pas dû aux traits de son visage, mais à ses pensées. Comment expliquer à quel point elle se sentait déjà chez elle ? Elle pensa à sa sœur, à leur maison de Nowa Wieś, bien moins jolie que celle-ci, et mesura toute la distance qui les séparait. Si la culpabilité faillit ravager sa joie, elle la rejeta aussitôt. N'avait-elle pas obéi, juré de mettre Aniela à l'abri et de lui donner une bonne éducation ? Tout ici était à la hauteur de la promesse faite à sa jumelle : une cheminée en marbre blanc, une table à tiroirs, une fenêtre ouverte sur le jardin, un papier peint orné de fleurs indigo et du carrelage en faïence au sol. Un petit nid douillet, doté d'un grand lit et d'une penderie remplie de robes et d'accessoires qui lui appartenaient désormais. Lorsqu'elle se rendit dans la pièce d'Aniela, elle put constater que tout y était prêt pour accueillir un bébé.

Elle prit le temps de savourer.

L'adaptation fut rapide et naturelle comme si la souffrance d'avoir été arrachée à ses proches lui facilitait l'entrée dans cette nouvelle famille.

Un matin, alors qu'ils partageaient une tasse de café servie par Marthe sur le coup de 10 heures, le bibliothécaire retraité, mais non moins actif, lui fit une confidence.

— Oh, mon fils, je lui ai raconté trop d'histoires ! J'étais nostalgique de ce que je n'avais pas connu, admiratif d'un monde dans lequel j'avais baigné sans m'y être jamais rendu. Étrange paradoxe. Parfois, je voulais retourner en Pologne, comme on revient dans son pays natal après une longue absence. Je me reconnaissais dans les vers de Du Bellay, dans le voyage d'Ulysse. Je me voyais en mendiant flairé par son vieux chien, ce cher Argos qui seul l'avait reconnu entre tous. Mais la Pologne avait disparu, rayée de la carte, annexée de toutes parts. Anéantie. Et du pays de mes ancêtres ne demeurait qu'une âme flottante, tenace et fière, armée pour une attente longue. C'est ainsi que l'on s'aliène, vous voyez, cela se fait par la force des choses. On ne s'appartient plus et pourtant, on reste en soi pareil à autrefois. Dans votre cas, c'est différent, vous venez d'arriver. Pour vous, la Pologne a une réalité qui m'intéresse parce que je n'y ai pas eu accès. Voilà pourquoi je vous ai choisie, Helena.

Jamais elle ne s'était posé la question en ces termes. Elle avait vécu, grandi et commencé sa vie à Nowa Wieś. Son monde n'avait-il pas tourné autour de la place et de l'église de cette bourgade ? De son pays, elle ne connaissait que quelques noms de villes. Łódź, toute proche. Varsovie et Cracovie, inaccessibles. Le reste était sans importance. Avant la rencontre avec Mme Kutner, l'ailleurs n'existait pas. Seul comptait le présent, la simple réalité alentour, les terres à entretenir pour se nourrir et subsister, la chaleur du foyer et l'amour de Leokadia comme une promesse éternelle de bonheur.

Elle garda le silence, suspendue au récit de Darek. Elle avait fini par l'appeler ainsi. Non pas Dariusz, encore moins M. Wróblewski. Il l'avait priée d'accepter cette familiarité quelques semaines après son arrivée, un soir qu'il était rentré de la Bibliothèque chargé d'une pile de dossiers qu'il lui avait demandé d'archiver. C'était un homme calme, posé, sans manières, une grande baraque inoffensive dont les joues replètes faisaient saillir un regard bienveillant. Si bien que lorsqu'il l'avait appelée Helena plutôt que mademoiselle, elle avait masqué son embarras sous un air impassible.

Tout ici avait déjoué ses préjugés. À commencer par l'accueil réservé à Aniela, enfant choyée, gâtée par la bonne autant que par la maîtresse de maison. La sachant l'objet de toutes les attentions, Helena pouvait s'enfermer dans le bureau de Darek, sûre que la petite recevait autant d'amour que si elle était restée dans le giron de Broni. Parfois, cependant, une pulsion l'éjectait de sa chaise. Elle courait au salon et soulevait la fillette pour la faire virevolter dans ses bras avant de l'embrasser sur le front. Ses cheveux poussaient, fins et blonds, plus doux qu'un vent léger. Et lorsque la petite la fixait du bleu de ses iris, Helena lui murmurait des mots de tendresse en polonais. Dans ces moments-là, c'était la voix de Broni qui la traversait, c'était toujours la parole d'une autre qui déferlait sur ses lèvres.

— Comme tu es jolie, comme tu es douce, comme je t'aime, ma petite Aniela chérie, mon trésor, ma folie, ma joie…

Et elle serrait sa joue contre celle de l'enfant, avant de l'embrasser à nouveau et de la porter aux nues. Sans cette petite, elle serait encore là-bas, pensait-elle, aux côtés de sa sœur et de ses neveux, de sa mère et de Mme Kutner, mais grâce à elle, Helena avait pris un tournant et secoué sa vie de manière imprévisible. En quelques mois, son univers mental avait changé. C'était pareil à une dilatation. Comme le paysage se redessine après une tempête de neige, l'esprit d'Helena avait gommé les idées préconçues, les habitudes ancrées, les croyances toutes faites. En quelques jours ou quelques semaines, elle avait renié les promesses de ses jeunes années, oublié qu'elle se croyait liée à Nowa Wieś autant qu'à sa famille pour l'éternité. Sans prévenir, la tempête l'avait emportée dans son tourbillon. Seule, elle ne serait jamais partie, il fallait une raison impérieuse pour balayer le passé et trouver la force de se transplanter ailleurs. La raison d'Helena aurait pu se résumer à son amour pour Bronisława, mais plus elle s'installait dans la belle demeure de la rue Octave-Feuillet, plus elle modifiait la place des sons dans sa bouche afin de s'approprier sa nouvelle langue, plus elle s'autorisait à s'investir corps et âme dans son travail sans regretter d'être partie. Parfois, elle commençait à se donner le droit de franchir le portail pour s'aventurer dans le quartier de la Muette, se promener à sa guise et se convaincre qu'elle n'avait jamais obéi qu'à ses propres lois. Et si Aniela demeurait la preuve du contraire, la trace laissée par sa sœur pour lui coller à la peau et lui rappeler ses origines, elle se disait que tout grand feu commençait par une simple étincelle. Dans cette conjonction de hasards, elle s'estimait favorisée parce qu'elle avait une vie meilleure, dans un pays libre, et qu'elle n'était pas seule. Broni non plus n'était pas seule, même si la perte d'Aniela la condamnait à une souffrance assez cruelle pour éclipser le reste. Cette peine, Helena l'éprouvait dans ses entrailles, là où le lien avec sa jumelle lui semblait le plus viscéral. Car la douleur était en elle, aussi. Ne tirait-elle pas son bonheur du sacrifice de sa sœur ? Coup du destin ou coup de chance, qu'importe, c'était sa vie. Un enchaînement d'événements qui l'orientait pas à pas vers la découverte de sa véritable nature. Apprendre, écouter, observer, se fondre et se dissoudre dans une langue nouvelle tout en travaillant à la sauvegarde de l'ancienne. Elle se sentait entre deux eaux, capable d'être deux femmes à la fois. La Polonaise et la Française. Sans hiérarchie, sans frontière, cherchant sa place par d'incessantes métamorphoses.

Le soir, avant de s'endormir, elle travaillait encore son français, répétant les mots découverts durant la journée, que la nuit fixerait dans sa mémoire. À la petite, elle ne parlait jamais autrement qu'en polonais, tandis que le reste de la maison ne s'exprimait qu'en français. Dariusz Wróblewski avait la nostalgie de cette langue que son père ne lui avait pas transmise. On devait s'assimiler, étudier à la Sorbonne et espérer de loin que la Pologne redeviendrait un jour un pays à part entière, sans y croire vraiment. Quand cela était enfin arrivé en 1918, il avait eu peine à y croire et la liberté retrouvée avait pris le goût amer de la peur de perdre. La présence d'Helena réchauffait Darek, sa manière de se tenir, de parler le français avec un léger accent et de raviver la langue ancestrale dans la maison.

Une fragrance de café s'exhala des tasses en porcelaine vides, posées sur un plateau. La lumière était douce et intense à la fois quand Darek reprit la parole d'une voix tamisée :

— Partant du principe que nous sommes nés à Paris depuis trois générations, vous comprendrez pourquoi la Pologne nous apparaît comme un mythe que nous nous efforçons d'entretenir grâce aux archives de la Bibliothèque. C'est un sol glissant sur lequel nous n'avons laissé aucune trace de nous-mêmes et qui pourtant nous fascine. Charles, en particulier. Mon fils. Il a fait de brillantes études d'art à la Sorbonne, mais c'est en Pologne qu'il s'est mis en tête d'aller enseigner. Le lendemain de l'obtention de sa thèse de doctorat, il m'a annoncé sa volonté de partir à Varsovie et je n'ai pas cherché à le retenir. Ma femme me le reproche souvent. Elle pense que la Pologne est un pays dangereux, en sursis, qui retombera bientôt sous le joug des Allemands ou des Russes. Je veux croire que l'accord passé avec la France après la guerre évitera cette nouvelle catastrophe, je veux croire que mon fils pourra renouer avec notre culture sans se sentir étranger ni trembler pour sa vie. Il m'écrit souvent, il dit apprendre le polonais sur place. Il a trouvé du travail. Au musée et à l'université. Je n'en sais pas plus.

Ils s'installèrent à leurs bureaux respectifs, mais Darek se releva aussitôt. La parole continua de couler. Il se confia. Helena sentit la pudeur sous l'impudeur de ses épanchements. C'était un homme sensible qui se retenait, un cœur tendre qui battait de loin, animé de ces vibrations timides qui œuvrent dans le repli des forêts primaires. Un homme étrange autant qu'étranger qui recherchait en elle tout ce qui lui avait manqué. Alors, il parla et elle l'écouta, assise à l'un des trois bureaux, les bras croisés sur un tas de feuilles dactylographiées.

Il reprit sa place au bureau et posa ses coudes sur le sous-main en cuir avant de poursuivre, l'index droit posé sur sa lèvre inférieure.

— Comment enseigner en Pologne sans parler correctement polonais ? Vous me le direz…

— Je l'ignore, répondit modestement Helena. Je viens de la campagne, je n'ai pas fait d'études, et tout ce que j'ai appris m'a été légué par une dame issue de la bourgeoisie polonaise. Son mari était chirurgien, il l'a emmenée plusieurs fois en France, ils y ont vécu un temps, mais elle a passé la majeure partie de sa vie à Varsovie. Souvent, elle me parlait de ses fils, de sa peur de les perdre au front pendant la guerre. Elle me disait : « Imagine un décor de théâtre qui vacille, se craquelle à sa base et se replie sur lui-même. Cela paraît faux et c'est la réalité. Cela paraît impossible et c'est la réalité. Varsovie bombardée, nos vies réduites en cendres et demain qui viendra quand même, comme le soleil se lèvera quand même, que nous soyons là ou pas, le jour se lèvera, sans décor, sans théâtre, sans rien pour baliser le chemin du retour. » Tout s'était effondré en son absence et elle s'en voulait, planquée à la campagne comme elle disait, ses fils en déroute. Elle les attendait du matin au soir, espérait une lettre, quelques nouvelles, une annonce providentielle qui ne serait pas une petite boîte remplie d'effets personnels retrouvés sur le champ de bataille. Je suis entrée à son service à l'époque où plus aucune nouvelle ne venait jusqu'à cette femme esseulée, cloîtrée dans sa maison avec ma tante Janina pour unique compagnie. Au début, elle gardait le silence, je lui faisais la lecture et elle me corrigeait. C'est ainsi que j'ai appris à lire avec fluidité, allant jusqu'à recopier les passages qu'elle préférait. Elle me donnait du papier, des cahiers, tout ce qui lui passait sous la main avec le dessein d'inscrire le plus lisiblement possible les phrases qu'elle me demandait de relire plus tard. C'était sa façon de vivre. Lire, recopier, réfléchir et se nourrir des mots des autres pour trouver du sens et supporter la vie. Avec elle, j'ai beaucoup appris et pas seulement dans les livres. J'imagine que votre fils ne tardera pas à se faire des relations à Varsovie. Il paraît que les Français sont très appréciés en Pologne et que les artistes se concentrent dans les capitales. Comme ici, à Paris, j'ai remarqué cela.

— Vous êtes allée à Montmartre et à Montparnasse ?

— Je lis les journaux. On y parle des cabarets de Montmartre et du café du Parnasse. Des noms circulent : Foujita, Soutine, Picasso, Chagall, des artistes venus de partout...

— La fameuse « École de Paris » ! C'est là que l'art bouillonne et mon fils, au lieu de faire partie de cette prometteuse avant-garde, a choisi de s'exiler...

— J'imagine que, pour lui, tout cela était facile, connu, à portée de main. Il avait peut-être envie de voyager pour tenter ses propres expériences.

— Ma femme pense que c'est moi qui lui ai mis toutes ces idées de Pologne en tête. Elle me le reproche, alors que ma fille est bien loin de tout cela, même si je lui en ai parlé autant...

Que peut répondre Helena à cela ? Persuadée que chacun traçait sa route avec les moyens dont il disposait, elle reprit son stylo-plume et se mit à griffonner quelques mots sur une feuille à part, la main légèrement tremblante. Une réaction instinctive au secret qu'elle portait en elle. L'histoire d'Aniela, la faille qui les séparerait l'une l'autre, fatalement, quoi qu'elle fasse. Elle le savait. Car viendrait le temps des questions, et avec lui, celui du mensonge pour empêcher la petite d'avoir envie de repartir. Le retour est une tentation qui laboure le corps autant que le désir. Un besoin impérieux que le manque attise et magnifie. La vérité d'Aniela était trop belle pour être racontée, trop romanesque, trop tentante. Il faudrait taire, créer du vide, faire croire que rien ne restait d'elle là-bas. Étouffer le feu et orienter l'attention ailleurs. C'était ce qu'elles avaient décidé, ensemble, avant de se quitter. Le silence, l'oubli, pas une lettre, pas de nouvelles, pas un signe. Rien.

Chacun se replia sur lui-même, le regard fuyant, puis Darek se leva, fit quelques pas et se posta face au tableau de *La Dame à l'hermine*.

— Cette main est étrangement pliée, comme qui dirait cassée, sans doute trop grande. Parfois, je ne vois qu'elle sur l'animal qui tend la patte. Parfois, dans ce regard, je sens vibrer l'âme de la Pologne, l'âme d'une femme qui se cache pour aimer.

Helena pensa à Bronisława et baissa les yeux, contrainte de retenir ses larmes.

— Souvent, nous avons eu l'impression d'être traîtres à la patrie, exilés de pères en fils dans un pays libre, pendant que les nôtres survivaient sous le joug de leurs voisins. Œuvrer à conserver la mémoire de notre peuple était le moins que nous puissions faire afin de nous amender. Et, à ce titre, nous avions érigé les propos du général Piłsudski en devise : « Qui ne respecte pas et n'apprécie pas la valeur du passé n'est pas digne du temps présent et ne peut pas prétendre à l'avenir. » Quand la guerre a éclaté, nous avons cru à une renaissance possible de la Pologne. Chacun d'entre nous voulait s'engager dans les légions polonaises et aller en découdre, tels des héros, pour ressusciter la Pologne, mais je n'en étais pas. J'avais déjà quarante-trois ans quand la guerre a éclaté, on m'a mis réserviste et je n'ai jamais été appelé. Je suis resté à la Bibliothèque autant que possible avant d'exercer quelques missions de journaliste reporter sur le front nord. À défaut de lutter une arme à la main, j'ai vécu au plus près du champ de bataille, noté, écouté, consigné. J'ai appris davantage sur la Pologne à cette époque qu'en trois décennies de recherches à la Bibliothèque polonaise. À mon retour, j'ai raconté tout cela à mon fils de quinze ans. Je voulais qu'il sache, qu'il comprenne, qu'il prenne conscience qu'un carnage pareil ne devait plus jamais se reproduire. Comment le regretter à présent, même si je l'ai perdu ?

Helena se contenta de hocher la tête, les mains crispées, persuadée que chaque vie obéissait à une suite d'événements qui, mis bout à bout, tissaient notre destin.

À l'abri des autres

Un an après son arrivée, par un matin de mai ensoleillé, Darek trouva Helena le nez plongé dans un dossier, une loupe à la main. La scène le fit rire. Il s'agissait de traduire des lettres de soldats dont certaines se réduisaient à des messages succincts griffonnés sur des reliques de feuilles arrachées. Une fois le texte décodé, elle le tapait à la machine. L'encre était légèrement violette, le papier un tantinet jauni, mais le cliquetis des touches ponctué du tintement au retour du chariot l'hypnotisait. Si bien que lorsque Darek poussa la porte du bureau, elle demeura concentrée sur son travail sans bouger jusqu'à ce qu'il la salue et la fasse sursauter, comme prise en flagrant délit. Elle n'aimait pas être regardée à son insu. C'était une sensation désagréable qui lui coupait le souffle et la laissait muette.

Sur un ton enjoué, il lui annonça de but en blanc qu'il était temps pour elle, après des mois de réclusion dans cette pièce, de venir à la Bibliothèque. Sa secrétaire venait de démissionner et il avait besoin de quelqu'un de confiance pour la remplacer.

Helena resta médusée. Ici, à l'abri des autres et au plus près d'Aniela, sa vie n'était-elle pas parfaite ? La surprise la laissa une main agrippée à sa loupe, l'autre en suspens sur les touches de sa machine à écrire.

— Allez donc prendre votre vêtement et retrouvez-moi au portail d'entrée. La voiture sera prête dans dix minutes.

Darek à peine parti, Helena courut dans sa chambre, enfila son imperméable beige et attrapa son chapeau à la hâte avant de descendre deux étages pour rejoindre le petit salon bleu où Aniela jouait aux cubes, assise sur un tapis. En posant sa main sur ses cheveux, elle pensa à celle de la dame caressant l'hermine. La légende racontait que l'animal avait été mis là pour cacher le ventre de la jeune fille de quinze ans, enceinte de son amant. Certains avançaient que l'animal était un substitut de ce dernier, parce qu'il était impossible de représenter l'amour secret qui unissait Cecilia Gallerani au prince de Milan, Ludovico Sforza. La main était calme pourtant, apaisée malgré la transgression, sans parler du regard déterminé de la jeune fille, attisé par un éclat de lumière dans l'œil. L'infidélité savait rester digne s'il fallait couver un amour sincère, songea Helena en soulevant Aniela dans ses bras. C'était à elle que revenait la charge de l'enfant du péché, celui qui n'aurait de cesse de se battre pour être reconnu. Vite, elle reposa la fillette qui la suivit jusqu'à la porte.

Darek l'attendait dehors, un cigare de Havane au coin des lèvres.

C'était le printemps, la glycine en fleur courait sur la façade, les mésanges zinzinulaient un peu partout tandis qu'un merle vocalisait, juché sur la branche sommitale du lilas.

Dans la rue, le calme régnait jusqu'au café de la Rotonde où l'atmosphère changeait pour devenir urbaine, le chant des oiseaux avalé par le bruit des voitures. L'Austin roulait lentement, fenêtres ouvertes. Helena, assise à gauche de Darek sur la banquette arrière, se tordait les mains d'anxiété. Pour se calmer, elle fit le compte des mois écoulés depuis son arrivée. *Douze déjà*, pensa-t-elle. On était en 1928 et Aniela avait maintenant vingt-deux mois. Elle marchait, prononçait ses premiers mots indifféremment en français et en polonais, mangeait de bon cœur en tenant sa cuillère et se laissait choyer par les femmes de la maison, sans paraître souffrir de l'absence de Broni.

Durant tout le trajet, Darek compulsa plusieurs journaux. En matière de presse, Helena se contentait du *Narodowiec*, le quotidien lensois des mineurs polonais. C'était sa façon de ne pas oublier Antoni et les habitants du coron Osada. Parfois, tout cela venait à lui manquer. La chaleur qui se dégageait de ces soirs où ils se réunissaient autour de leurs traditions. Certains venaient en costume, d'autres apportaient leurs violons et la musique menait à la danse, à l'ivresse de retrouver un peu de l'âme du pays natal.

Jusqu'aux dernières années de sa vie, Helena resterait fidèle aux nouvelles de Pologne dans le *Narodowiec*, regrettant la mort de Darek avec qui elle aurait débattu des événements de Gdańsk, de Solidarność et de l'action héroïque de Lech Wałęsa. Elle sentait la brèche, la fin d'une ère, la chute tant attendue du communisme pour rendre à la Pologne sa liberté. Et elle se reprochait de penser que, sans ce joug qui avait pesé sur son pays après la guerre, elle n'aurait sans doute pas eu la force de tenir la promesse de rester loin de sa famille. Dans le journal, bien des années après, elle s'obstinait à passer chaque nom au crible, cherchant un Piotr, un Józef ou une Ewa. Si Leokadia avait forcément disparu, elle s'interdisait d'imaginer le sort de sa jumelle. Ainsi Broni demeurerait-elle vivante, intacte dans son cœur.

Lorsque l'Austin tourna à l'angle de la rue des Deux-Ponts, Helena fut saisie par la beauté de l'île Saint-Louis.

— C'est ici que vous viendrez désormais travailler chaque jour, lui expliqua Darek.

La voiture s'arrêta au 6, quai d'Orléans. De l'habitacle, Helena contemplait la Seine, happée par la perspective qui lui permettait d'entrevoir le sommet de la tour Eiffel. Hypnotisée par ce paysage, elle sursauta quand le chauffeur lui ouvrit la porte.

— C'est un joli coin, vous vous y plairez… Venez !

Elle avait traversé la route dans son ombre et il l'avait introduite dans la Bibliothèque polonaise par la porte cochère.

Désormais rompue à vivre dans une superbe maison, Helena aurait pu rester indifférente à l'architecture de l'édifice, à son escalier circulaire, à ses plafonds hauts ornés d'immenses lustres à pampilles et aux portraits des personnalités illustres qui avaient fait l'histoire de la Pologne. Elle avait pourtant les yeux partout, ralentissant le pas de marche en marche et de pièce en pièce pour ne pas en perdre une miette.

— Vous aurez tout le temps de visiter, la rassura Darek, amusé. Suivez-moi, je vais vous présenter vos collègues.

Helena le suivit sans traîner, soucieuse de faire bonne impression aux personnes avec qui elle s'apprêtait à contribuer à la sauvegarde du patrimoine polonais. Après des présentations expéditives, Darek la fit monter au troisième étage où se trouvait son bureau, juste à côté du sien.

— Ici, repose la mémoire de notre chère Pologne. Il ne tient qu'à nous de continuer à la faire vivre, c'est pour cela que nous avons fondé le Musée Adam Mickiewicz au début du siècle. N'est-il pas, à la manière d'un Victor Hugo en France, notre grand poète romantique polonais ?

Avec respect, Helena acquiesça.

— Notre tâche est immense, rien n'est jamais acquis. Par chance, des membres actifs, comme Marie Curie, interviennent dans nos murs. N'hésitez pas à vous appuyer sur eux. Ils sont nos meilleurs ambassadeurs.

Une machine à écrire trônait sur le bureau entre deux piles de dossiers. Darek invita Helena à se mettre au travail, elle s'y précipita.

À partir de ce jour, de nouvelles habitudes furent adoptées. Comme Darek ne se rendait à la Bibliothèque que deux fois par semaine, préférant travailler chez lui, Helena se mit à traverser Paris à pied et en métro les autres jours. Elle prit alors conscience du fait qu'elle ne s'était jamais retrouvée seule auparavant. Il y avait eu sa mère, sa sœur, Mme Kutner, Aniela, Antoni, Darek… toujours quelqu'un pour lui tenir compagnie. Cette solitude lui fit du bien. Elle en profita pour lire des romans dans le métro, flâner sur les berges ou se balader dans le jardin du Ranelagh. N'avait-elle pas besoin de s'évader après toutes ces heures d'études assidues vouées à sauvegarder une mémoire souvent douloureuse ?

À son retour, elle s'occupait d'Aniela. Lui donnait le bain, la nourrissait, la berçait pour l'endormir. Le polonais se mettait alors à résonner dans la maison comme un chant venu de loin.

Un soir, alors qu'elle jouait avec la petite au salon, la femme de chambre se précipita vers elle.

— Helena, quelqu'un voudrait vous parler. Un jeune homme vous demande, insista Marthe, ravie d'imaginer qu'elle avait trouvé un amoureux.

— Je n'attends personne !

— Ne faites pas de manières, on ne vous reprochera rien. À votre âge, c'est bien normal de fricoter de temps en temps !

— Qu'est-ce que vous allez chercher ? s'indigna Helena en se levant. Ce doit être une erreur. Allons voir ça...

Le cœur d'Helena se mit à battre plus fort, trop fort soudain. Elle craignit une mauvaise nouvelle.

Lorsqu'elle vit Antoni, elle lui sauta dans les bras.

— Oh ! Qu'est-ce que tu fais là, toi ? Te voilà donc aussi à Paris ?

— Je suis en voyage de noces avec Louise. On s'est mariés le mois dernier, elle voulait voir la tour Eiffel, alors me voici. Je tenais à te remercier, Helena, c'est grâce à toi que j'en suis là. Sans ton argent, son père ne m'aurait pas permis de l'épouser. J'ai pris du galon à la mine, je gagne mieux ma vie et je ne vais pas m'arrêter là. Un jour, je serai contremaître et nos enfants apprendront à lire et à écrire comme toi !

Helena était tellement surprise par ces retrouvailles qu'elle ne trouvait rien à dire. L'inviter à entrer n'était pas concevable de même qu'elle n'aurait osé aller prendre un verre avec lui comme ils le faisaient autrefois dans la minuscule chambre du coron Osada, mais ce n'était pas le plus important. Il était venu la voir, il était heureux, marié à une Française et naturalisé français. Rien ne pouvait lui faire plus plaisir.

Avant de partir, il lui tendit une enveloppe qu'elle repoussa.

— Garde cet argent, supplia-t-elle. Regarde où je vis à présent. J'ai plus qu'il ne me faut, pour Aniela et pour moi. Soyez heureux comme je le suis, c'est tout ce qui compte après les sacrifices auxquels nous avons consentis.

Une longue étreinte les réunit. De ces étreintes tendres et amicales qui impriment une douceur réconfortante.

Helena se retourna vers Aniela pour constater que la pyramide de cubes qu'elles avaient construite était réduite à néant. Tout était si simple et si éphémère quand on était enfant, pensa-t-elle sans en être persuadée.

Plus tard, à l'heure où Mme Wróblewska cousait en silence, Helena lui raconta l'histoire d'Antoni et le rôle qu'il avait joué lors de son arrivée en France avec le bébé. Elle crut lire du soulagement sur le visage de la maîtresse de maison lorsqu'elle annonça qu'il venait de se marier, comme si, un instant, elle s'était imaginé qu'Helena puisse avoir un homme dans sa vie, un homme qui l'aurait emmenée, elle, et surtout la fillette à laquelle elle s'était attachée.

Helena n'en fut ni blessée ni jalouse. Privée de sa mère, Aniela méritait bien tout cet amour.

Trois couleurs et une pensée

Le temps passa vite rue Octave-Feuillet, Helena absorbée par ses recherches pendant qu'Aniela grandissait dans la joie d'un foyer bienveillant.

Chaque soir, elle prenait Aniela sur ses genoux et lui faisait le récit des aventures de l'ours dans sa cabane que la petite écoutait les yeux écarquillés. Parfois, c'était la princesse aigle qui l'enchantait, le destin de la jeune Lena emprisonnée par le roi des Serpents, triomphant de l'oppression pour symboliser la Pologne affranchie du joug allemand. Dans ces récits, Helena retournait à la source, puisait dans ses racines. Sa voix était tantôt la sienne, tantôt celle de Broni ou de Leokadia. Elle sentait toutes ces présences à la fois, actives et vivaces, même dans le silence.

Bientôt la fillette fréquenta une jolie école, eut des amies de bonne famille, apprit le piano avec un professeur particulier qui se déplaçait à domicile tous les vendredis en fin de journée. Aniela s'appliquait, répétait ses gammes, se tenait bien droite, les pieds dans le vide, trop petite pour atteindre les pédales. Elle jouait et vocalisait tout à la fois, envoûtait la demeure de sa tendre voix.

À la sortie de l'école, Helena l'attendait. Toujours au même endroit, sous un vieux chêne. Avec les années, la fillette avait cessé de lui sauter dans les bras, mais toujours, elles allaient se promener au jardin du Ranelagh où Aniela réclamait son tour de manège sur les chevaux en bois. Helena la regardait, s'efforçant d'ignorer que sa nièce n'aurait jamais connu ce plaisir à Nowa Wieś. Et même si Aniela avait choisi de l'appeler maman, Helena n'oubliait pas que c'était à sa sœur qu'elle s'adressait dès lors qu'elle prononçait ce mot. C'était une question de loyauté. Une manière de ne jamais effacer Broni. Un refus de la remplacer. Aniela ne se posait pas toutes ces questions, pas encore, mais lorsque les chevaux en bois furent délaissés pour le théâtre de marionnettes, elle se mit à demander où était son papa à elle.

Helena mentit.

— Il est resté en Pologne, ma chérie.

— Tu es donc bien une fille-mère ? osa-t-elle affirmer, répétant la rumeur qui circulait dans sa classe.

Helena aurait pu la sermonner tant la réplique était cinglante, reporter sur l'enfant l'affreuse secousse qui venait de pulvériser son cœur.

Elle se contint.

— Ce n'est pas ce que tu crois, ma chérie. Je vais te dire un secret, un grand secret que tu ne répéteras jamais. Promis ?

La petite posa l'index sur ses lèvres et lui fit un clin d'œil.

Helena s'assit au bord d'un muret couvert de jasmin étoilé, à quelques mètres de la maison des Wróblewski. À dix ans, Aniela n'avait-elle pas l'âge de savoir, de comprendre ? Elle hésita, pesa ses mots, exigea de la fillette qu'elle jure de se taire.

Aniela promit, jura, cracha par terre.

— Croix de bois, croix de fer, si je mens, je vais en enfer !

— Viens là, ma chérie, donne-moi la main. Je vais te dire la vérité, mais il ne faudra pas la répéter.

Aniela promit, jura, cracha par terre, et attendit la suite tel un bon petit soldat.

— Croix de bois, croix de fer, si je mens, je vais en enfer !

Le ton enjoué de la fillette lui donna la force de se lancer.

— Ne sois pas triste, Aniela, ne pleure pas, je vais te dire quelque chose d'important...

Mais l'aveu était trop lourd pour être prononcé d'une traite. Comment être sûre que la fillette soit prête ? Il fallait la préparer, peser chaque mot, la protéger.

— Tu es grande, maintenant. Tu peux tout entendre, alors écoute bien et n'oublie pas ce que je vais te dire car je ne te le répéterai pas.

Au lieu de se laisser impressionner, Aniela se farda d'un air grave et attentif, offrant ainsi à Helena le temps d'imprimer un blanc qui semblait demander pardon d'être si maladroitement rempli.

— Je ne suis pas ta vraie mère, mais je t'aime tout autant, finit par confesser Helena, le cœur suspendu à un fil tout prêt à se rompre. Je t'ai adoptée quand tu es née parce que ta maman me l'a demandé.

— Elle m'a abandonnée alors ? s'étonna la fillette sans même déplorer que la femme qui venait de lui attraper la main ne soit pas sa mère.

Helena blêmit, secouée par des sentiments contraires. Par dépit, elle avait failli acquiescer, mais elle s'était reprise, ravisée, corrigée.

— Oh ! bien sûr que non, ma chérie. Ta maman était très malade, elle est morte le lendemain de ta naissance, c'est pour ça qu'elle m'a choisie pour m'occuper de toi.

Sans lui laisser le temps de souffler, Aniela renchérit, les yeux vifs et l'esprit en ébullition.

— Et mon papa, il ne pouvait pas s'occuper de moi, lui ?

Un chat roux qui passait par là aurait pu faire diversion si seulement Aniela avait jugé bon de détourner les yeux pour le regarder, mais comme il n'en fut rien, Helena dut recourir à la version imaginée par son beau-frère.

— Ton papa a eu un grave accident. Il travaillait dans une mine de charbon. Il ne t'a pas vue naître.

— Et ils vivaient en Pologne, c'est ça ? S'ils n'étaient pas morts, je vivrais là-bas au lieu d'être ici avec toi ?

Helena en eut le souffle coupé, à court de mots, accablée par les mensonges qu'elle venait de proférer. Une entaille supplémentaire dans son cœur effiloché.

— Tu le regrettes ? se risqua-t-elle, nouée par la peur d'être rejetée.

— Je ne sais pas. Je ne peux pas savoir, je ne connais pas la Pologne.

— Mais tu parles le polonais, Aniela, c'est ta langue maternelle, ne l'oublie jamais. La langue de ton pays d'origine et de tes ancêtres.

— Un jour, quand je serai adulte, j'y retournerai, affirma l'exilée avec une conviction déconcertante pour une si jeune fille.

Les miaulements du chat roux avortèrent la réponse bancale qui se gargarisait dans la bouche d'Helena pour la dissuader de commettre une telle erreur. D'un bond, elle se leva du muret couronné de jasmin. Aniela l'imita, voulut caresser la bête, la laissa s'échapper, puis traversa la route à cloche-pied, légère comme si elle avait déjà tout oublié. De cette conversation, elle ne reparlerait jamais. *Croix de bois, croix de fer, si je mens, je vais en enfer !* Elle avait promis, juré, craché, c'était suffisant pour l'empêcher de souffrir si d'aventure on venait à la traiter de bâtarde polonaise.

Au fil des années, Helena accrut son temps de travail à la Bibliothèque au point qu'elle finit par accomplir le trajet du retour en voiture plutôt qu'en métro. Aniela était désormais en âge de rentrer seule de l'école avant de prendre son goûter sur le tabouret le plus proche du poêle où Marthe préparait le dîner. Elle attrapait le pot de miel, y trempait une cuillère en bois et laissait couler le nectar sur un morceau de pain dont elle ne faisait qu'une bouchée. Marthe répétait qu'un jour elle finirait par s'étouffer, à manger si goulûment.

— Qu'est-ce qui te rend toujours si pressée ? lui demandait l'employée de maison penchée sur sa cocotte en fonte.

— J'ai mes devoirs à faire ! Et après mon piano et encore après, ma broderie !

Et Aniela filait à toute vitesse, vidait son cartable et ouvrait ses cahiers sur la nappe en dentelle de la grande table. Mme Wróblewska venait s'asseoir près d'elle, la regardant travailler, l'aidant à comprendre un exercice difficile ou à réciter une leçon.

Lorsqu'elle fit son entrée au collège, Aniela ne voyait plus Helena qu'à l'heure du dîner et le dimanche. Le polonais devenait rare à son oreille sans vraiment lui manquer. Vint même le moment où elle refusa de le parler.

— Pour quoi faire ? Je vis en France, je parle français !

Helena se fâcha. Reprit les choses en main et décida de rentrer plus tôt pour donner à sa nièce des cours de polonais. C'était une obligation autant pour elle que pour la jeune fille en devenir. Elle se rappela le serment qu'elle avait fait à Leokadia. *Un jour que tu choisiras bien, tu lui expliqueras*. Et lorsque Aniela avait refusé de consacrer son temps libre à l'apprentissage d'une langue qui ne lui servait à rien, Helena avait ressorti les deux châles brodés par *babcia* Leokadia, lui racontant que là-bas, loin, très loin, dans le pays blanc, sa grand-mère avait choisi trois couleurs importantes pour les relier dans l'espace et dans le temps. Trois couleurs avec une fleur de pensée au centre pour qu'elle n'oublie jamais que là-bas, loin, très loin, dans le pays blanc, sa grand-mère croyait qu'il était essentiel de se souvenir de ses origines. Aniela avait serré le châle entre ses mains blanches et lisses comme des promesses. Ses yeux s'étaient voilés et elle s'était mise à pleurer dans les bras d'Helena. Autour d'elles flottait la présence de Leokadia mêlée à celle de Bronisława.

Trois couleurs et une pensée. L'emblème de leur Pologne à elles.

Le dimanche après-midi, elles se lançaient dans de longues promenades sur l'allée aux Cygnes, la tour Eiffel en point de mire. Elles partageaient leurs lectures, récitaient des poèmes dans les deux langues, décidaient du film qu'elles iraient voir le soir. Il arrivait qu'Aniela pose une question de trop, demande un prénom. Celui de sa mère, celui de son père. Mais plus les mois passaient, plus Helena faisait diversion, et de ces balades tranquilles et sereines qui avaient scandé ses années de collège ne restaient plus que des parenthèses silencieuses et lourdes au moment où la guerre sonna le glas de son enfance parisienne.

Le monde est un chaos

Le premier jour de septembre 1939, lorsque la guerre a éclaté, Charles Wróblewski remontait la rue Nowy-Świat pour rejoindre la place du Château. Au moment où les bombes tombèrent sur Varsovie, il ignorait que soixante-trois autres villes polonaises subissaient le même assaut. Ces dernières semaines, les conversations étaient devenues anxieuses autour des guéridons et il commençait à se convaincre de déguerpir vite fait s'il voulait sauver sa peau.

Il marchait d'un pas lourd entre Leonard Kowalewski et Roman Kramsztyk. Le premier, de taille élancée, le visage creusé dissimulé sous une barbe naissante, était considéré comme l'historien d'art le plus brillant de la jeune génération. Fervent patriote, il se félicitait chaque jour d'avoir la chance de dispenser ses cours en polonais.

— Tu t'imagines ça, à la Sorbonne par exemple, qu'on enseigne dans une autre langue que le français parce que ton pays serait avalé par son voisin ? Et dire que nous avons dû subir cet affront jusqu'à l'indépendance !

Charles répondit que cela ne s'était jamais vu en France, mais qu'au train où allaient les choses on pouvait craindre le pire, si les nazis…

— Ne m'en parle pas ! l'interrompit Roman. Ce sont des antisémites pires que les Polonais. S'ils gagnent la France, tout est perdu. Moi, le premier.

— Mais tu ne jures que par l'art, tu n'es même pas pratiquant. Que crains-tu, dans ces conditions ? s'indigna Charles.

— Tout, j'ai tout à craindre. Mon grand-père était rabbin, avoua le peintre, et mes origines ne sont un mystère pour personne.

— Ton œuvre te protège, le rassura Leonard. Tu es un artiste reconnu aussi bien en Pologne qu'à l'étranger. Tout le monde te respecte ici, même si tu ne reviens qu'une fois par an à Varsovie puisque tu préfères vivre à Paris.

— J'aurais mieux fait d'y rester, cette fois. Cela fait plusieurs mois que mes nuits sont agitées, je me réveille en nage. Le monde est un chaos et j'en suis prisonnier. J'étouffe au point de me réveiller en sursaut, le cœur affolé.

Ils venaient de passer devant la statue de Copernic et de longer l'église Sainte-Croix où reposait le cœur de Chopin lorsque Leonard trouva le courage de renchérir.

— Les nouvelles ne sont pas bonnes, en effet. Je ne dors pas tranquille, moi non plus. Il y a les Allemands à l'Ouest, les Russes à l'Est – et nous, au milieu – toujours aussi vulnérables.

— On a signé un traité en 1918, la France protège la Pologne et…

— Ne sois pas naïf, Charles, objecta l'historien avec une amère lucidité. Une frontière n'est jamais qu'une limite inventée par l'homme, donc mouvante par essence. Rien ne dure éternellement. Pense à la Pangée, les siècles n'ont fait que la démembrer et vois ce qu'elle est devenue. Il en va de même pour la Pologne. Son tout unifié est une exception dans la grande Histoire, un idéal sans cesse remis en cause qu'il nous appartient de sauver. Mais à quel prix ?

— Mon père m'a supplié de rentrer à Paris, mais je refuse de vous quitter.

— Tu devrais partir, Charles, affirma Roman qui cheminait en costume cravate, le nez chaussé de petites lunettes rondes. Tu es français et la guerre rappelle chez elle ses soldats.

— Dans ce cas, je prendrai les armes pour la Pologne. Mon cœur lui appartient, depuis douze ans que je vis ici. J'ai fait le parcours inverse du tien, Roman. J'ai grandi dans le pays refuge de mes parents en exil, mais je suis revenu à mes origines pour me retrouver moi-même. J'aime la langue d'ici. J'ai besoin de m'abreuver à cette source car ma soif n'a d'égale que mon envie d'apprendre et de me fondre dans le décor, comme un vrai Polonais.

Ils arrivèrent au pied de la statue de Mickiewicz à qui Charles adressa un salut solennel. Saisi d'une profonde émotion, il murmura quelques mots de gratitude envers le grand poète qui avait lutté pour rendre à la Pologne son autonomie.

— Ton accent te trahit encore, mais avec le temps, qui sait ? s'amusa Leonard. Trouve-toi une Polonaise à épouser et la boucle sera bouclée.

— Je la cherche, je la cherche, répéta Charles, un sourire au coin des lèvres. En vérité, je crois l'avoir trouvée, mais elle contrarie mes projets, alors…

Roman et Leonard avaient ralenti le pas, piqués par la curiosité.

— Alors ? reprit le peintre.

La réponse fut étouffée par le passage d'une escadrille de bombardiers que les trois amis étaient incapables d'identifier comme des Stukas allemands. Ils apprirent plus tard que seize de ces avions ennemis avaient été abattus par la résistance polonaise, leur donnant du répit et encore quelques espoirs.

— La guerre est déclarée, lâcha Charles.

— Parce que tu en doutais encore ? releva Leonard, résigné.

— Ils veulent détruire Varsovie et ce n'est que le début, affirma Roman. La Pologne est une proie de choix pour les Allemands autant que pour les Russes. Quand ceux-là en auront fini, les autres viendront leur disputer leur butin et ce sera la curée. Le pire est à venir…

Une pluie de missiles s'abattit sur la rive est de la Vistule. Un bruit atroce retentit, un nuage de fumée se répandit.

— Vite, rentrons, ordonna Roman. Venez donc vous réfugier à mon hôtel, nous y serons à l'abri. C'est ce qu'il y a de plus près.

Sans discuter, ils se mirent à courir pour rejoindre en une dizaine de minutes le Rynek où Roman s'installait une fois par an lors de ses séjours à Varsovie. L'hôtel était miraculeusement intact et l'air demeurait respirable. Autour d'eux, la panique se mesurait à la brièveté des répliques échangées, aux gestes nerveux et aux corps en perdition. La peur avait envahi le hall d'entrée, si haut que la clameur des voix résonnait d'autant plus fort.

À peine furent-ils entrés qu'un portier les emmena à la cave pour les mettre en sûreté. Une trentaine de personnes s'y entassaient déjà, clients et personnels de l'hôtel confondus. Roman y retrouva la serveuse qui lui avait apporté une vodka la veille au soir dans sa chambre. Il la salua comme une amie, cherchant à la rassurer. Elle tremblait, les mains sur les genoux pour les empêcher de s'entrechoquer. Un groom faisait des allers-retours au rez-de-chaussée afin de jauger la situation, un autre captait tant bien que mal les nouvelles à la radio, tous se persuadaient que l'essentiel des frappes était passé. Pour cette fois, ils avaient eu de la chance puisqu'ils étaient sains et saufs, mais qu'en serait-il, après ? N'ayant encore rien vu des dégâts, ils ne pouvaient nier que leur capitale avait dû se faire pilonner et redoutaient déjà le moment où ils seraient confrontés à ce spectacle.

— Il faut partir vite, affirma Leonard. Je vais rejoindre Cracovie, je peux y dispenser quelques cours quand je veux. Ce sera plus sûr pour ma famille et moi-même, nous y avons des amis qui pourront nous héberger, en attendant. Et vous ?

— Pour aller où ? lança Roman.

— Si Varsovie est bombardée, c'est forcément par les Allemands, répliqua Charles. Il faut résister, nous battre, sauver notre patrie !

— Je dois mettre ma famille en sécurité avant tout, pondéra Leonard au comble de l'inquiétude.

— Quant à moi, je suis pris au piège, se désola Roman. Après ce carnage, je doute qu'il soit envisageable de rejoindre la France. Il faudra rester. Et nous battre.

— Oui, lutter, chacun à notre façon, renchérit Leonard. Ils vont tout détruire et nous réduire au silence. Piétiner notre pays autant que notre culture. Interdire l'usage du polonais. Comme par le passé.

— Tu penses qu'il faudra réactiver l'Université volante ? Que ce sera le seul moyen de sauver notre culture et dispenser notre savoir dans la clandestinité ? murmura Charles, les mains tremblantes et le souffle coupé.

Leonard pesa ses mots avant de poursuivre.

— C'est tellement prévisible… Après la russification, la nazification… On se dit chaque fois que c'est la dernière et pourtant, la tragédie recommence. Les deux blocs s'affrontent et la Pologne est saignée à blanc. À Jagellonne, je trouverai des professeurs pour former en secret une élite capable de survivre au nouveau massacre qui se prépare. Rien n'empêchera l'ennemi de croire que les intellectuels et les artistes sont les pires dangers. Ils couperont les têtes pensantes en premier. À l'Ouest comme à l'Est. Ils vont rivaliser de zèle pour nous humilier et nous rayer de la carte. À leurs yeux, nous ne sommes que des parasites. Lorsqu'ils en auront fini de répandre la terreur en bombardant à tout-va, ils élimineront nos dirigeants, s'installeront à leur place et arrêteront tous ceux qui refuseront de se soumettre.

— Tu seras en première ligne, Leonard, chuchota Roman d'une voix brisée.

— Tout comme toi, parce que tu es juif. De ton côté, Charles, tu peux encore partir. Ta famille est exilée en France depuis assez longtemps pour que tu aies une chance d'obtenir une autorisation de sortie du territoire. Surtout, ne t'attarde pas ici…

— Je reste, assuma Charles, sans prendre la mesure de ce qu'il était en train d'affirmer.

— Tu nous seras plus utile là-bas, tu pourras mobiliser les forces alliées, expliquer combien la Pologne a besoin de soutien. Sans l'aide de la France et de l'Angleterre, je ne nous donne pas un mois avant de capituler. Si nous sommes pris en étau, ils ne feront de nous qu'une bouchée. Mieux vaut se sauver, si l'on peut, et revenir, plus tard, quand l'heure sera venue de rebâtir.

— Il a raison, renchérit Roman. Je vais essayer de partir, moi aussi. Le risque est trop grand ici pour un Juif.

— Alors chantons, lança Leonard. Chantons en l'honneur de la Pologne, à son âme et à son immortelle grandeur !

Comme un seul homme, ils se levèrent et commencèrent à entonner *Mère de Dieu* avec une telle ferveur que les autres réfugiés furent portés à les imiter.

Un étranger demanda à son voisin, qui avait chanté la main sur le cœur, ce que représentait ce chant pour eux.

— C'est notre hymne, expliqua le Polonais, les larmes aux yeux. Une prière à Marie, clamée par les chevaliers, que nous avons tous apprise à l'école.

Un silence anxieux vint alors se répandre dans la cave obscure.

Plus tard, lorsqu'une nuée de cendres remplaça le nuage de Stukas sur la ville, ils sortirent et pleurèrent sur les premières ruines de Varsovie.

— Et ce n'est que le début... soupira Leonard en un decrescendo morbide.

Ils passèrent la nuit tête bêche dans le lit de la chambre d'hôtel de Roman. Au petit matin, quand ils apprirent que toutes les routes vouées à quitter le pays étaient impraticables, ils se sentirent faits comme des rats et chacun partit de son côté.

Quelques semaines plus tard, après que la Pologne en deuil de milliers de civils eut capitulé, laissant à l'armée allemande le droit d'entrer dans Varsovie le 1er octobre, Roman et Charles apprirent d'un collègue croisé dans la rue que Leonard avait réussi à rejoindre l'université Jagellonne où il prodiguait un cours sur les maîtres de la Renaissance italienne. À Varsovie, les universités avaient été dévastées, tout comme les librairies et les bâtiments historiques. La Gestapo hantait les rues, hissant les drapeaux nazis, piétinant le moindre opposant.

La suite, ils ne pouvaient l'imaginer, mais leurs corps la pressentaient. Ils tremblaient parfois sans raison, suffoquaient, se réveillaient en panique, la nuit, entre deux cauchemars. Le pays était envahi, désossé et ils se retrouvaient soumis à une attente illimitée, vivant du peu qu'il leur restait. Roman peignait, Charles donnait ses cours à domicile. Au début, ils se voyaient encore avec régularité, songeaient parfois à trouver un moyen de quitter la capitale exsangue, de fuir cette réalité de pierre. C'était devenu trop risqué ou peut-être avaient-ils pris de nouvelles habitudes pour supporter une occupation qui ne pouvait pas durer éternellement.

Charles, surtout, écrivait à ses parents. Une lettre chaque jour qu'il n'envoyait que rarement. Il leur racontait la vie à Varsovie, avouait penser à eux souvent, mais ne confiait jamais qu'il les aimait. Paris était libre, encore, mais pour combien de temps ? Avec pudeur, il leur expliquait ce qui les attendait. L'omniprésence asphyxiante de la Gestapo, les étendards nazis, la pénurie, les rafles, la peur partout. Entre le IIIe Reich et l'Armée rouge se livrait une lutte de pouvoir sans merci dont les Polonais payaient le prix fort.

Lorsqu'une lettre arrivait rue Octave-Feuillet, Darek la lisait à haute voix, le soir, en présence d'Helena. Cette dernière se mettait à trembler et à craindre le pire pour sa famille. Elle pensait à Bronisława, à ses neveux, à ceux qu'elle avait laissés là-bas et qui avaient grandi et changé au point qu'elle ne les aurait sans doute plus reconnus. Si Aniela avait treize ans, les autres étaient encore plus grands, en âge d'être mobilisés pour les deux garçons aînés. Quant à la petite Ewa, qu'elle ne pouvait imaginer autrement que sous les traits d'une fillette, à quelle vie pouvait-elle prétendre à présent ? On aurait dit que la guerre avait redoublé la distance qui les séparait. Bloquant les frontières et minant le terrain. L'exil était sans retour, elle le savait, c'était une promesse. Et bien que la guerre n'eût fait que verrouiller une porte déjà close, c'était un poids supplémentaire, une ombre plus grande dans son dos, une autre torture morale. Avant, tout séparés qu'ils fussent, ils se savaient vivants. Désormais, il fallait vivre avec l'idée que la mort pouvait les emporter à chaque instant. Une mort silencieuse et sans écho, qui passerait inaperçue et ne changerait rien à la vie des autres.

Ô temps ! suspends ton vol

La drôle de guerre derrière la ligne Maginot prit fin le 10 mai 1940, quelques semaines après leur départ pour Aix-les-Bains. Darek en avait décidé ainsi. Tout portait à croire que Paris ferait bientôt l'objet d'une offensive et puisqu'il n'était plus en âge de se battre, il était déterminé à sauver l'âme de la Pologne en mettant à l'abri l'essentiel de la Bibliothèque polonaise.

C'est ainsi que fin mars, il avait dépêché son chauffeur vers la ville thermale avec sa femme, Aniela et Marthe. Chacune avait dû réduire ses bagages au minimum pour permettre le transport d'une malle remplie de livres et de documents.

Au moment du départ, tous s'étaient retrouvés dans le petit salon. En agrippant Aniela dans ses bras, Helena s'était étonnée de la trouver si grande pour ses treize ans. La jeune fille portait une robe en tweed rose poudré, de fines bottines blanches et un béret bleu marine. Autant de vêtements qui avaient appartenu à Mlle Joanna du temps de sa jeunesse. Si bien que malgré la guerre et les restrictions, Aniela continuait à arborer de jolies parures, aiguisant ainsi son goût de l'élégance et de la mode, passant de longs moments à se contempler dans le miroir. Après le dîner, elle brodait au tambour en compagnie de Mme Wróblewska et terminait la soirée dans la cuisine où Marthe lui enseignait les rudiments du tricot. Elle aimait coudre, assembler le tissu, dessiner des robes, des jupes, imaginer des corsages avec des cols plus extravagants les uns que les autres. Et si Helena lui répétait de lire des romans, de perfectionner son polonais et de se cultiver davantage, elle poussait un long soupir en arquant le sourcil, avant de répliquer qu'elle n'avait pas la moindre envie d'aller au lycée l'année suivante, mais plutôt celle d'apprendre un métier dans la haute couture. Au lieu de se fâcher et de chercher à la contredire, Helena pensait à sa jumelle. Broni non plus n'avait pas le goût d'étudier, elle préférait faire de ses mains, se plonger dans la vie, et cueillir l'instant présent plutôt que de penser à l'avenir. Toute jolie qu'elle fût, Aniela ne ressemblait pas à sa mère et, a fortiori, pas à sa tante. Ses cheveux avaient perdu la blondeur qu'ils avaient à la naissance tandis que ses yeux étaient devenus d'un marron presque noir. Et pourtant, dans son regard, Helena retrouvait la fougue de sa sœur chérie, la spontanéité d'un cœur guidé par l'instinct. Aniela, croyant tout savoir, n'avait plus besoin que de sentir, d'éprouver dans son corps la texture d'un contact qui lui manquait sans qu'elle puisse en prendre la mesure. Autour de son cou, elle avait enroulé le châle que lui avait confectionné Leokadia avant son grand départ. Elle l'ignorait. Pour elle, c'était un tissu brodé aux couleurs de la Pologne, identique à celui que portait Helena chaque dimanche pour se rendre à la messe. Une manière de lui dire au revoir, avec la certitude de la retrouver bientôt.

Il n'y a pas de hasard, songea Helena.

Rien du passé ne subsistait dans la mémoire d'Aniela et cependant, elles étaient là, réunies toutes les trois autour d'elle pour la protéger dans son voyage. Helena rentra en elle-même, lourde d'un secret scellé comme un cercueil. Elle avait promis, autrefois, il y avait longtemps. Un serment gravé dans la peau sans laisser de trace. Il était peut-être temps de lui raconter l'histoire du châle. Le legs de Leokadia…

Mais l'heure était trop grave pour parler et Helena sentit qu'il n'y avait pas de mots pour traduire leur silence.

Du haut des marches du perron, elle avait regardé sa nièce marcher sur les dalles à la suite de Mme Wróblewska. En passant le portail, la jeune fille s'était retournée, dénouant son châle pour l'agiter tel un mouchoir et lui faire signe.

Elles ne seraient pas séparées longtemps, mais puisqu'elles ne l'avaient jamais été, cela sonnait comme un adieu ou comme un galop d'essai.

Cet éloignement laissa un grand vide en chacune. C'était un choc dépourvu de larmes et de paroles qui se vivait au-dedans du corps. Une sorte de réminiscence qu'elles sentaient refluer quelque part au fond d'elles-mêmes, sans parvenir à identifier le point d'origine. Car chaque départ ravivait l'exode. Chaque au revoir n'était que la répétition d'un adieu éclipsé sous un mensonge. Helena refusait de l'admettre, Aniela en ignorait tout. Cette première séparation ne fut pas anodine. Pour Helena, ce ne fut qu'une réplique, alors que pour Aniela, ce fut une secousse profonde qui creusa une faille dont la fracture était prévue d'avance.

Le chauffeur était convenu de dormir dans la maison du lac avant de revenir à Paris. Là, il passerait une nuit, rassemblerait ses affaires et referait le trajet avec Darek et Helena. Vivant seul et n'ayant personne à quitter, il suivait les ordres de la maison Wróblewski en attendant d'être mobilisé. Il s'y préparait. C'était dans l'ordre des choses, surtout si le pays était occupé, il faudrait résister.

Lorsqu'elle s'installa le surlendemain à l'arrière de l'Austin, Helena portait le même châle brodé que celui d'Aniela. Darek lui en fit la remarque. Et, pour la première fois, un soupçon lui vint à l'esprit, l'idée que la jeune fille était peut-être davantage pour elle qu'une simple petite voisine orpheline. La question fut éludée par une conversation autour des lettres de soldats polonais tués sur le front français. Les consigner était un devoir. Il déplorait que l'éloignement de la capitale lui rende désormais la tâche plus ardue. Mais avait-il un autre choix que celui de se mettre à l'abri ? S'il restait, la Gestapo pourrait tout détruire. Faire brûler les livres et les archives en un autodafé qui participerait au projet de ruine programmée d'une culture jugée inférieure. Deux malles dans le coffre et une autre sur le siège avant. C'est l'essentiel qu'ils avaient pu emporter. Le reste avait été déplacé, dissimulé en lieu sûr, éparpillé au sud, dans toutes les voitures qui avaient pris la fuite avant l'Occupation.

Sur la banquette arrière, deux valises superposées les séparaient l'un de l'autre. La route fut longue avant d'apercevoir le lac dont Helena avait souvent entendu parler. Quand il apparut enfin, Darek fit stopper la voiture.

— Venez, venez voir ! siffla-t-il comme un merle.

Et Helena sortit de l'Austin et se retrouva face à une vaste étendue de bleu qui lui fit tourner la tête. Soudain, les paroles de sa jumelle lui revinrent en mémoire : « L'amour est le chemin, Helena, je n'en vois aucun autre. » La splendeur du paysage lui rappela combien elle avait résisté, sans cesse, à l'amour, au désir autant qu'aux sentiments. C'était son moyen d'oublier le pays blanc. Se protéger, rester hermétique, raconter l'histoire de son peuple plutôt que d'écrire la sienne. L'amour avait tant coûté à Bronisława… Helena préférait ne rien éprouver plutôt que de revivre la douleur de cet arrachement. Soudain, la nature l'attaquait pourtant, accélérant le rythme de son cœur, lui coupant le souffle. Un léger vertige, encore. « Le Lac »...

Ô temps ! suspends ton vol...

Fallait-il que la beauté lui saute à la gorge comme un ours attaque un loup pour que son cœur s'ouvre enfin ?

Laissez-nous savourer les rapides délices
Des plus beaux de nos jours !

Tandis que Darek ponctuait sa contemplation des vers de Lamartine, Helena fut saisie par l'immensité horizontale autant que verticale. Le bleu turquoise de l'eau, le flanc boisé de la montagne déclinant sa palette de verts avec, pardessus, la haute falaise calcaire flanquée d'une canine qu'on appelait la Dent du Chat. Elle crut s'évanouir devant tant de beauté, sentit les larmes lui monter aux yeux, les laissa couler sur ses joues. Pensa à Stendhal qu'elle avait lu dans la bibliothèque de la maison du quartier de la Muette. *Rome, Naples et Florence*. Ici, elle se rapprochait de l'Italie, d'un nouveau départ possible, d'un exil de plus et il lui semblait que chaque départ en impulsait un autre, parce que sa vie était dans le mouvement. *Une fois parti, on ne revient plus*, pensa-t-elle. La fuite engendre l'oubli, avant que l'oubli engendre le retour. C'est un cycle. Le cycle des générations qui se construisent les unes sur les autres, comme la roche se sédimente en couches qui interagissent naturellement. Si elle était partie définitivement, Aniela risquait au contraire de n'aspirer qu'au retour. C'était fatal et le mensonge n'y changerait rien. Le châle brodé autour de son cou, la même passion pour la couture que sa grand-mère... Rien ne pouvait empêcher la transmission, pas même le secret. Face à cette nature puissante, sèche et colorée qui contrastait avec la terre humide et plate de sa Pologne natale, Helena comprit que le cycle de la vie suivrait son cours bien malgré elle. Et, comme une évidence, elle devina qu'Aniela repartirait là-bas, un jour ou l'autre et qu'elle se retrouverait seule dans sa Bibliothèque polonaise à archiver la mémoire des autres pour mieux bâillonner la sienne.

La voiture roula encore quelques kilomètres avant d'emprunter une route sinueuse qui les mena sur les balcons du lac. Le panorama n'en était que plus éclatant avec un peu de recul, même si le bleu semblait plus pâle. Bientôt, le chemin se rétrécit et déboucha sur une entrée marquée par deux hautes colonnes de granit. L'Austin s'y faufila avant de traverser un parc arboré qui débouchait sur une maison de maître de style Directoire, avec des fenêtres alignées, un balcon central et des chiens-assis. Dans ce cadre bucolique, nichait une demeure dont les murs vieux rose étaient mis en valeur par une terrasse pavée bordée de rosiers. Un gardien lui tenait lieu de sentinelle et deux bonnes prenaient soin de la maison pendant que leurs maris respectifs entretenaient le parc de trois hectares, mais depuis la mobilisation, ces derniers étaient partis au front, laissant les vignobles à l'abandon. À peine arrivé, Darek renoua ses contacts sur place, entra dans la Résistance et commença à cacher des familles juives, un an après son arrivée, au printemps 1941.

Helena le découvrit par hasard, un soir d'insomnie, alors qu'elle ouvrait la fenêtre de sa chambre pour prendre l'air. Une femme et une enfant traversaient le jardin en courant. Elle comprit, referma la fenêtre et garda le silence.

Le lendemain, à demi-mot, elle fit savoir à Darek qu'elle était prête à participer à tout ce qui pourrait mettre un terme à la présence des Allemands et sauver des innocents. Il répliqua qu'il avait noté, comme si elle lui avait fait part d'une information quelconque concernant ses éternels dossiers polonais. La région avait beau ne pas être occupée, elle servait de refuge à de nombreux Juifs, de sorte que des rafles furent commanditées par la gendarmerie fin août 1942. Sur les 95 arrestations programmées, 63 Juifs étrangers furent rassemblés dans le petit village de Ruffieux à l'extrémité nord du lac du Bourget. Ensuite, dans un grand fracas de pleurs et de cris, on les emmena en car à Vénissieux avant de les déporter à Drancy puis à Auschwitz, mais cela ne se sut que bien plus tard.

Comment échapper à cette insoutenable réalité autrement que par le travail ? se torturait Helena, prenant soin de continuer à enseigner elle-même le polonais à Aniela chaque jour. Pour le reste, l'adolescente suivait les cours de crochet de Mme Wróblewska la journée et les leçons de tricot de Marthe le soir. Comme à Paris, les espaces étaient bien délimités, mais elle avait le droit d'aller partout où bon lui semblait, car chacun l'aimait d'un amour tendre. La cave, cependant, lui était défendue. C'était le territoire des employés. On y trouvait des araignées, des souris et des rats musqués, autant de bestioles qu'Aniela n'avait aucune envie de croiser. Alors, elle restait bien sage dans la maison, occupée à coudre et à dessiner, regrettant la ville et les promenades de la fin de journée.

Lorsqu'elle était petite, elle ne lâchait pas la main d'Helena, même dans le jardin du Ranelagh. Elle restait collée à sa jambe, s'asseyait tout contre elle sur les bancs, regardait de loin les autres enfants. À mesure qu'elle grandissait et que ses foulées s'accéléraient, elles allèrent se promener au bois de Boulogne ou dans les jardins du Trocadéro. Le dimanche, elles poussaient jusqu'à l'île aux Cygnes, saluant la maison de Balzac au retour. En grandissant, Aniela avait accepté de se mêler aux autres enfants, de s'éloigner un peu d'Helena, de courir après les pigeons en hurlant, de mettre à l'eau un bateau miniature dans le bassin du jardin du Luxembourg.

L'hiver à Paris, l'allée des Cygnes couverte de neige rappelait la Pologne à Helena. Elle ne pouvait s'empêcher de le répéter.

« Tu vois, ici, sous les flocons, c'est comme là-bas. Regarde, comme c'est beau, cette blancheur immaculée qui glisse entre les arbres. Regarde cette perspective longiligne et toutes ces traces laissées par les passants dans la neige. N'est-ce pas joli ? On dirait un tableau de Wyspiański.

— Un tableau de qui ? » s'étonnait Aniela qui n'avait jamais entendu ce nom.

Pour être allée régulièrement au Louvre le dimanche après-midi par temps de pluie, elle connaissait plutôt Michel-Ange, Vinci, Delacroix et Géricault, sans oublier les impressionnistes tels Renoir et Monet.

« C'est un peintre polonais qui nous intéresse beaucoup à la Bibliothèque, parce qu'il était aussi dramaturge.

— Qu'est-ce que c'est ?

— Il a écrit quelques pièces de théâtre dont une qui en dit long sur l'identité profonde de la campagne polonaise.

— Et comment est-elle, sa peinture ?

— Le peu que j'en aie vu est magnifique. Il a séjourné quelque temps à Paris, comme nous.

— Et il est retourné en Pologne ?

— Oui, c'était son pays.

— Comme nous !

— Pas vraiment.

— Je ne vois pas la différence. Nous sommes polonaises, non ?

— Oui, nous l'étions, mais grâce à notre naturalisation française nous resterons ici. Si tu savais comme la Pologne est pauvre et désolée, tu n'aurais pas la moindre envie d'y retourner.

— Il est reparti, lui. Pourquoi ?

— Je l'ignore. On ne sait pas grand-chose de sa vie. Il est mort jeune de maladie. C'est le cas de beaucoup d'artistes à son époque.

— Comme Modigliani ?

— Oui, en quelque sorte.

— Je n'aime pas la neige, avait conclu Aniela, c'est sale et c'est froid. Je préfère le soleil. Il y a du soleil en Pologne ?

— L'été, oui, un peu comme ici.

— Ah… je croyais… Je voyais la Pologne lumineuse, joyeuse et colorée, avec de la musique, du violon, de l'harmonica et de l'accordéon pour faire danser les jolies filles dans leurs robes à volants. C'est ce que tu me racontais quand j'étais petite.

— Ce n'était qu'une histoire pour t'endormir.

— Moi, j'y ai cru.

— Il y a une part de vérité dans tout ce que je t'ai raconté, ne l'oublie pas. »

Parfois, parce que Aniela avait grandi et qu'elle ferait bientôt la même taille qu'elle, elle s'imaginait cheminer auprès de sa jumelle, bras dessus bras dessous ou main dans la main, qu'importe. Cela se faisait tout seul. Il lui fallait alors redoubler de vigilance pour ne pas prononcer le prénom de sa sœur à la place de celui d'Aniela.

Une fois pourtant, c'était arrivé au retour d'une visite au musée d'Orsay. Elles marchaient sur la rive droite de la Seine quand une fausse note avait brisé la linéarité de leur balade.

« Quel tableau emporterais-tu à la maison, si tu avais le choix ? »

Comme aucune réponse ne venait, Helena avait insisté :

« Alors, Broni, dis, lequel prendrais-tu ?

— Broni ? avait relevé Aniela, les yeux grands ouverts. C'est qui, Broni ?

— Oh, mais tu as mal entendu, ma chérie. J'ai dit Ani... »

La voix d'Helena s'était avachie, lourde et vieille d'une souffrance enfouie. Et elle avait continué à déambuler en regardant le fleuve, regrettant que la tour Eiffel soit encore si loin alors qu'elle se sentait soudain si lasse. Aniela avait pesté à cause de ses chaussures devenues trop petites pour supporter une marche aussi longue.

Ce temps-là était révolu maintenant que les occasions de sortir de la maison se faisaient de plus en plus rares. La maison rose, c'est ainsi qu'elles l'appelaient. La maison rose sur les contreforts du lac du Bourget.

Ô temps ! suspends ton vol...

Lamartine était exaucé. Le temps s'étirait à l'infini et rien ne semblait pouvoir l'arrêter.

Rester libre

Charles Wróblewski aurait pu partir, lui. Il aurait pu revenir à Paris, trouver refuge chez ses parents et s'engager, mais il avait préféré rester avec Roman Kramsztyk qui ne pouvait plus quitter la Pologne. Le Français avait donc accueilli le Juif polonais chez lui jusqu'à ce que le peintre soit forcé de porter une étoile jaune au bras quelques mois avant d'être enfermé dans le ghetto. C'est là qu'il commença à dessiner les Juifs. Avant, ce n'était pas son sujet. Il ne se sentait ni juif ni rien d'autre qu'un artiste, ce genre de personne qui regarde et écoute en s'efforçant tant bien que mal de ne pas juger. Avant, sa peinture était plutôt classique, une œuvre constituée de natures mortes, de portraits et de nus, influencée par Cézanne. Il aimait à utiliser le couteau, limitant sa palette à une poignée de couleurs maîtresses. Les femmes âgées l'inspiraient autant que les étrangères ; les artistes aussi le fascinaient, il en faisait volontiers le portrait. Son œuvre se tissait au gré des visages qu'il croisait, au gré des paysages aussi. Une œuvre vivante et encensée, exposée à Paris, à Munich, à Barcelone. Il avait connu un succès rapide et rallié l'avant-garde polonaise avant de s'en détourner pour revenir à une peinture plus traditionnelle. C'était un homme en mouvement qui croulait sous les commandes et partageait sa vie entre la France et la Pologne sans se soucier de religion ou d'un quelconque sentiment d'appartenance à un pays. Un homme qui se croyait libre.

Le ghetto changea son angle. Ce ghetto pour les Juifs construit par les Juifs eux-mêmes. Là, il observa et se mêla à ceux dont il ne pouvait plus se séparer. Il dessina. Ne fit que dessiner dans une maison où il entreposa ses œuvres. Dessiner l'atrocité devint sa mission. Il était pressé, pressé de reproduire avec le plus de réalisme possible le destin brisé d'un peuple sacrifié. Sa mère était morte en juillet 1939, il y pensait, c'était pour régler sa succession qu'il s'était retrouvé là, pris au piège, fait comme un rat au lieu d'être à Paris. Qu'importe, il avait son rôle à jouer. Il dessina et fit passer ses esquisses de l'autre côté du mur, à Charles qui lui glissait un peu de nourriture et à une certaine Maria en planque du côté aryen. Il dessina, pressentit le pire à venir, vit l'effectif se réduire, les corps s'amonceler, la mort frapper sans relâche. Il dessina autant que possible avant de disparaître. Il le sentait. Comment réchapper à une horreur pareille ? Créer dans l'attente du pire, et laisser une trace. Croire n'était pas son sujet, mais témoigner lui semblait essentiel. Il dessina. C'était sa manière de prendre part à la guerre.

Sous son manteau, Charles dissimulait une pochette remplie des dessins de Roman lorsqu'il croisa un collègue en face du château royal.

— Leonard vient d'être libéré, lui murmura le professeur, la main sur la bouche. Il faut le retrouver et le remettre en selle au plus vite. Nous ne sommes pas de trop, tu le sais autant que moi. Les pertes sont énormes…

Charles blêmit, douta et n'osa croire à cette résurrection qui tenait du miracle. Des sentiments contraires le débordèrent.

Leur place à eux, dans la guerre, c'était l'Éducation clandestine. L'arrestation de Leonard avec l'ensemble des professeurs convoqués par le recteur dans la salle 66 du Collegium Novum de l'université Jagellonne, le 6 novembre 1939 à midi, n'avait fait que les conforter dans leur mission. Dans un premier temps, Charles avait fait partie des groupes de protestation contre cette opération de grande envergure. Son nom de code : *Sonderaktion Krakau*. Elle visait à l'élimination des têtes pensantes polonaises. Sur ordre du SS Bruno Müller, 183 innocents furent déportés indifféremment dans les camps de Sachsenhausen et de Dachau. Leonard en faisait partie. La nouvelle était arrivée très vite à Varsovie. Après la sidération, les enseignants, les étudiants et leurs assistants, se sentant menacés, décidèrent de fuir les universités qui ne tardèrent pas à être bombardées. Se sachant fichés, ils redoutaient une nouvelle opération qui allait frapper 30 000 intellectuels, artistes et politiciens polonais des grandes villes à partir de la fin mai de l'année suivante. Varsovie, Łódź, Lublin, Cracovie. L'élite polonaise fut emprisonnée avant d'être déportée dans différents camps parmi lesquels figurait le nouveau camp d'Auschwitz. Certains furent exécutés dans des forêts. Les nazis orchestrèrent ce massacre, mais les Soviétiques n'étaient pas en reste, qui fomentèrent l'assassinat de 22 000 officiers polonais à Katyń et ailleurs. Des rumeurs circulaient, la vérité serait connue plus tard, par bribes, toujours entachée de zones d'ombre. La Pologne était un cavalier sans tête qui traversait la forêt à pas de géant. Charles pressentait le pire, mais il était français, donc protégé. Il se cachait pourtant, parce qu'il était un intellectuel au même titre que tous ceux qui étaient réduits à néant.

Lorsqu'il prit conscience que Leonard était toujours vivant, il ressentit un étrange malaise. Il suffoqua, perdit le souffle, le corps incandescent. Il douta encore, n'osa y croire vraiment, l'espérait tant. Son homologue lui répéta que le professeur avait été libéré le 8 février 1940 parce qu'il avait plus de quarante ans. Les autres y étaient restés. La protestation internationale en avait sauvé une centaine, 101, exactement. Mais qu'avait fait Leonard depuis sa libération ? Pourquoi n'avait-il pas donné signe de vie, avant ?

On disait qu'il était revenu mutique et que sa maigreur n'avait rien d'aussi inquiétant que ses yeux exorbités.

Charles voulait le voir.

Leonard ne voulait plus voir personne. Il dormait sans fin dans l'étable d'une ferme perdue quelque part près de Łódź.

— Les campagnes ne sont pas sûres, dit Charles qui avait entendu parler des villages pillés, dévastés, incendiés.

— Au point où il en est… répliqua son informateur qui tenait ses renseignements d'une source qu'il refusa de nommer.

Charles partit dès le lendemain, rejoignit son ami, le ramena avec lui à Varsovie. Il allait s'en occuper, le nourrir, lui faire la lecture, le réanimer. Le professeur, méconnaissable, ne réagit pas en le voyant mais ne refusa pas de le suivre. Même si retourner à Varsovie était dangereux, Charles préféra prendre ce risque plutôt que d'abandonner Roman.

Il se disait que d'autres intellectuels avaient été arrêtés partout ailleurs dans le pays qui ne reviendraient pas. Comme au temps des partitions de la Pologne, il fallait sauver la culture polonaise grâce à l'Université volante et Leonard devait y contribuer. Charles le lui répéta jusqu'à ce qu'il sortît de sa torpeur, ouvrît des yeux vivants et prononçât une parole.

Moment de grâce durant lequel Charles resta bouche bée. Des larmes lui montèrent aux yeux qu'il s'efforça de refouler. Le temps n'était plus à la sensiblerie mais au combat. Il fallait résister et tenir jusqu'à la fin de la guerre qui, comme toute guerre, s'achèverait.

— Que restera-t-il de la Pologne ? demanda Leonard d'une voix enténébrée.

— Il restera ton travail et, avec lui, l'âme de notre pays afin de le reconstruire à notre image.

Pour Leonard, l'avenir se cantonnait à un long tunnel obscur qui ne débouchait sur aucune lumière. Entre deux cours dispensés à la sauvette, il chroniquait les dessins de son ami parqué dans l'enceinte inhumaine du ghetto. Il décortiquait les modes d'expression de la faim, du froid, de la maladie et de la mort. Il autopsiait la peur, la désolation et la détresse qui suintaient de chaque trait qu'il imprimait en noir sur des supports de plus en plus aléatoires.

Roman dessina beaucoup, ne fit plus que cela, privé de tout le reste. Ce fut en dessinant qu'il mourut, atteint d'une balle tirée par un milicien ukrainien de la SS. En août 1942, on liquida le ghetto et il s'écroula sur ses dessins. Il avait fait son œuvre.

La mort de Roman replongea Leonard dans un silence d'outre-tombe et les suppliques de Charles n'y changèrent rien. Il se renferma et ne songea plus qu'à achever l'étude des dessins de son ami. Une fois ce travail fait, relu et vérifié, il cessa de boire et de s'alimenter. Il en avait vu assez.

Anéanti par la perte de ses deux plus chers amis, Charles songea à retourner en France. Il ferait passer les dessins du peintre à l'étranger et témoignerait de ce qui s'était produit dans les villes de Pologne quitte à renoncer à l'Université clandestine. Mais l'entreprise était trop périlleuse, aussi patienta-t-il dans un local épargné par les bombardements.

Il transmit son savoir comme d'autres tiraient des balles.

Pour rester libre.

L'esplanade bordée de platanes

La guerre prit fin sans qu'Aniela ne sût ce qui se passait à la cave. C'était la seule condition émise par Helena lorsque Darek lui avait confié sa première mission.

Un soir, elle prit le relais de Marthe et du gardien, alla chercher une mère et ses fils en transit dans la forêt. À son retour, Darek l'attendait à la fenêtre. Lorsqu'il la vit enfin caler la trappe de la cave et la recouvrir d'un bac à fleurs, il tira les rideaux et se précipita dans le vestibule.

Helena poussa la porte sans bruit, rentra dans la maison et ils échangèrent un regard furtif empreint de soulagement. Mme Wróblewska brodait dans le salon au pied de la cheminée, Aniela dessinait assise à la grande table. Helena s'installa dans un fauteuil. Plus calme et sereine qu'elle ne l'aurait imaginé, elle fixa le feu qui dansait avec ardeur. En Pologne, les flammes étaient prisonnières du poêle, on ne les voyait qu'en plongée, jamais de face. L'image de la mère agrippée à ses enfants qu'elle venait de secourir raviva le souvenir de Broni et la scène se mit à redéfiler dans son esprit. La marche nocturne dans la forêt, puis le long du grand chemin avant de rejoindre la propriété des hauts du lac. Les enfants avaient été les premiers à passer sous la trappe, la mère avait suivi, chancelante et maladroite, encombrée par sa longue jupe en lambeaux. Elle avait accepté de confier ce qu'il lui restait de bagage à Helena, presque rien, noué dans un simple drap. D'où venait-elle ? Quelle était son histoire ? Il n'était pas question de l'interroger, mieux valait se taire, ne rien savoir et laisser à Darek le soin d'organiser le reste. Chacun son rôle, sa place et sa discrétion de rigueur. Autant de contraintes qui n'en étaient pas pour elle. Au moment de disparaître sous la trappe, la réfugiée avait remercié Helena en français. Un *merci* qui sonnait d'ailleurs. Proche de celui qu'elle-même prononçait à son arrivée en France. Elle se revit quelques années en arrière, pensa à Antoni qui lui avait tendu la main, lui apprenant les codes pour s'intégrer au plus vite. C'était toujours une affaire de rencontres et de liens qui se tissent, avait-elle pensé. Une vie ne tenait bien souvent qu'à cela.

Si Helena avait écouté ses besoins, elle se serait jetée sur Aniela pour l'embrasser et la serrer dans ses bras, après ce qu'elle venait d'accomplir. Elle savait le risque qu'elle avait pris. Il fallait pourtant se contenir, ne rien laisser paraître. Alors, elle s'imagina près de sa sœur, se persuada qu'elle était vivante et lui raconta ce qu'elle avait fait ce soir-là et qu'elle recommencerait tant que cette guerre durerait. Elle avait cette force, parce que en sauvant ces enfants, c'est un peu d'Aniela qu'elle sauvait aussi, un peu de Szymon et un peu de tous ceux que les nazis et autres fous ne jugeaient pas dignes de vivre.

Mme Wróblewska brodait deux mésanges sur une branche. Il arrivait à Helena de se demander si elle ignorait vraiment ce qui se passait en bas ou si elle fermait les yeux car elle avait toujours un peu l'air de faire semblant de n'être au courant de rien. Darek la pensait sans doute trop susceptible de s'attacher aux pauvres fugitifs et surtout dans l'incapacité de mentir à la Gestapo si celle-ci venait à débarquer. Mieux valait ne pas prendre de risques et s'appuyer sur ceux qui s'étaient portés volontaires pour résister. Si cacher des Juifs les mettait en grand danger, ils n'en tiraient aucun mérite car c'était le moins qu'ils pouvaient faire, se sachant eux-mêmes à l'abri, respectés et encore suffisamment influents pour ne pas être inquiétés par la gendarmerie.

La tendance était au repli. On sortait peu pour éviter les mauvaises rencontres. Il arriva cependant à Aniela de réclamer une promenade de manière si pressante que le chauffeur daigna la déposer au débarcadère à Saint-Pierre-de-Curtille avec Helena. Là, elles purent enfin voir le lac et prendre l'air tout en marchant sur l'esplanade bordée de platanes.

— Tu te souviens, dit l'adolescente, on se croirait sur l'allée aux Cygnes, la tour Eiffel en moins, malheureusement. Oh ! Comme Paris me manque, tout beau que soit le lac !

— À moi aussi, mais nous y retournerons bientôt. Lorsque la guerre sera terminée, nous retrouverons notre quartier de la Muette et reprendrons nos marches le long de la Seine.

Sans trop y croire, Aniela haussa les épaules en soupirant.

Au centre du lac, elles aperçurent le bateau qui faisait la traversée jusqu'à l'abbaye de Hautecombe et s'arrêtèrent pour le regarder s'approcher de la rive.

— Tiens, la prochaine fois, nous pourrions embarquer, nous aussi, naviguer et visiter l'abbaye. Qu'en penses-tu ? demanda Helena d'une voix enjouée, comme si soudain, la pesanteur de la guerre était éclipsée.

Aniela ne répondit pas tout de suite, absorbée par d'autres pensées, d'autres inquiétudes. Durant cette longue période de troubles, elle ne songeait plus qu'à rejoindre la Pologne qu'elle assimilait à un pays de cocagne. Ce n'était pourtant ni le lieu ni le moment de revenir aux sujets qui fâchent. Elle avait donc abondé dans le sens de sa protectrice, soutenant qu'elle serait ravie de traverser le lac et de visiter l'abbaye, mais sa voix était comme voilée et des larmes tambourinaient à ses paupières. À force de se censurer, sa tristesse prenait le pas sur la vie et ses désirs contrariés la rendaient froide et distante, susceptible autant que désabusée. Quand elle franchit le cap des dix-huit ans, elle cessa de réclamer de sortir de la maison rose et se contenta de lire et de coudre pour oublier que son adolescence se résumait à cinq longues années confinées à la campagne, sans vie, sans camarades et sans lycée.

Un an plus tard, la guerre prit fin en France, comme ailleurs. Un matin, certains hommes purent enfin sortir de leur tanière sans crainte d'être exécutés, arrêtés ou déportés. Beaucoup partirent loin, certains restèrent. Tous voulurent oublier et reconstruire sans penser à se reconstruire eux-mêmes. Ce serait donc le travail des générations à venir.

La Tanière du loup

Il se disait qu'une usine chimique poussait et prenait de l'ampleur au beau milieu de la forêt. Des chênes multiséculaires avaient été abattus, des tilleuls, des pins et des bouleaux avaient été rasés afin d'utiliser les troncs pour une voie de chemin de fer. La construction de l'usine requerait du matériel et des hommes. Il se disait que les arrestations servaient à cela. À capturer de la main-d'œuvre. Et Szymon, qui avait appris à connaître par cœur son territoire, croyait savoir y échapper.

Depuis plus d'une quinzaine d'années, il arpentait le pays aux mille lacs, été comme hiver, seul sans l'être jamais. Il lui était arrivé de croiser des filles sur le chemin, parfois de belles filles nues au bord des lacs, batifolant ensemble à la belle saison. Il détournait les yeux, pensait à Bronisława et à son enfant. Le temps n'avait aucune prise sur eux. Broni restait intacte dans sa mémoire, figée, éternelle. Il sentait la chaleur de sa peau contre la sienne, son ventre plein, leurs orgasmes silencieux. Après l'amour, ils étaient trempés de sueur, ivres d'un désir sans cesse renouvelé. Il l'aurait cousue à sa peau, léchée, mangée, dévorée. Ses formes fermes et rondes, ses cheveux d'or, ses yeux saphir. Il la recomposait dans son esprit, l'invitait près de lui, au plus près du feu de bois qu'il improvisait à la tombée de la nuit, à l'heure où les grenouilles chantaient plus fort. L'eau clapotait, les joncs frissonnaient. Il pensait à elle, encore… Elle venait à lui et ils faisaient l'amour. Il jouissait de l'évoquer, répétait son prénom, passait sa main calleuse dans sa chevelure, lui murmurait à l'oreille des étreintes de feu. Oubliant l'enfant, ne laissant de place qu'à leur couple. Prisonniers l'un de l'autre.

Un jour, il avait failli. Failli monter dans la carriole d'une fille croisée en lisière d'un champ de coquelicots. Elle tenait ferme la bride d'un cheval trapu, se dressait droite et fière, une couronne de fleurs dans les cheveux.

Elle s'était arrêtée pour lui proposer de monter, sans qu'il comprenne pourquoi. À l'instinct peut-être, ou à cause de la chaleur de cet après-midi-là et de la longue route qu'il suivait pour rejoindre la ville la plus proche.

« Montez ! La chaleur est insupportable ! Je vous emmène à Mikołajki. »

C'était avant la guerre. Elle lui avait parlé en allemand et il avait répondu dans la même langue. En Mazurie, l'allemand était devenu la langue obligatoire dans les écoles depuis plus d'un siècle et la culture germanique avait étouffé la culture polonaise sans l'annihiler pour autant.

Un instant, il avait cru voir Bronisława. La jeunesse de la fille, la blondeur de ses longs cheveux, le vermillon de son sourire, mais la peau était moins rose et le teint plus terne, la voix râpeuse et les lèvres trop ourlées.

Il l'avait remerciée.

« De quoi ? Vous montez alors ? »

Il l'avait remerciée de la proposition, mais ce merci était un refus. Il préférait marcher.

« Sous ce soleil de plomb qui assèche les blés, vous êtes un fou, mon pauvre ! Tant pis pour vous ! » avait-elle lancé, donnant un coup de fouet à la bête.

L'attelage avait disparu dans un nuage de poussière et il s'était senti vidé. Encore un espoir déçu ! Parfois, il s'imaginait la revoir, croyait que la vie allait les réunir, mais la route était longue jusqu'à Nowa Wieś, une route d'autant plus semée d'embûches depuis que la guerre labourait les terres alentour.

Il n'y avait pas eu d'autres femmes pour remplacer Broni. Il avait imaginé quitter le paradis bleu des lacs de Mazurie pour retourner à l'ouest de Varsovie et marcher jusqu'au village. Il se serait caché, l'aurait regardée de loin dans la forêt, prêt à demeurer dans l'ombre plutôt que de lui faire du tort, mais il avait promis.

Lorsque la guerre se fit de plus en plus ravageuse et meurtrière, Szymon cessa d'éprouver du désir, sa gorge se noua et le sommeil se dissipa. Il se disait que les nazis considéraient les Polonais comme des parasites, une race inférieure au même titre que les Juifs. N'était-il pas les deux ? Doublement menacé lui-même, il pensait encore à Bronisława. Qu'adviendrait-il d'elle si Andrzej était envoyé au travail forcé avec les enfants ? Puisqu'il fallait des travailleurs, on raflait des Polonais dans les rues, au marché, à l'église, dans les wagons des trains, aussi bien dans les villes que dans les villages. On les arrêtait pour les déporter en territoire allemand dans les usines ou les camps de travail. Szymon avait failli partir souvent, mais le risque était devenu encore plus grand lorsqu'il avait entendu dire que les Juifs étaient déportés non pas pour travailler mais pour être exterminés. N'était-il pas, pour cela aussi, doublement menacé ? Il fallait se faire oublier jusqu'à ce que tout cela cesse. Continuer à vivre de sa pêche. Alors, il avait pris la route des lacs en partant de Łuknajno dans le but de rejoindre la petite ville de Mikołajki où il avait été bien en peine de trouver le nécessaire dont il avait besoin. Surtout, il avait été surpris, en plus de la pauvreté mordante, de retrouver une ville presque déserte, privée de ses hommes et de ses jeunes enfants. Emmenés là-bas, disait-on, chez les Allemands.

— Ils veulent effacer leur mémoire, les germaniser. Ils les déplacent au Reich par milliers… Ici, c'est la misère, mais on ne doit rien céder de ce qui peut encore être sauvé de la Pologne. Il faut résister.

Szymon se souvenait qu'autrefois, sur son passeport, il était de nationalité juive avant que d'être polonais et, à force d'être prisonnier d'une guerre qui semblait ne jamais vouloir en finir, il avait l'impression de n'être plus rien d'autre qu'un pauvre pêcheur errant, pleurant son amour perdu. Le reste lui importait peu.

Il poursuivit sa route au nord, remontant la rive du Jezioro Tałty jusqu'à Ryn. Là, il demeura quelques jours entre les roseaux, sans faire le moindre feu pour passer inaperçu. Puis, il remonta de lac en lac, suivant toujours le nord. Après, il redescendrait par l'autre rive et ainsi de suite, persuadé d'être en sécurité s'il ne passait jamais deux nuits au même endroit. Un matin, pourtant, il se fit repérer par un groupe de soldats planqués dans un bosquet. Armés de fusils, ils encerclèrent Szymon qui se laissa prendre comme un gardon.

À leurs insignes, sur le manteau et la casquette, il sut qu'il se trouvait face à des soldats allemands.

Inutile de se débattre. Il était sans défense, juif, mais il parlait allemand, alors il fut fait prisonnier.

Bientôt, on l'emmena plus au nord, dans la forêt, loin des lacs.

Il roula dans un fourgon, les yeux bandés, les mains nouées.

On le fit descendre à coups de trique, il tâcha de ne pas se montrer faible et de marcher sans tituber.

Il n'était pas le seul. Tous se suivaient ainsi, sur le chemin de terre bordé d'arbres centenaires.

Les futaies s'élevaient à perte de vue. On les faisait avancer de plus en plus vite sous les insultes, des fusils pointés dans le dos.

Après, on les entassa dans un bloc en pierre. Ils furent lavés, rasés, récurés, dépouillés. On leur donna des vêtements sommaires et ils furent mis au travail. Du matin au soir, il fallait tailler les pierres et les assembler pour construire un bâtiment dont ils ne connaissaient pas l'usage. Avec le temps, Szymon finit par s'imaginer qu'il travaillait peut-être à la construction de l'usine chimique dont il avait maintes fois entendu parler.

Personne n'osait poser de question. Parler, c'était mourir vite fait. Un coup de feu, et l'affaire était réglée. Certains s'étaient rebellés, aussitôt éliminés. Szymon avait compris qu'il valait mieux se taire. Pour tenir, il pensait à Broni. Quand tout serait fini, il irait la chercher… En attendant, il taillait des pierres, mangeait sa ration en silence avant de s'écrouler sur une paillasse, des corps endormis tout autour. Lui ne dormait pas. La promiscuité le révulsait. Il fermait les yeux comme on entre en prière, pour séparer l'esprit du corps et se retrouver au plus près de soi-même. Il se voyait au bord du fleuve, un barbeau dans sa nasse. Un léger vent frais lui caressait la peau du visage, soulevait les poils de ses bras et dans le lointain, le murmure des feuilles, le coassement des grenouilles, le cri indéfini des bêtes sauvages, cri de bison peut-être, composaient une mélodie digne d'un concert. Les yeux clos, l'oreille bercée, il voyait Bronisława et la petite Aniela. Comme autrefois, la mère et l'enfant, ses deux amours.

Une nuit pourtant, Szymon revint brusquement à la réalité. Une bagarre venait d'éclater dans le dortoir. Les deux hommes avaient commencé à s'insulter avant d'en venir aux mains. L'un accusait le second de lui avoir volé son quignon de pain. Les autres s'étaient mis à regarder, comme au combat de boxe, tandis que Szymon restait en retrait sur sa paillasse. Une arcade sourcilière avait explosé, ça pissait le sang, mais ça continuait à cogner, la rage au corps. Ça cognait même de plus en plus fort sans que personne n'arrête l'escalade parce que ça faisait du bien de régler ses comptes entre soi, d'égal à égal, de prisonnier à prisonnier. Ça faisait tellement de bien que les prisonniers se répartirent en deux camps et se mirent à hurler.

— Vas-y, gars, cogne, plus fort, plus fort…

Ils n'avaient plus de nom depuis longtemps. On ne retenait pas l'identité de celui qui pouvait être mort quelques instants plus tard parce qu'il avait fait un pas de travers.

— Vas-y, gars, cogne, défonce-le !

Et Szymon aurait voulu devenir sourd, perdre la vue et sentir son âme quitter son corps pour s'envoler comme les cigognes décollent de leurs nids. Elle serait sortie, là, quelque part, en dessous de la poitrine. Du côté droit. Et son corps sans désir depuis trop longtemps serait resté sur place, vide et inutile. Enfin tranquille.

Ça cognait, ça dégoulinait. Les poings à vif, les visages désarticulés, le souffle court…

— Vas-y, gars !

Un coup de pied dans la porte, trois SS armés de fusils, les boxeurs empoignés. Les deux camps dissipés. Les corps en transe se sauvent à toute vitesse tandis que les boxeurs, à bout de forces, sont traînés au sol par le col et jetés dehors comme de vulgaires vauriens. On les fait ramper par terre sur une dizaine de mètres, des coups de bottes dans les côtes. Un soldat allemand tire une balle dans une jambe, un autre fait de même dans une autre jambe, et ils rient.

— Allez, bande d'abrutis, plus vite.

Ils rampent, une jambe en sang, le visage en sang, le corps en loque.

On leur dit de se lever, ils retombent.

Les trois bourreaux les regardent tels des débris à leurs pieds.

— Espèce de loques ! Feu ! hurle le plus gradé.

Les deux autres tirent.

Une balle dans la tête pour chacun.

Silence, seuls les bruits de bottes résonnent encore, un peu amplifiés par le mutisme religieux du dortoir. Un homme pleure à l'intérieur, sans bruit, c'est Szymon. Les autres se recroquevillent comme des asticots sur leurs paillasses, les mâchoires tremblantes. Personne ne dort, mais tous se taisent.

Après cela, Szymon ne peut plus penser à la Bronisława d'autrefois. Pour la première fois, il se dit qu'elle a peut-être reçu une balle dans la tête, elle aussi. Il se réveille sans avoir dormi. Il compte. 1944. Voilà, la guerre a commencé depuis cinq ans et semble sans fin. Chaque jour qui passe est une chance de plus d'être tué ou une grâce de plus d'être encore en vie, mais à quel prix ? Il compte. La dernière fois, c'était en 1926, au carrefour, dans la forêt, sous le saule. Il compte, soustrait, recommence. Ce n'est pas possible. Dix-huit ans, sa fille a dix-huit ans et les enfants de Bronisława sont peut-être morts au combat. Les fils mobilisés forcément, reste Ewa, la petite Ewa, trois ans de plus qu'Aniela. Vingt et un ans. Il compte. Ouvre les yeux. Du temps qui passe, il ne voulait rien savoir avant, il voulait vivre dans la lenteur d'une nature pour qui le calendrier se résume à quatre saisons et rien de plus. Dix-huit ans, dix-huit cycles et autant d'étés et d'automnes et d'hivers avant de voir refleurir le printemps, monter la sève… Lui n'en a plus. Depuis quand ? Le bébé est devenu femme et lui est devenu vieux. Vieux sans avoir vécu, vieux sans avoir fait l'amour. Il compte, son âme flotte au-dessus de son corps. Il pense à la mort, il pense à Bronisława, au corps jeune de Bronisława, à ses petits seins fermes, à ses cheveux d'or, à ses lèvres de feu et à sa langue ancestrale. Un baiser, un seul, et puis mourir, qu'importe. Il ne dort pas de la nuit. La guerre pourrait être éternelle, il veut fuir, tenter le tout pour le tout. Il profitera de la moindre opportunité. Son regard sera celui du faucon. Si la guerre touche à sa fin, ils seront massacrés avant la retraite de tous ces nazis, il le sait. Ne pas laisser de traces… Que construisent-ils avec ces pierres ? Une usine chimique ? Probablement pas. Il a vu le défilé des voitures noires traverser la futaie de pins. Il a vu les casquettes à visière de la Waffen SS sur les têtes des hommes à l'arrière. Des hauts gradés. Pas comme ceux qui les matraquent à longueur de journée. Ceux-là sont d'un autre ordre. Ils ont du galon, ils sont importants. Ce sont ceux qui tuent le plus sans toucher une arme. Ceux qui donnent les ordres, assis le dos renversé dans un fauteuil, un gros cigare fourré dans le bec.

Szymon observe vite, l'œil rompu à l'exercice comme tout bon pêcheur. Il attend, embusqué et silencieux. Il attend l'instant propice pour s'échapper.

Et le moment vient. Une explosion. La panique.

Plus tard, il saura que le Führer en personne se trouvait à quelques mètres de lui pendant plusieurs mois. Il apprendra qu'à défaut d'usine, c'était la Tanière du loup qu'on construisait en plein cœur de la forêt primaire. Un campement de plus de deux kilomètres carrés avec des bunkers aux murs épais de six mètres. Le repaire de Hitler, son quartier général. Deux cents bâtiments pour deux mille hommes et une poignée de femmes.

À ce moment-là, Szymon l'ignore et peu lui importe. Il profite du chaos pour se faufiler dans les herbes hautes qui jouxtent la barrière d'entrée. Il passe juste après le départ de Claus von Stauffenberg qui vient de déposer une bombe dans un bunker censée anéantir le Führer. Mais ce dernier n'est que blessé, quatre autres sont tués, et Szymon s'échappe. Il rampe dans les herbes hautes longtemps, aussi longtemps que possible pour se relever quand plus personne ne risque de le surprendre. Il attend la nuit, se lève et reprend vie. Son corps est gorgé de sève et qu'on soit le 20 juillet n'y change rien. Il porte en lui le bourgeon de sa nouvelle vie.

À l'ouest, il court. Se nourrit de ce qu'il trouve, caresse l'écorce des arbres centenaires, écoute le chant des oiseaux, s'abreuve aux lacs et aux rivières, reste à l'abri, à l'affût. Il s'éloigne de la Tanière du loup avec la ferme intention de retourner à son point d'origine. Nowa Wieś…

Les kilomètres, il les parcourt à pied. À qui faire confiance à présent ? Qui sont les Allemands, les Russes, les Polonais, les Juifs ? Qui est qui dans ce monde qui s'entretue ? Bronisława sera Broni, la seule entre toutes. Il ne pense qu'à elle et marche sans bruit pour passer inaperçu.

« Les Juifs, on les déporte et on les crame », il a entendu.

Les rails qui tailladent le pays, c'est pour augmenter la cadence des Juifs assassinés.

Quelques mots murmurés dans le dortoir par les nouveaux arrivants venus remplacer les travailleurs exécutés comme les boxeurs, les travailleurs malades et affamés, les travailleurs disparus du jour au lendemain, déportés ailleurs et sans raison connue.

Il marche en sourdine. Il est juif. Les trains lui font peur. Il est polonais. Les Russes lui font peur. Il est un homme. La mort lui fait peur. Il s'échappe au cœur des forêts de la Pologne démembrée. À l'approche de Varsovie, le paysage lui devient plus familier. Il se souvient de la charrette qui l'avait emmené. Toutes les charrettes sont suspectes à présent que les Polonais ont été remplacés par des Allemands.

La traque est incessante. Il chasse. Sa nourriture autant que l'ennemi. Partout, il mitraille du regard et se faufile.

Bientôt, il reconnaît la campagne du sud de Łódź. Le voilà revenu chez lui. Il se retient, reste tapi, son cœur bat plus vite. Il est un homme, il a peur. Il espère aussi. Son allure ralentit à mesure qu'il se rapproche du grand saule.

Son corps se ranime. Dix-huit ans. Les lèvres de Bronisława tout contre ses lèvres. Elle n'aura pas changé, il le sait. Elle sera la même et dix-huit ans ne sont rien quand sonne l'heure des retrouvailles.

À l'embranchement des deux sentiers, il se souvient.

Le dernier baiser.

Elle lui avait parlé d'Aniela. De la beauté d'Aniela, sa fille…

Il sait le chemin de leurs étreintes secrètes. Il n'a pas oublié.

Le désir l'étreint. Le prend à la gorge.

Il pourrait courir.

Ce n'est pas loin.

C'est là, juste là, à quelques centaines de pas. La maison de Bronisława.

Il doit tergiverser, approcher sans se montrer.

Il décide de patienter là où ils se sont aimés, dans le lit de la forêt, le long d'un tronc allongé par terre qui est encore presque le même. L'écorce s'est détachée, du lichen s'y est greffé, mais leur alcôve demeure intouchée, vierge et éternelle. C'est un signe que rien n'a changé.

La nuit tombe lentement, trop lentement. Il regrette d'être en été, mais pour s'aimer, quoi de mieux ? Il veut l'attirer là. La déshabiller, la caresser et s'oublier en elle. Là, et que tout s'arrête s'ils ne peuvent pas vivre ensemble.

Il attend… Compte les minutes, guette la première étoile.

Il est temps.

Le chemin, il le connaît, le grand chemin qu'il ne prendra pas. Il cherche un sentier dérobé qui le mène à la maison de Bronisława, mais il ne la voit pas. Il tourne autour sans jamais la trouver. La nuit est trop noire, les étoiles ne brillent pas assez.

Il rôde, cherche une autre voie.

L'aube peine à venir. Il compte les minutes. Reprend au point de départ. Le sentier de l'enfance, de sa maison à lui, il ne l'a pas oublié. Il se faufile dans les derniers replis de la nuit. Sa maison, il ne la trouve pas non plus. Il n'y a plus rien qui tienne, plus de village. Il n'est pas à Nowa Wieś. Il s'est trompé, trop impatient ou trop fatigué. Il n'y a que des ruines ici. Des ruines et rien d'autre qu'une pauvre terre désolée que l'été illumine.

Une dame très âgée marche sur la route, une poule sous le bras. Elle chante, la voix éraillée. Elle chante un air que Bronisława lui chantait autrefois…

Juste le début, elle le répète.

Le reste, elle ne s'en souvient plus.

Dwa serduszka cztery oczy, oj o joj

Co płakały we dnie nocy, oj o joj

Elle porte un fichu sur la tête, sa peau plissée tombe comme des larmes et son corps a la maigreur d'un fil de fer.

Il sort de sa cachette.

Se dirige vers elle.

Elle sursaute, lâche la poule qui s'enfuit.

— Pardon, madame, dit-il, je suis Szymon, Szymon Zolty, le fils de Daniel et Elka, les commerçants de Nowa Wieś. Ne craignez rien.

Elle suffoque.

— Ma poule ! Ma poule ! grince-t-elle en vacillant.

— Je vais la chercher, rassurez-vous. Je vais m'en occuper.

Il sait que sans la poule il n'en tirera rien, alors il louvoie vers le volatile et l'attrape par le cou sans l'étrangler.

La poule revient sous l'aisselle de la *babcia*.

— Szymon Zolty ?

Il répond oui, en polonais.

— Il n'y a plus personne ici. Tout a été détruit.

Elle se met à pleurer, lâche la poule qui détale à nouveau.

Szymon la rattrape au vol, la laisse pendre, la tête à l'envers, les doigts serrés autour de ses pattes.

La vieille dame s'affaisse sur le sol. Hurle et gémit.

— Morts, ils sont tous morts, en une nuit.

— Et Bronisława ?

— Oh, ma fille ! Ma pauvre Broni…

Sa voix se brise. Le visage contre le sol, elle pleure.

Il lâche la poule, la laisse filer, aide la vieille dame à se relever. Ce n'est autre que Leokadia qui sanglote à ses pieds.

Le fichu a glissé, il caresse ses longs cheveux blancs tressés. Plié sur elle, il pleure avec elle, sans qu'une larme ne s'écoule de ses yeux. Le vide a la profondeur de ce moment qui s'étire sans qu'il en prenne encore la mesure.

— Je n'ai plus personne, se lamente-t-elle, tous mes petits-enfants sont morts et mon adorable Broni aussi. Je n'ai plus rien à faire sur cette terre.

La poule a disparu. Il n'y pense plus, Leokadia non plus.

D'un geste d'une infinie compassion, il lui prend la main et la relève centimètre par centimètre.

Ils sont deux chagrins errant dans la campagne.

Du sang et des larmes

Par le bras, il la maintenait debout, ajustant son pas à l'étroitesse des foulées de Leokadia. Pour la première fois depuis longtemps, il cheminait à découvert et parlait polonais. Deux risques majeurs qu'il s'engageait à prendre pour soutenir la *babcia* et la ramener chez elle.

Lorsqu'il se retournait afin de s'assurer que personne ne les suivait, elle s'arrêtait, reprenait son souffle et disait qu'ils ne viendraient pas parce qu'il n'y avait plus rien à détruire ici. Que leur uniforme soit gris ou marron n'y changeait plus rien, tous avaient contribué à faire de Nowa Wieś table rase, semant la mort et la désolation.

— Il ne reste que quelques vieux, comme moi, et tout tourne à l'envers.

Elle reprenait sa marche d'une lenteur angoissante car ses paroles ne le rassuraient pas. Le danger était partout, il fallait rester aux aguets.

Bientôt, ils arrivèrent sur les ruines de la maison de la vieille dame qui se mit à pleurer sans daigner répondre aux questions de Szymon. Qui avait fait cela ? Quel ennemi ? Quelle couleur d'uniforme ? Il eut beau revenir encore par des biais détournés sur les circonstances de la mort de

Bronisława, Leokadia refusa d'en parler. S'il insistait, elle prétendait avoir oublié.

Elle pleurait, laissant déferler de grosses larmes sur ses joues striées de rides, des larmes qui restaient coincées entre les plis de la peau, pareilles à des gouttes d'eau sur un silex.

La maison Szablewski était en ruine, comme celle des Zolty, comme toutes les autres, et il comprit qu'un gigantesque incendie avait achevé de détruire le village, anéantissant toute preuve du pillage.

Leokadia poursuivit sa route et Szymon la soutint de plus belle. Elle marcha jusqu'à la maison de Mme Kutner réduite au strict nécessaire pour dormir et se faire à manger. Par la grâce du ciel, la demeure tenait encore debout, avec son toit et son potager capable de nourrir les quatre vieux qui vivaient là. Deux hommes et deux femmes. Ici regroupés avec quelques poules et une vache venue d'on ne savait où. Sans doute de la providence. Du lait, des œufs, à leur âge c'était assez, avec ce qu'ils allaient glaner aux alentours et leur menue récolte. L'été, c'était plus facile, mais l'hiver…

Elle le fit entrer. Les marches du perron avaient beau les mettre à l'épreuve, sans cette maison, ils auraient vécu dans une cabane de bric et de broc, alors ils avaient pris ce qui restait et s'étaient réunis afin de survivre ensemble.

Tout à coup, elle se mit à raconter, raclant dans sa mémoire un soupçon de clairvoyance.

C'était ici qu'ils s'étaient installés avant de raser le village. D'abord, ils avaient pillé les vivres et festoyé durant deux jours. Lorsqu'ils avaient quitté leur tanière, ils étaient ivres ou peut-être fous. Certains prétendaient que la veuve Kutner était morte d'une crise cardiaque au moment où ils avaient fait irruption dans sa maison. Sur le coup, effondrée par terre. Broni se trouvait à ses côtés à ce moment-là, avec

Ewa. Pendant deux jours, terrée chez elle, Leokadia les avait attendues.

— Et Andrzej ? Et les garçons ?

— On ne sait pas. On n'a pas vraiment su.

— Qu'est-ce qu'il se disait ? Que disait Broni de son mari, de ses enfants ?

— Rien, il ne fallait rien dire. Alors, on les disait morts, mais ils étaient dans la Résistance, comme tous les jeunes ici, même les Juifs. C'est tout.

Szymon se demanda si son frère était devenu résistant ou s'il avait été arrêté, raflé, déporté, assassiné... Il sonda Leokadia. Elle pleura. Tous morts, comme les autres. Tandis qu'elle était miraculeusement en vie, mais pour quoi faire ? Elle avait tout perdu, tout.

— Et Helena et la petite Aniela, que sont-elles devenues ? s'enquit Szymon dans un ultime élan d'espoir.

— De qui parles-tu ? Tous mes enfants sont morts.

— Ta fille, Helena, tu te souviens ? La jumelle de Bronisława ?

— La poule, tu as retrouvé ma poule, ma petite poule rousse, où est-elle ?

Il répondit que la poule était restée dans le bois et Leokadia se remit à pleurer. Une poule dans un bois par le renard se fait manger. Et elle voulut s'allonger, se reposer, dormir. Elle était si fatiguée. Tous ses enfants étaient morts et la poule rousse aussi. Il n'y avait plus personne, juste trois vieux pour lui tenir compagnie, dont elle ne retenait pas le prénom. Trois vieux qui allaient mourir bientôt de froid, de faim, de solitude car aucun soldat ennemi ne viendrait plus perdre son temps à Nowa Wieś, parce que de Nowa Wieś il ne restait plus rien.

Dans les jours qui suivirent, Szymon arrêta chaque homme qui passait sur le chemin. C'était devenu si rare qu'il avait fini par croire qu'il ne courait plus aucun risque.

Chaque fois, il posait la même question.

— Qu'est-ce qui est arrivé à Nowa Wieś ?

De cela, personne ne voulait parler et tous voulaient oublier.

— Tu es en vie, tu as de la chance ! martelait le paysan, et moi aussi ! Laisse passer le reste sans te retourner.

Il aurait pu parcourir à nouveau les bois, longer les rivières et se perdre dans les forêts. Il aurait fallu dormir à la belle étoile, vivre de la pêche et contempler les étoiles, mais le travail de forçat qu'il avait accompli dans la Tanière du loup l'avait tant affaibli qu'il n'envisageait pas de passer l'hiver dehors, dans la neige, la tempête et le froid. Il ne se voyait pas non plus abandonner Leokadia. Et surtout, il sentait la présence de Broni à ses côtés dans la maison de Mme Kutner, comme si elle était là, avec eux, toujours jeune et belle.

Alors Szymon resta auprès de la *babcia*, coupa du bois pour l'hiver et rénova la demeure pour les quatre vieux dont deux moururent à la fin de l'été. Un homme et une femme, à quatre jours d'intervalle qu'il alla enterrer dans la forêt, parce que le cimetière, lui aussi, avait été dévasté.

Leokadia ne pleura pas la perte de ses compagnons d'infortune. Elle les enviait, attendait son tour, ne réclamait plus que sa petite poule rousse.

Avec le temps, Szymon admit qu'elle avait perdu la raison et qu'il était inutile de lui poser la moindre question. Il l'écoutait délirer, s'inventer des histoires de pigeons, de poules et de peintre qui venait lui faire la cour au bord de la rivière.

« Il était beau, oh ! comme il était beau. Nous avons fait l'amour dans une clairière, vous savez ? »

Elle écarquillait les yeux comme une fillette, un drôle de sourire malicieux au coin des lèvres.

Szymon hochait la tête, sans jugement maintenant que Leokadia ne maîtrisait plus ni ses paroles ni ses souvenirs. Bientôt, elle ne maîtrisa plus son corps non plus et il redoubla de soin et d'attention. Il la lavait sans la regarder, la couchait, la levait, nettoyait ses draps souillés. Broni toujours à ses côtés.

Parfois, il lui demandait encore :

— Qu'est-il arrivé à Helena ?

Elle répondait :

— Qui ? De qui parles-tu ? Je ne la connais pas.

— Ta deuxième fille, la sœur jumelle de Broni, tu te souviens ?

— Va me chercher ma petite poule rousse, je veux l'embrasser. Et sache qu'il vaut mieux une poule que trois pigeons.

— Pourquoi trois pigeons ?

— Trois pigeons ?

Les jumelles auraient fait le lien avec la chanson, mais Szymon ne la connaissait pas. Il n'avait jamais eu accès aux souvenirs d'enfance de celle qu'il aimait sans relâche, toute absente et morte qu'elle fût à présent.

Un hiver de guerre passa encore. Un hiver blanc pour recouvrir la campagne dévastée d'un linceul immaculé. À Varsovie, c'était celui de la Grande Insurrection.

Par une nuit glaciale de décembre, le dernier partenaire de Leokadia, rescapé comme elle du grand incendie, rendit l'âme et Szymon regretta de ne pouvoir l'enterrer dans ces conditions. Le sol était gelé, alors il avait déposé la dépouille sur une charrette et s'était rendu dans la forêt la plus proche. Celle où les jumelles se promenaient autrefois. Il avança autant qu'il put, trouva une excroissance et se mit à ôter la neige à la pelle. Dessous, un amas de branches servit de cercueil au cadavre du vieillard anonyme qu'il recouvrit de la neige qu'il venait d'ôter. Au loin, il lui sembla entendre une voix retentir, une voix éraflée et plaintive qui hurlait.

Il revint vite, suivant la voix.

Leokadia criait pieds nus sur le perron de la demeure épargnée par le carnage.

— Helenka, Bronia, venez vite, répétait-elle, la petite poule rousse est revenue !

Elle mourut cette nuit-là et Szymon décida qu'à la fin de l'hiver, il reprendrait la route. C'était partir ou perdre la raison.

Le lendemain matin, il souleva le corps de Leokadia dans ses bras et l'emporta dans la forêt. Comme pour le vieillard sans nom, il avait ôté la neige, allongé la morte, redéposé la neige. Lentement, en récitant le Kaddish, comme s'il était son propre fils. Une prière catholique aurait été plus à propos, mais il n'en connaissait pas, alors il avait murmuré cette prière qui, sans qu'il le sache, était à l'origine du « Notre Père » enseigné par Jésus à ses disciples.

Il était rentré en suivant les sillons tracés par la charrette à l'aller. Le feu s'était éteint. La maison était vide et froide. Il s'assit sur une chaise, les yeux clos. Sa peau lui paraissait aussi dure et gelée que l'eau de la rivière. Il ne sentait plus rien maintenant que Leokadia avait disparu. Pas même la présence de Broni. On aurait dit qu'elles étaient parties ensemble.

L'hiver passa et quand vint le printemps, Szymon se surprit à rester à Nowa Wieś sans désir de migrer comme il l'avait autrefois décidé.

Le polonais lui manquait. Il avait envie de parler sa langue avec des gens d'ici, bien qu'il n'y ait plus personne. Il fallait aller plus loin, mais il se disait que là-bas, dans la région de Zamość, tous les Polonais avaient été expulsés pour être remplacés par des Allemands.

Ici, il était en sécurité. Aucun soldat d'où qu'il soit ne passait plus. Seul encore, parfois, un paysan et sa carriole, quelques mots échangés entre deux grands silences. C'est ainsi qu'il avait su que l'armée de l'intérieur avait libéré des Juifs prisonniers d'un camp allemand pendant l'insurrection de Varsovie. Il avait regretté de ne pas en être, de ne pas s'être engagé. Il aurait pu rallier une organisation juive, il en ignorait l'existence. S'il avait jusque-là vécu la guerre sans aller sur le front, c'était peut-être mieux ainsi. C'était son destin, sa chance d'avoir retrouvé Leokadia et de l'avoir accompagnée jusqu'au bout. Puisque la guerre n'était pas terminée, il pouvait toujours entrer dans la Résistance et agir dans l'ombre comme il savait si bien le faire.

Un soir, un jeune homme passa qui parlait polonais. Szymon l'invita à dormir au coin du feu. Ils parlèrent toute la nuit. Le garçon était membre de l'AK depuis le début de la guerre. Contrairement à son père et à son frère, il n'avait pas été tué. Il partait vers Varsovie pour une nouvelle mission dont il ne savait rien encore, à cela près que du sang et des larmes couleraient encore.

À son récit, Szymon identifia Piotr qu'il avait connu petit garçon.

— Ne serais-tu pas le fils de Bronisława ?

Le garçon posa une main sur sa bouche et ouvrit grands les yeux.

— Qui es-tu, toi ?

— Un ami d'enfance de ta mère. Je me suis occupé de ta grand-mère jusqu'à sa mort. Elle était l'une des seules survivantes du village.

— Je croyais qu'il ne restait plus âme qui vive à Nowa Wieś. C'est ce que l'on raconte.

À cet instant, il devint clair pour Szymon qu'il n'était resté dans la demeure de Mme Kutner que pour attendre Piotr et lui faire le récit de la tragédie qui avait emporté les femmes de sa famille.

Le jeune soldat écouta Szymon avant de lui expliquer comment il s'était retrouvé dans l'action clandestine. Ses illusions, il les avait toutes perdues au combat. Comme les autres, il avait tué et vu ses compagnons agoniser.

Plusieurs fois, il répéta : « J'ai vingt-quatre ans, je suis un assassin, je ne crois plus en rien. »

Son monde à lui n'était plus que désolation, mais un jour, pour d'autres, le printemps renaîtrait…

Il ne se battait plus que pour ce moment d'ultime libération. N'avait-il pas désormais le cœur assez dur pour tenir jusqu'à la victoire ?

Avant de partir le lendemain, Piotr proposa à Szymon de l'accompagner à Varsovie.

— Tu ne vas tout de même pas t'enterrer ici ? Avec tous ces fantômes, tu deviendrais fou.

— Et si quelqu'un revenait ? Qui resterait-il pour l'accueillir ?

Piotr comprit qu'un lien profond dont il ne lui parlerait pas le retenait ici. Il salua Szymon, lui souhaita bonne chance et partit en direction de Varsovie sans se retourner.

À bien y réfléchir, Szymon voulait rester là où Broni reviendrait, si d'aventure elle était encore en vie. Il voulait continuer à l'attendre pour l'éternité, quitte à ne plus vivre que dans ses souvenirs.

Un voyage sans retour

Après l'exode, vint le temps de faire à nouveau la route dans l'autre sens. Quant à savoir ce qu'ils retrouveraient là-haut, c'était encore très incertain.

Darek avait appris par un employé retranché dans sa maison de campagne à Nice que la Bibliothèque polonaise avait été pillée par les Allemands avant d'être saccagée en bonne et due forme. Même les radiateurs y étaient passés. Arrachés, pour le plaisir de détruire. Lorsque le Reich avait décidé de remplacer la collection spoliée afin de convertir l'immeuble en Bibliothèque allemande, le temps lui avait manqué. Les nazis avaient été délogés et la maison en bord de Seine était demeurée exsangue jusqu'au retour de ceux qui avaient tâché d'en sauvegarder l'essentiel.

Ils étaient donc revenus avec des malles pleines entreposées depuis quatre ans dans diverses propriétés secondaires de la zone libre, à Senlis ainsi qu'au Musée Carnavalet, sans compter la partie importante du fonds dissimulée dans les caves d'un manoir situé à deux cents kilomètres au sud de la capitale. Le tout était revenu intact au sortir de la guerre, mais il fallait renoncer à quelque 766 caisses expédiées à Berlin par les Allemands qui seraient plus tard transférées à Moscou avant d'être disséminées dans les bibliothèques d'URSS et des pays communistes. Une perte irréparable pour la Bibliothèque. L'île Saint-Louis avait beau conserver son charme, la bâtisse du quai d'Orléans était dévastée. Un nouveau directeur fut nommé. Il redoubla d'efforts pour réhabiliter ce lieu de mémoire indispensable au rayonnement de la Pologne.

Cependant, rien n'était plus comme avant. Darek avait vieilli et sa femme aussi. Plus question de se rendre à la Bibliothèque deux fois par semaine. Il restait dans son bureau, lisant les dossiers que sa protégée lui rapportait, se contentant de se déplacer quelques fois, pour des réunions d'importance ou des commémorations. Les rôles s'étaient inversés. Il ne considérait plus Helena comme une simple secrétaire chargée de faire des rapports, de dactylographier des informations et de classer des dossiers. Ayant toute confiance en elle, il lui confia la mission de diriger le réagencement des différentes collections. Un peu plus tard, lorsqu'une partie des pièces raflées par les Allemands fut restituée en 1947, c'est à elle qu'en revint la charge de s'en occuper. Elle s'y consacra avec un tel dévouement que cette tâche semblait suffire à son épanouissement.

Toute rétive qu'elle fût, Aniela avait fini par accepter de passer son bac pour faire plaisir à Helena et obéir à Darek qui, sur ce point, avait imposé ses idées. « Rien ne vaut une jeune fille éduquée, instruite et polyglotte. Elle s'en sortira toujours… »

Aniela avait mis de côté ses rêves de mode et de confection pour obtenir ce diplôme, à l'unique condition d'être inscrite immédiatement ensuite à une formation dans la haute couture. Le maître des lieux avait fini par concéder ce qu'Helena avait autorisé sans la moindre réserve. Décrocher le bac en France était déjà une fierté, pour le reste, Aniela ressemblait à sa mère et ce n'était pas pour lui déplaire.

Lorsqu'elle avait appris que sa nièce avait décroché le graal, Helena s'était contentée de la serrer dans ses bras moyennant un effort de pudeur surhumain. Il fallait retenir les paroles susceptibles de faire couler les larmes. Il fallait taire les réminiscences, ne pas dire que, si elle était restée en Pologne aux côtés de sa mère, elle n'aurait jamais accédé à un niveau d'études pareil. La fierté se mêlait au regret et à la nostalgie. Si l'émotion la débordait, ne risquait-elle pas de faire un faux pas et de trahir sa promesse ?

Pour une fois, Aniela s'était laissé happer par cette étreinte devenue rare. Trop vite, elle avait senti les bras d'Helena se ramollir, se détacher, s'en aller. Trop vite, le vide l'avait à nouveau submergée.

— Tu es libre maintenant, tu peux faire tout ce que tu veux, lui avait murmuré Helena en gardant ses mains dans les siennes.

Au lieu de se réjouir, Aniela avait senti le poids de ces paroles excessives prononcées avec une gravité suspecte. Un doute s'emparait d'elle. Prenant du recul, elle fit quelques pas en direction de la fenêtre avant de fixer Helena dans les yeux, prête à l'interroger :

— Tu m'as menti, n'est-ce pas ? Tu ne m'as pas dit toute la vérité sur ce qui nous était arrivé en Pologne. Pas vrai ?

La gorge d'Helena s'était nouée. Elle savait qu'il fallait répondre immédiatement. Chaque seconde de silence écoulée affûtait le doute autant qu'elle le justifiait.

Elle essaya de la contredire, de dire non ou *nie*, n'importe quelle négation venue de n'importe où pour conserver son secret.

Elle pensa au pacte qu'elle avait scellé avec sa sœur, et sa gorge se noua davantage encore.

Qu'était-elle devenue pendant cette guerre qui avait, on le savait, décimé la Pologne et ravagé sa terre ? Mieux valait se taire plutôt que de raviver un espoir et d'ajouter un nouveau deuil au deuil.

— Tu ne dis rien. Tu ne réponds pas, Helena.

La voix d'Aniela était posée, sûre et convaincue. Le silence jouait pour elle.

— C'est l'émotion… Ton bac, tu ne te rends pas compte de ce que c'est pour nous qui venons de si loin.

— On pourrait retourner là-bas. Retrouver les gens que tu as laissés et dont tu n'as jamais pu me parler. Pourquoi ?

— Il n'y a personne, Aniela, rien qu'un grand vide, là-bas. Tes parents sont morts, tu le sais bien.

— Et toi, tu m'as adoptée comme ça, sans raison ? Tu as quitté ta famille pour prendre en charge la fille de ta prétendue voisine et t'installer dans un pays qui manquait de main-d'œuvre. Tu aurais tout aussi bien pu m'élever en Pologne, mais tu as préféré partir et tout laisser derrière toi. On ne s'exile pas pour si peu. Tu devais avoir des raisons bien différentes de celles que tu m'as données, c'est évident.

Sa voix s'était chargée d'ironie. Une ironie mêlée d'amertume qui lui donnait soudain de la maturité. Résolue à ne pas baisser la garde, elle reprit :

— Tu as voulu que j'apprenne le polonais. Tu as tout fait pour que je connaisse les traditions polonaises, tu as même cuisiné pour que je goûte ce pays que tu as fui avec moi. Et maintenant que la guerre est finie et que nous pourrions y retourner, tu t'obstines à me cacher la vérité.

Helena sentit une onde de choc la crucifier. Son visage s'obscurcit et elle articula une réponse avec la lenteur d'une vieillarde que la vie a usée.

— Ne crois pas que l'on puisse si facilement retourner en Pologne, toutes françaises que nous soyons devenues. La Pologne est exsangue, aux mains des communistes, privée une fois encore de liberté. Pour nous, ce pourrait être un voyage sans retour.

— Et si je voulais vivre en Pologne, moi ? insista Aniela en haussant le ton.

— Ne me parle plus jamais du pays blanc. Nous avons versé trop de larmes pour le quitter et Broni plus que moi encore.

— Broni ?

— Oui ?

— Tu as dit Broni ?

— Pardon ?

— Qui est Broni ?

— Je n'ai rien dit. Je ne sais plus.

Une larme perla dans le coin de l'œil d'Helena qu'elle essuya d'un prompt revers de la main.

Elles s'étaient assises face à face, de part et d'autre du bureau où Helena poursuivait ses recherches lorsqu'elle rentrait le soir à la maison.

Aniela aurait pu insister, mais la conviction qu'elle avait acquise lui suffisait pour l'heure. La certitude qu'Helena était davantage pour elle que tout ce qu'elle avait admis jusqu'à présent.

Darek entra sans frapper à la porte, se précipita vers la jeune bachelière et la serra dans ses bras.

— Et si nous allions prendre une collation pour fêter cette bonne nouvelle ?

Les deux femmes se forcèrent à répondre, simulant une joie qui eut tôt fait de retomber parce que les moments intenses ravivent les souffrances.

Connaissait-il, lui, le secret d'Helena ? Aniela était persuadée du contraire et, à la manière dont sa mère adoptive prit sur elle pour cacher son trouble, elle comprit que rien ne filtrerait jamais de sa bouche.

Mme Wróblewska ayant du mal à marcher, le chauffeur les avaient conduits à La Rotonde, le café qui faisait l'angle face à la gare de marchandises. Les femmes avaient commandé des glaces tandis que Darek avait préféré une mousse au chocolat. Tous avaient bu du thé. Le couple n'avait de cesse de féliciter sa protégée, devenue grande trop vite au regret de Mme Wróblewska. Pour couper court aux plaintes de sa femme, Darek avait pris la parole.

Malgré le souhait d'Aniela d'entrer en apprentissage, il était prêt à financer des études à la jeune fille. Il lui répétait qu'elle était assez douée pour viser plus haut que la couture et s'épanouir à l'université. Passer quelques années à la Sorbonne, fréquenter la jeunesse dorée, se faire des relations, rencontrer quelqu'un de bien, suivre les cours des meilleurs professeurs dans le Quartier latin… Il accumulait les arguments censés la convaincre. Helena aurait accepté, elle, sans qu'il eût à se donner tant de peine, alors qu'Aniela l'écoutait d'une oreille distraite, sûre d'elle. Enfin, quand Darek eut achevé son argumentaire, elle répondit :

— Je vous suis reconnaissante de tout ce que vous faites et avez fait pour moi, mais je ne désire qu'apprendre à coudre et à créer des vêtements. Je préfère que vous m'aidiez à intégrer une bonne école de couture, s'il vous plaît.

Helena avait baissé les yeux, rentré ses pieds sous sa chaise et croisé les mains sous la table. Elle aurait voulu disparaître. Comment oser refuser une telle opportunité ? Et pourtant, elle était fière de sa nièce. Dans son regard, elle retrouvait l'orgueil de Broni et dans sa voix, la preuve d'une conviction inaliénable qui se passait d'explication.

— C'est dit, trancha Mme Wróblewska, en prenant une cuillère de glace au cassis. Qu'elle fasse ce qui lui plaît, la couture est un beau métier et il n'y a pas que les intellectuels qui comptent, ne l'oublions jamais. Les petites mains sont essentielles. Pour le reste, elle verra bien… Le talent est soumis à l'épreuve du temps. Qu'elle apprenne et l'on saura plus tard à quoi elle pourra prétendre.

Elle adressa un clin d'œil de connivence à Aniela qui eut envie de s'engouffrer dans ses bras pour la remercier. Gardant une réserve de rigueur, la jeune fille se contenta de sourire.

Dès lors, la conversation bifurqua sur la Bibliothèque et Aniela se sentit soulagée de pouvoir déguster sa coupe de glace. Toutes ces douceurs avaient disparu pendant la guerre, mais déjà ces privations semblaient loin pour eux qui avaient échappé au pire. À son âge, mieux valait se tourner vers l'avenir plutôt que de raviver les traumatismes récents qui faisaient écho à d'anciennes blessures. Elle pensa que le silence d'Helena venait de là, de la certitude qu'elles étaient plus heureuses ici, le corps autant que l'esprit mieux nourris, dans un cadre privilégié où tout n'était que beauté parce que l'argent ne manquait jamais. Si la demeure de la rue Octave-Feuillet avait été réquisitionnée par les Allemands pendant l'Occupation, elle n'avait été que peu dégradée. Certains murs, rongés par l'humidité, avaient dû être restaurés, bon nombre d'objets avaient été remplacés, mais ce n'était rien au regard de tout ce qui devait être reconstruit après la ruine de l'Europe amputée de millions de vies humaines.

Tant bien que mal, chacun avait repris ses habitudes et les lettres de Charles étaient revenues. Darek laissait à Helena le soin d'en faire la lecture, le soir, à haute voix tandis que Mme Wróblewska tissait en silence, imitée par Aniela, sous l'œil de Darek qui fumait en tapant du pied.

— Qu'il revienne ! Qu'il revienne vite ! répétait-il. Les Russes vont l'étouffer. Il ne fera rien là-bas. Il n'y a plus d'avenir en Pologne avec ce nouveau régime communiste. Le pays court à l'asphyxie, et Charles avec lui.

Sa voix était nerveuse, colérique, agacée au point de plomber la sérénité que les femmes tentaient de sauvegarder.

Aniela écoutait sans rien dire, appelée par ce pays que Darek décriait autant qu'il en faisait l'éloge.

— La Pologne, une perle raflée par des brutes incultes !

Dans ses missives, Charles racontait les étapes qui conduisaient irrémédiablement le pays de Chopin vers un État totalitaire. En quelques années, la démocratie populaire d'après-guerre se transforma en une dictature dont Staline tirait habilement les ficelles, forçant les artistes à se plier aux canons du réalisme socialiste. Au lieu de fuir, Charles tenait à témoigner afin de poursuivre le travail de Leonard. S'il avait renoncé depuis longtemps à créer, il ne cédait rien à sa volonté d'œuvrer dans l'ombre pour rendre à l'aigle polonais sa couronne. Il demeura donc à Varsovie, s'obstina à y enseigner sa conception de l'art à l'université, fut renvoyé, devint journaliste.

Sans relâche, il dénonça et œuvra à la libération d'un pays devenu le sien.

Jamais il ne reverrait la France, seules certaines de ses lettres parviendraient à franchir les frontières. À ce stade de sa vie, le retour n'était plus de saison. Renvoyé du journal, il écrivait dans un polonais devenu impeccable et accumulait les publications clandestines. En parallèle, il retraçait l'histoire de la Pologne depuis la Grande Émigration de 1830 jusqu'à la nouvelle émigration d'après-guerre qui purgeait le pays des récalcitrants au joug communiste. Il choisissait l'angle des arts pour étayer ses théories. Citait des artistes parmi lesquels Roman Kramsztyk faisait figure de martyr. Il restait. Espérait voir la liberté refleurir, et au printemps, voir le printemps…

Après lui, viendront Solidarność, la chute du mur et la levée de la censure en 1990, mais la maladie l'aura emporté avant. Il mourut au début de l'été 1979, quelques jours après le premier voyage du pape Jean-Paul II à Varsovie où ce dernier affirme qu'« il ne peut y avoir d'Europe juste sans l'indépendance de la Pologne ». Tout athée qu'il fût, Charles consigna ces paroles en conclusion de son volume intitulé *Pologne, peindre et dessiner l'âme d'une nation.*

Helena en reçut le manuscrit au cours de l'automne suivant de la main d'un peintre polonais venu le lui déposer quai d'Orléans, conformément aux dernières volontés de Charles. À la disparition du couple Wróblewski, vingt ans plus tôt, elle avait déménagé dans un appartement situé rue des Deux-Ponts. Lorsqu'elle prit en charge le livre de Charles, elle avait soixante-dix-huit ans et travaillait encore à la Bibliothèque où on lui avait aménagé un bureau au rez-de-chaussée. À son âge, elle n'espérait plus que de vivre assez longtemps pour le traduire, le faire éditer et le consigner dans les registres du lieu de mémoire auquel son existence avait été consacrée.

Une simple fissure

Contrairement à la majorité des filles qui étudiaient la couture sur le tas et devenaient ouvrières dans un atelier, Aniela ne débuta pas comme cousette. Darek avait pris soin de lui trouver une formation assurée par des couturiers de renom. Si elle croyait déjà savoir coudre, elle eut cependant tout à apprendre. Repartir de zéro, ajuster le moindre geste. Elle s'y attela avec ardeur, se lança dans la confection de ses propres vêtements et réclama son indépendance.

— Tu peux rester ici, cela ne te coûte rien, lui répétait Mme Wróblewska, soutenue par le regard appuyé d'Helena, mais Aniela avait besoin de respirer.

Cela commença par la conscience du mensonge. Plusieurs fois, elle tenta de poser à nouveau une question, de remettre le prénom Broni sur le bout de la langue d'Helena. De réitérer son exigence de savoir, toujours plus impérieuse.

— C'est qui, Broni, pour toi ? lançait-elle, à l'improviste, dans l'espoir de la prendre en défaut.

— Arrête de me demander ça ! Ce n'est personne, tu as mal entendu, je te l'ai déjà dit.

— Tu ne me parles plus de la Pologne.

— C'est mieux comme ça, crois-moi. Tu serais une pauvre paysanne sans argent si tu vivais là-bas, tu saurais à peine lire et écrire, sans compter que tu aurais déjà sûrement plusieurs enfants.

— Tu ne voulais pas d'enfants, toi ?

— Moi ?

— Oui, on peut parler de toi de temps en temps, non ?

— Moi ?

— Oui, des enfants, tu n'en voulais pas ?

— Je t'ai eue, toi. C'est pareil. Je t'ai aimée pareil.

— Tu crois cela ? Tu crois cela possible, je veux dire ? Aimer pareil un enfant qui n'est pas le sien ?

— Ça peut arriver. Tout peut arriver.

— Et ça ne t'est pas arrivé de tomber amoureuse ?

— Moi ?

— Oui, toi, Helena, toi ! Ne fais pas celle qui ne comprend pas !

La voix d'Aniela s'était durcie. Ces dérobades continuelles la fatiguaient, à la longue. Et le vide lui pesait davantage encore.

Parfois, elle sombrait dans des heures de mélancolie. C'était venu après la guerre lorsqu'il avait fallu passer le bac, travailler dur et que la langue d'Helena avait fourché. Une faille s'était creusée. Infime tout d'abord. Une simple fissure en apparence pourtant déjà assez profonde pour ternir le sourire de la jeune femme qu'elle devenait.

Helena n'ayant pas répondu, Aniela avait insisté.

— Alors ?

— J'ai du travail à terminer, je vais…

Aniela ne lui laissa ni l'occasion d'achever sa phrase ni celle de se dérober.

— Je suis amoureuse, moi ! affirma-t-elle, fière.

Coupée dans son élan, Helena lui avait tourné le dos par réflexe.

— Je l'ai rencontré à un vernissage. C'est un artiste. De Varsovie.

— Un Polonais ?

— Et pourquoi pas ? Il va me ramener dans mon pays.

— Tu n'y penses pas !

— Tu devrais plutôt me demander où il vit et quel est son prénom plutôt que de t'offusquer ainsi. Ce n'est pas n'importe qui. Je n'aurais pas choisi n'importe qui…

— Un Polonais ? avait répété Helena comme si elle n'était plus en mesure d'intégrer la moindre information supplémentaire.

— Il s'appelle Stanisław Baliński et séjourne parfois à Paris. Il ne compte pas repartir tout de suite, si ça peut te rassurer. Il a vécu caché pendant la guerre, mais il s'en est sorti.

— Il est juif ? demanda Helena dans un sursaut qui remit son esprit en alerte.

— Et alors, qu'est-ce que cela changerait ? Après tout ce qui s'est passé pendant la guerre, tu oses encore être antisémite ?

— Ce n'est pas ce que je dis !

— On le croirait, pourtant.

— Ce n'est pas ce que tu crois, Aniela, vraiment.

— Oui, toujours tes cachotteries. Ce que tu sais, toi, de mon passé et que tu gardes bien secret. De quel droit ?

— J'ai dû prêter serment. C'est un pacte que je ne peux trahir.

— Le temps a passé. La guerre a tout changé. Ta promesse ne vaut plus rien si la personne que tu protèges a disparu.

Helena sentit son cœur se serrer si fort qu'elle en perdit le souffle et crut s'évanouir. Le visage livide, elle s'adossa au mur, inspira plusieurs fois et reprit :

— Ne repars pas là-bas, Aniela. La Pologne est un pays occupé, toujours menacé.

— La guerre est finie.

— L'oppression n'est pas finie, ne sera jamais finie en Pologne. N'y va pas.

— Si Stanisław rentre à Cracovie, j'irai avec lui. Je veux l'épouser.

— Dis-moi s'il est juif. J'ai besoin de le savoir.

— Qu'est-ce que ça change ?

— Tout. S'il est juif, tu cours de graves dangers en Pologne et tu dois rester ici, le garder ici, avec toi. Les Juifs souffrent là-bas, ils souffriront toujours.

— On dirait que tu en sais quelque chose, hein, Helena ? Ton secret, tiens, ce ne serait pas que tu aurais aimé un Juif, là-bas, avant de partir avec moi ?

— J'ai le droit de me taire, Aniela. Cesse de me narguer. J'ai donné ma parole et tu ne sauras rien. N'insiste pas.

— Eh bien, tu ne sauras rien non plus de qui il est, de qui il prie et de la façon qu'il a de me faire l'amour quand il a fini une toile ou une sculpture.

— Aniela ! Je t'en prie…

Helena crut entendre Broni, la voix de Broni, les excès de Broni, sa folie.

— Si tu avais aimé un homme, toi aussi, tu aurais peut-être appris à parler au lieu de me laisser pourrir dans ta fange de non-dits !

La réplique était faite pour blesser, si cruelle qu'Helena eut envie de la gifler, de la traiter d'insolente et de petite sotte, mais elle s'était contenue. Aniela avait raison, elle n'avait pas aimé, pas comme Broni avait aimé Szymon. Ce genre d'amour lui avait fait peur. Elle savait ce que sa jumelle avait perdu à ce jeu-là et ce n'était pas ainsi qu'elle avait voulu mener sa vie. Désormais, rien ne lui importait autant que de garder le contrôle pour rester fidèle à son amour pour Broni. Elle laissa donc sa nièce lui jeter un regard noir de reproches, sans la blâmer.

Un jour, peut-être, elle comprendrait.

Comme une tempête

Ils s'étaient rencontrés ainsi.

Une circonstance banale pour lui, autant que pour elle, à cela près qu'ils ne s'y attendaient pas.

Elle avait failli décliner l'invitation, retourner immédiatement après sa journée dans sa chambre de la maison rue Octave-Feuillet. Embrasser Marthe, puis Mme Wróblewska. Helena aurait pu ne pas être encore rentrée de la Bibliothèque à cette heure-là. Finalement, Aniela avait suivi ses collègues petites mains, comme elle. Regrettant de n'avoir pas glissé une tenue de rechange dans son sac. Mais à bien y regarder, sa robe en tube à col et ses escarpins à boucles convenaient à ce type de soirée. Elle s'était contentée de se repoudrer le visage, avait posé son chapeau légèrement de travers sur sa tête avant d'appliquer plusieurs couches de rouge sur ses lèvres. Elle se sentait électrique.

Au moment de rejoindre les autres pour se rendre à la galerie, elle hésita. Songea au bustier en organdi dont elle avait eu l'idée dans la journée. Une nouvelle pièce de sa collection naissante.

La journée, elle cousait à la main des perles sur les créations d'un styliste réputé. C'était un travail de fourmi qui nécessitait des doigts fins, souples et patients. À l'atelier, d'autres jeunes femmes cousaient de la même manière. Des ourlets, des froufrous sur les manches, des ceintures ajustées au millimètre près. Toutes étaient les couturières de Monsieur Alexandre, mais Aniela prêtait une attention particulière aux conseils qu'il lui donnait afin de gagner en précision et en originalité.

Avec l'organdi, elle explorait le blanc, le vide autant que la matière. C'était une texture diaphane propice à la consolation. Le blanc était vierge, comme sa mémoire. C'était devenu sa manière de compenser un manque qui n'en finissait pas de se creuser. La lacune s'étalait seconde après seconde, minute après minute, jour après jour. Lentement et sans bruit.

Le vide se nourrissant du vide, ses mains réclamaient toujours plus de perles, de points et de jonctions pour le combler. Celui-ci prenait la forme de l'exil, des arrachements cruels que la vie a infligés à d'autres avant nous et qui restent vivants dans la mémoire. Elle se demanda s'il existait des mots en polonais pour traduire cela. Ce manque, ce vide, ce néant. Elle n'avait plus parlé polonais depuis longtemps. Combien de temps ? Elle l'ignorait, comme tout le reste.

Elle avait failli rentrer. Laisser ses amies filer seules à la galerie, se régaler avec les petits-fours du vernissage d'un peintre sculpteur en vogue à Paris dont elle n'avait pas retenu le nom. Son esprit était ailleurs, centré sur lui-même, obsessionnel. Mais ses amies avaient insisté, c'était une bonne occasion de s'amuser et Aniela avait suivi le mouvement, pour voir…

Une fois sur place, elle pensa encore pouvoir se dérober. Incapable de retrouver le carton d'invitation, elle crut bien l'avoir perdu.

— Qu'est-ce que tu fiches ! la pressa Suzanne.

— Un instant, un instant, répliqua Aniela, le sac posé sur son genou, le corps de travers pour farfouiller dans ses papiers.

— Le voilà ! finit-elle par clamer d'un air triomphant.

— À la bonne heure !

Elles n'avaient plus qu'à jeter un œil rapide aux œuvres avant de s'agglutiner autour du buffet où elles pourraient boire, picorer et papoter tout à leur aise.

Elles entrèrent et se retrouvèrent prises au piège d'une foule compacte. Difficile de contempler des toiles dans ces conditions. Aniela pensa qu'une galerie, comme un musée, devrait n'être ouverte que pour un seul visiteur à la fois. Une bulle d'exception. Comment ressentir la vibration d'un tableau avec tant de brouhaha alentour ? La vie éclipsait l'art, littéralement. La vie étouffait la beauté. Trop de paroles, de bruit, d'éclats de rires et d'effervescence. Le peintre n'étant pas encore là, c'était à se demander si quiconque l'attendait. Son œuvre était le cadre d'un partage convivial où chacun parlait de soi un verre à la main. Parfois, un murmure : « Il va arriver… On le verra plus tard… Ses toiles aussi… On fera le tour quand il y aura moins de monde… » Aniela formait un îlot de quatre avec Suzanne et deux autres employées de la Maison Alexandre. Chacune tenait un verre pour faire comme tout le monde et profiter du cocktail.

Lorsque l'artiste entra en scène, accompagné du galeriste et d'une femme coiffée à la garçonne, l'assemblée euphorique se tourna vers lui.

Aniela sentit alors un frisson la parcourir. Vif comme une rafale de vent. Un feu intérieur la prit. Ce fut un saisissement qui la laissa muette, la main crispée autour du pied de son verre de vin blanc, la tête dans le vague.

Le galeriste rassembla les invités en se faufilant au fond de la salle, entre deux toiles maîtresses. D'un signe de la main, il invita le peintre à le rejoindre tandis que la brunette sortait son appareil photo.

Aniela resta sur place, statufiée, comme la sphinge en triomphe sur l'une des deux toiles face à elle, à la droite du peintre que le galeriste présenta enfin.

— Je vous demande d'applaudir Stanisław Baliński qui nous fait l'honneur d'exposer ici ses dernières créations. Après une année de travail intense en Pologne, à Varsovie, le voilà de retour à Paris.

La suite, Aniela n'en écouta pas une bribe.

Elle avait les yeux rivés sur le Polonais qui venait de Varsovie. Le reste était sans importance.

Après le discours, la foule se fit moins dense. Voir le peintre avait suffi à satisfaire la curiosité des visiteurs qui, s'en tenant à survoler l'exposition, s'étaient promis de revenir plus tard, dans d'autres circonstances. Promesse pieuse pour se donner bonne conscience.

Aniela n'avait pas bougé, se contentant d'écouter de loin Baliński en train de commenter ses toiles avec parcimonie.

Lorsqu'ils s'étaient retrouvés face à face, elle ne lui avait adressé aucun compliment, raison pour laquelle il l'avait distinguée des autres. Elle avait impulsé un pas en arrière, était revenue vers lui, ne lui avait pas tendu la main pour le saluer.

Ses amies étant parties depuis longtemps, elle avait eu le loisir de faire plusieurs fois le tour de l'exposition avant de s'immobiliser devant une statue androgyne au sourire énigmatique. Un relief en plâtre, de la même blancheur que l'organdi qu'elle travaillait.

— Cette statue vous plaît ? demanda-t-il.

— Disons que c'est la seule pièce de votre œuvre qui m'ait émue ce soir.

Elle s'excusa. Son indélicatesse était risible. Sa voix, troublée. L'artiste sentit la fêlure sous les paroles embarrassées, jeta un regard circulaire autour d'eux et comprit que la couleur n'avait pas su émouvoir la jeune fille. Seul le blanc l'avait attirée.

— C'est une sphinge, dit-il. Une créature surnaturelle qui symbolise une énigme. Une énigme existentielle, confuse et sibylline. De celle que les plus sensibles d'entre nous portent en eux.

Elle baissa les yeux, fixa le bout de ses chaussures, regretta de se sentir si minuscule face à ce colosse.

— Vous êtes polonais ? De Varsovie ? se risqua-t-elle en adoptant naturellement la langue polonaise pour s'adresser à lui.

— Vous aussi ? renchérit-il en affichant un sourire complice.

— Pas moi, non, mais je me sens de là-bas.

— Vous parlez la langue sans accent.

— Merci, merci beaucoup. Mon passé est une énigme, un trou.

— Même si je connais le mien, il me fait la même impression. Il y a dans mon vécu de nombreuses pertes en plus des deux guerres.

— Deux guerres ? répéta-t-elle, étonnée.

— Pour la première, j'étais enfant. J'y ai perdu mon frère et mes parents. À la seconde, j'étais en âge de me battre mais la vie en a décidé autrement. Difficile de comprendre, de mettre des mots sur cette folie qui ne cesse de rejaillir. On dit que c'est terminé, or certains hommes recherchent le goût du sang, ce sont des vampires assoiffés qui se complaisent dans d'interminables danses macabres. C'est pour cela que je peins. Après la première guerre, j'ai peint des vampires ; à présent je peins des portraits colorés avec une technique sphérique. Le symbole parle davantage que la réalité. Le cerveau a besoin de détours pour se confronter à l'atrocité de ce monde qui nous ampute. Vous préférez la statue, alors, vous êtes sûre ?

— Les lignes en sont plus épurées. C'est proche de ce que je recherche en couture.

Il aurait pu rire, mépriser la comparaison et tourner les talons. Il n'en fit rien.

— Alors, vous êtes artiste, vous aussi ?

— Pas vraiment. Je crée des vêtements en organdi.

— Et vous me les montreriez ?

— Un jour, peut-être.

— Demain. Revenez ici dans l'après-midi avec vos créations.

Elle rougit, bafouilla, recula de plusieurs pas, oublia de saluer.

Son corps était incandescent, ses mains tremblaient. Elle courut jusqu'à la station de métro, se précipita dans la rame, resta debout, agrippée à la rampe centrale.

Dans son esprit, un grand trouble, si grand qu'il la replongeait dans une sensation de vide.

Elle sortit à la station de la Muette, traversa le parc du Ranelagh et emprunta trois rues qui la menèrent à la maison des Wróblewski. Pour la première fois, elle évita de se faire remarquer en rentrant. Son cœur battait à tout rompre. Elle voulait être seule, s'enfermer, reprendre son souffle.

Cette nuit-là, elle confectionna un bustier avec un cœur ouvert sur la poitrine. Deux fines ceintures blanches venaient soutenir les seins tandis qu'un col haut rehausserait le port de tête. Entre le cœur et le menton, un lacet dessinait sept croix avant de laisser retomber une cocarde.

Elle pensa que ce cœur, rempli d'un tissu fin comme de la gaze sur lequel elle avait tissé deux autres cœurs minuscules, était la mise en abîme de son histoire. Elle la sentit sous ses doigts, cette vérité profonde que l'art permet d'entrevoir.

Lorsqu'elle eut terminé le bustier, elle s'allongea sur son lit et repensa au peintre.

Son visage s'était gravé dans son esprit. Elle comprit soudain qu'elle l'aimerait toujours.

Elle compta. S'il avait vécu la première guerre sans la faire, il avait entre quarante et quarante-cinq ans. Le double de son âge. Il devait donc avoir une femme, des enfants, toute une vie pour la rejeter si elle tombait amoureuse, mais elle était déjà amoureuse. C'était trop tard. Elle irait le retrouver le lendemain à la galerie, lui montrerait ses créations, se suspendrait à son jugement, s'en remettrait à lui. Elle se répéta son nom. Son nom à côté du sien. Stanisław Baliński et Aniela Szablewska.

Une nuit sans sommeil, bercée d'illusions.

De lui, elle ne savait rien mais espérait déjà tout.

Il est des amours fous qui se fixent en un instant, de ces ravages intérieurs qui s'abattent sur nous comme une tempête. Et nous n'y pouvons rien.

Le lendemain, il lui fut impossible de s'échapper de l'atelier de couture dans l'après-midi. Monsieur Alexandre exigeait une retouche pour le soir et elle dut rester vissée à son tabouret avec la crainte de manquer son rendez-vous.

Elle courut dans les allées du jardin du Luxembourg, un sac à l'épaule avec trois de ses créations, avant de remonter la rue Guynemer où se trouvait la galerie. Celle-ci était fermée à son arrivée.

Elle se mit aussitôt à trembler, comme si le sol se dérobait sous ses pieds, comme si son rêve avorté méritait d'être puni.

Il arriva dans son dos. Dit en polonais :

— Je suis là.

Elle se retourna. Ne s'excusa pas. Ne tendit pas la main. Resta muette.

Leurs corps face à face étaient brûlants.

Ils firent quelques pas en direction du jardin. Sans mots, ils marchaient dans un silence brisé par le cri des pigeons et le bruissement du vent.

— Si vous le désirez, nous avons quelques semaines pour faire connaissance, lui dit-il en fixant une statue en bronze. Après, je repartirai à Varsovie. C'est là que je vis, avec ma femme et mes enfants.

Il acheva sa phrase sans la moindre gêne.

Un autre vertige la prit, plus violent. La certitude que, sans lui, elle ne serait que l'ombre d'elle-même s'enracina quelque part au plus profond de son être.

Elle sentit qu'il fallait partir, le remercier et s'en aller, vite. Ne pas montrer ses créations, cacher ses émotions, ne pas avouer qu'elle l'aimait. Il aurait ri. Ri de sa naïveté. Mais son corps était en feu et celui qu'elle appellerait toujours Stan était trop beau pour être quitté. Alors elle sortit ses pièces et avoua qu'elle avait créé le bustier pendant la nuit. Il devina ce qu'il avait à comprendre. Un grand amour pris au piège d'un corset noué jusqu'au menton.

La nuit, ils la passèrent chez lui.

Aniela ne rentra pas et Helena se douta qu'elle était avec un homme. Comme sa mère, elle disparaissait pour aimer. Elle songea qu'elle pourrait revenir enceinte, qu'elle ne l'avait pas mise en garde, que la vie était un éternel recommencement et que chacun ne faisait que reproduire ce que ses parents avaient fait avant lui.

L'absence d'Aniela, la première, la laissa silencieuse au bord de son lit.

Elle imagina ce que sa nièce vivait et qu'elle s'était toujours refusé. Alors, seule avec son secret, elle se mit à pleurer.

Les roses embaumaient le jardin

Du jour au lendemain, Aniela quitta la maison du quartier de la Muette pour s'installer dans l'atelier de Stan, rue Jean-Ferrandi.

Un soir, elle vint prendre ses affaires après avoir annoncé qu'elle était tombée amoureuse d'un peintre polonais. Lorsqu'ils finirent par s'enquérir du nom de celui auquel elle semblait déjà tellement attachée, elle fit digression pour cacher la différence d'âge, la célébrité et le mariage déjà accompli. Le couple Wróblewski lui promit que, s'ils avaient l'intention de s'engager l'un avec l'autre, ils se chargeraient volontiers de lui offrir un beau banquet dans un château, une ferme à la campagne ou un *dwór* en Pologne si cela plaisait davantage à l'artiste qu'elle avait choisi d'aimer.

Elle les remercia tandis qu'Helena, qui aurait dû en faire autant, garda le silence, tétanisée par cette liaison si neuve et si intense qu'elle lui rappelait de douloureux souvenirs.

Aniela savait si peu de Stan qu'elle inventait le reste avec délice, s'appuyant sur l'essentiel qu'il lui apportait sans contrepartie. Il la prenait dans ses bras, l'embrassait, la complimentait sur sa beauté, son sens de l'humour et sa jeunesse, tandis que lui ne regrettait pas la sienne, ravagée par la montée du nazisme puis la guerre. Auprès d'Aniela, il se sentait investi d'une mission, parce qu'elle avait placé ses attentes en lui, avec l'énergie d'un désespoir sans motif clair. Il savait qu'elle l'avait suivi parce qu'il était polonais, sinon elle n'aurait pas laissé ses amies quitter la galerie sans elle.

Les premiers jours, ils s'étaient retrouvés au jardin du Luxembourg. Sur un banc qui était devenu leur banc. Au pied d'une statue qui était devenue leur statue. Il lui prenait toujours la main avant de l'embrasser sur la bouche. Elle arrivait souvent la première et, s'il advenait qu'elle fût en retard, il la voyait courir pour le rejoindre plus vite. Il se levait, lui ouvrait les bras, la serrait contre sa poitrine avant de la regarder dans les yeux. Il attrapait sa main, l'invitait à s'asseoir, mais Aniela restait debout, figée comme la statue, jusqu'à ce qu'il lui donne le baiser qu'elle savourait comme un mets rare et précieux. Lui en avait donné des baisers. À sa femme en dernier lieu, à d'autres femmes avant, mais il ne s'en souvenait plus.

Tout semblait effacé de sa mémoire depuis qu'Aniela avait fait irruption dans sa vie. C'est pourquoi il l'avait invitée à s'installer avec lui quelques semaines dans son atelier, avant son retour à Varsovie.

Elle avait accepté sans réfléchir et il lui avait aménagé un espace pour qu'elle continue à créer ses vêtements pendant qu'il peindrait. Une nuit, la voyant coudre à plat un motif d'une finesse de toile d'araignée, il s'empara de la pièce d'organdi, l'orienta vers la lumière et déclara qu'elle devrait essayer de sculpter avec ce matériau. Et puisqu'elle aimait la haute couture autant que la mode, il lui conseilla de se lancer dans la confection d'objets de luxe, tels que des escarpins à talons hauts, des sacs à main ou encore des lunettes de soleil.

Elle l'écouta d'une oreille distraite, un sourire narquois au coin des lèvres.

— C'est toi, l'artiste, Stan. Moi, je me contente de combler un manque.

— Alors tu es sans conteste une artiste. Un artiste ne fait rien d'autre. Il crée pour compenser. Il s'invente un monde dans l'espoir de combler le vide et de se trouver des raisons d'avancer.

— L'amour me suffit, à moi, surtout depuis que je t'ai rencontré. Le reste est sans importance.

— Pour l'instant, peut-être, mais ton cœur est percé, Aniela. La fissure se creusera et tu n'auras que l'art pour la colmater.

— Tu me donneras un enfant et je serai remplie. De toi, de nous, d'avenir.

— J'en ai déjà trois, ne l'oublie pas. Celui que nous aurions ensemble grandirait dans l'ombre des autres, caché. Tu vivrais dans le secret…

Elle n'avait pas songé à tout cela, pas encore. Elle jouissait de son idylle sans la replacer dans son contexte, ne voyant de Stan que la version abrégée de lui-même. Dans un autre monde, très éloigné du sien, il y avait Stanisław Baliński, artiste à la renommée internationale, marié et père de famille, mais dans l'atelier de la rue Jean-Ferrandi, il y avait un sursis rien que pour eux, une bulle à la membrane assez fine pour les recouvrir sans les étouffer.

Elle pensa qu'elle pourrait utiliser les fils d'organdi pour façonner cette bulle en relief. À l'intérieur, il n'y aurait que du vide, un vide qu'elle comblerait par un grand amour. Il n'y aurait rien, mais elle les imaginerait ensemble, enlacés pour l'éternité.

Elle pensa longtemps, avant de reprendre la parole.

— Avec Helena, j'ai été à bonne école, tu sais. Je pourrais mentir, moi aussi, même à notre enfant. Je serais prête à tout pour toi, pour nous.

— Dans ce cas, viens t'installer à Cracovie.

— Tu vis à Varsovie ! Que ferais-je à Cracovie ?

— Je te trouverai du travail, on pourra se promener dans les allées du Planty, personne ne nous connaîtra et nous serons heureux.

— Tu crois vraiment à ce que tu dis, Stan ?

— Cracovie est la plus belle ville du monde.

— C'est un mouchoir de poche à côté de Paris, ne me prends pas pour une idiote !

Il lui attrapa les mains, les porta à ses lèvres, les embrassa.

— Reste ici, Aniela. Ne cherche pas à me suivre, tu serais malheureuse.

Il l'embrassa, si fort qu'il lui cambra le dos avant de la ramener tout contre son cœur.

Elle voyait la bulle d'organdi prendre forme sous ses doigts, se tisser menu pour abriter leur amour et l'emmener partout.

— Et qu'as-tu de si régulier à faire à Cracovie pour m'épargner d'avoir à me languir de toi ?

— L'université ! Un jeune professeur du nom de Marek Kubiak m'associe souvent à ses travaux de recherches et il n'est pas le seul. Cracovie est une plaque tournante de l'art. Sache que j'y reviens toujours.

Ils avaient repris leur ouvrage, chacun de leur côté.

Il sculptait un plâtre sans la regarder, pourtant il ne voyait qu'elle. Sa chevelure, il la lissa jusqu'à en faire la coiffe d'une sphinge sans oreilles, parce qu'Aniela n'avait rien à entendre. Seul son instinct pouvait percer la vérité.

Au moment de quitter la maison des Wróblewski avec sa valise bourrée de vêtements, Aniela tenta sa chance une dernière fois. Sur le perron de la demeure où elle avait grandi, elle implora Helena :

— Parle-moi d'elle, je t'en prie, murmura-t-elle à cette femme mystérieuse qui lui avait donné le goût d'un ailleurs sans pouvoir lui en ouvrir les portes.

Les roses embaumaient le jardin, mais à l'approche du portail, c'était la senteur du jasmin étoilé qui répandait ses effluves mielleux et sensuels.

Helena desserra les lèvres et attrapa les mains d'Aniela à la manière dont Stan savait le faire.

— Pardonne-moi, surtout ne m'en veux pas. Va vivre ta vie, tu as raison d'aimer et de te laisser guider par tes sentiments. Ta mère en a fait de même. Elle s'appelait Bronisława, c'était une femme sans concessions, comme toi. Va, ma chérie, ne m'oublie pas. Si tu savais comme je t'aime…

— Alors, c'est elle, la Broni dont tu avais parlé, un jour, tu te souviens ?

Helena semblait déjà hagarde, dans le déni des paroles qu'elle venait à peine de prononcer.

— Broni, mais quelle Broni ? Je ne connais pas de Broni. Allez, file, ma chérie.

Helena poussa Aniela sur le trottoir après l'avoir agrippée d'une étreinte désespérée sonnant comme une rupture.

Les jambes d'Aniela tremblaient, son corps était fébrile et, sur ses lèvres, vibrait un courant électrique qui accélérait encore le rythme de son pouls. Elle était le jouet de vents contraires. Ballottée. Sans boussole car privée d'histoire. Elle marcha vite, suivit le trottoir, tout droit, traversant les rues sans prendre garde aux véhicules. Elle était prête à tout, même à mourir, si la vie venait à en décider ainsi. Qu'avait-elle à perdre, puisqu'elle avait déjà tout perdu ?

Helena, Marthe, les Wróblewski, que savaient-ils chacun à leur manière qu'ils avaient refusé de lui dire ?

À mesure qu'elle avançait, elle se disait qu'elle n'avait plus de raisons de revenir rue Octave-Feuillet. Le respect, la gratitude, l'affection… Tout cela était balayé à présent qu'il y avait Stan. Et il lui semblait sentir le fil de sa bulle d'organdi prendre forme autour d'elle pour l'emmener plus loin et plus vite, là où elle n'avait eu de cesse de retourner sans y être jamais allée.

Ce poison qui sépare

Trois mois après avoir rencontré Stanisław Baliński, Aniela donna son congé à Monsieur Alexandre. Pour fêter son départ, les cousettes l'emmenèrent danser dans un club de jazz du Quartier latin, curieuses d'en savoir davantage sur le peintre slave qu'elles n'avaient plus revu depuis l'exposition. Aniela garda pour elle les coulisses de sa relation amoureuse, troquant ses secrets par de généreux sourires. Elle repartait en Pologne avec lui, c'était tout ce qui comptait pour elle.

— Mais tu n'y es jamais allée avant ! Tu nous aurais menti ? s'exclama Suzanne, l'air de n'y rien comprendre.

— Ah oui ! s'étonna Aniela, quelque peu pensive.

Elle avala d'un trait le fond de vin qui restait dans son verre avant de s'expliquer.

— Cette première fois recèle pour moi la saveur d'un retour puisque je parle polonais depuis le berceau. Je me sens de là-bas autant que d'ici, voilà pourquoi j'ai tant l'impression de revenir à mon point d'origine.

Elle se sentit rougir, un peu gênée, cherchant ses mots. Plus émue qu'elle n'avait coutume de le montrer. L'idée de la Pologne la transformait. Elle pétillait, devenait volubile et se raccrochait à tout ce qu'elle savait pour justifier son amour aveugle.

Ce fut dans cet élan d'euphorie qu'elle fit ses adieux aux Wróblewski le lendemain. Avec l'ingénuité propre aux grands virages existentiels, elle leur promit de revenir leur rendre visite le plus tôt possible, sans se douter qu'une fois là-bas, elle y resterait bloquée. Lorsqu'il fallut se séparer d'Helena, une tristesse viscérale la submergea qui lui donna la nausée. Son cœur se serra, sa voix devint fluette et elle se revit, toute petite, en train de marcher le long de la Seine, une glace à la main, talonnant sa protectrice.

Sous la haie de jasmin, elle l'avait remerciée. Ses mots, elle les avait prononcés en polonais. Répétés en écho, en français. Deux voix sur la partition. Elle mesurait ce qu'elle lui devait sans le savoir vraiment. Une ligne blanche les séparait, les séparerait toujours et son départ n'y changerait rien. Elles le savaient aussi bien l'une que l'autre. Les non-dits avaient pris trop de place, et pourtant Aniela pouvait à cet instant mesurer le fardeau qu'Helena avait accepté d'endosser pour tenir sa promesse. *Ce poison qui sépare les êtres qui s'aiment*, songeait Helena, tandis qu'Aniela tentait encore de se convaincre que c'était sa chance. Soudain, malgré ses griefs, sa gratitude devenait immense. Infinie et sans contours, pareille à l'eau transparente d'une mer étale.

Elle était trop jeune pour comprendre que les changements, tout menus qu'ils fussent, étaient un terreau de choix pour baisser la garde et exprimer ses émotions. Helena se contenta de la prendre dans ses bras. Brisée, elle faillit parler, lui avouer qu'elle n'était pas la simple fille d'une voisine, mais l'enfant de sa sœur, de sa jumelle adorée, donc un peu d'elle aussi. Parce que Bronisława et Helena étaient comme les deux faces d'une même pièce, indissociables et fondues dans le même moule. Si elle avait osé se confier, elle aurait commencé par évoquer leur placenta, cet arbre de vie à deux branches, au milieu desquelles Aniela avait poussé jusqu'à devenir une magnifique jeune femme qui s'était laissé emporter par un amour interdit, comme sa mère. Mais Helena était restée sans voix, muette comme le quartier où elles avaient vécu ensemble pendant vingt ans. Il est des histoires qui se prolongent au-delà de l'absence, de ces histoires incapables d'écrire leur épilogue.

Helena savait qu'Aniela serait toujours dans ses pensées tout comme elle sentait qu'elle ne reviendrait pas. Elle savait surtout ce qui l'attendait là-bas grâce aux nouvelles qui arrivaient à la Bibliothèque. La Pologne était de nouveau aux prises avec la pauvreté, les restrictions et le contrôle du grand frère russe. Une menace constante pesait sur les artistes autant que sur les intellectuels. Elle avait essayé de le lui expliquer. De lui parler des Polonais qui échouaient dans ce refuge de l'île Saint-Louis. Ces nouveaux exilés racontaient combien de fois ils avaient été arrêtés, battus et soumis à des interrogatoires mêlés à toutes sortes de tortures avant de gagner le droit de rentrer chez eux jusqu'à la prochaine arrestation. Ces témoignages étaient devenus monnaie courante. Aniela n'avait rien voulu entendre, elle avait préféré parler de Stan, raconter son talent, ses sculptures, ses toiles tout en s'efforçant de ne pas s'épancher sur la beauté de son corps qu'elle adorait d'un désir insatiable.

Dans les premiers mois qui suivirent son exil, Aniela écrivit souvent à Helena. Cette dernière lisait chaque lettre assise à même le sol au bord de la Seine, face à Notre-Dame. Les deux beffrois lui laissaient croire qu'elle se trouvait sur le Rynek, minuscule devant les tours inégales de la basilique

Sainte-Marie qu'elle n'avait jamais vue autrement que dans les livres de la Bibliothèque. N'importe quel point commun faisait l'affaire pour se donner l'illusion d'être proche de sa nièce. Ce départ avait intensifié le vide, réveillé la nostalgie, attisé de nouvelles questions. Après l'avoir lue, elle repliait la feuille avec un soin maniaque. Surtout ne pas la froisser, la garder intacte. Le soir, elle la relisait à haute voix rue Octave-Feuillet où l'on se rassemblait autour de la grande table. Parce qu'elle savait que ses lettres s'adressaient à la maisonnée entière, Aniela les écrivait en français afin que tous puissent les comprendre, incapable de s'avouer qu'à force de ne parler que le polonais, le français lui manquait.

L'exaltation était vite retombée. Cracovie était une belle ville certes, mais elle s'y était rapidement ennuyée. Par orgueil, elle taisait ses désillusions, racontait qu'elle travaillait pour le compte d'un couturier de renom et que Stan accumulait les expositions. S'il s'avérait impossible de cacher qu'il était déjà marié et père de famille, Aniela avait affirmé qu'il avait quitté femme et enfants pour vivre avec elle, migrant ainsi de Varsovie à Cracovie. Elle tissait indifféremment la vérité et le mensonge, trouvant toujours une bonne raison de justifier ses petits accommodements.

Parfois, elle se demandait, sans l'écrire, pourquoi maintenant qu'elle était en Pologne, elle ne pensait plus qu'à la France.

Dès son arrivée, Stan l'avait installée au second étage d'une maison de la rue Powiśle qui, en plus de disposer d'un balcon, offrait une vue imprenable sur le château de Wawel. Pour la consoler de passer de longues semaines à l'attendre, il lui versa une rente confortable et lui aménagea un atelier où elle put travailler l'organdi jusqu'à obtenir une couche minimale, diaphane et quasi translucide, aussi transparente qu'une peau.

Bientôt, tout proche que l'appartement fût de la Vistule au bord de laquelle il lui était agréable de se promener, elle devint triste, s'efforçant de le cacher. Stan le remarqua pourtant, à sa manière de ne plus le désirer. Il sut qu'il lui en avait trop demandé. Soucieux de la reconquérir, il l'emmena quelques jours au bord de la mer Baltique. Là, ils firent l'amour au lieu de sortir, ignorant tout de Gdańsk et de la splendeur de ses façades peintes.

Elle revint enceinte. Crut au bonheur. Se désola au lieu de se réjouir en mettant au monde deux enfants. Deux filles bâtardes dont elle devrait s'occuper seule dans une Pologne catholique qui ne pardonnerait jamais ce faux pas. Elle avait appris à mentir pour cela aussi, à raconter que son mari était un peintre célèbre dans le monde entier qui ne revenait que lorsqu'il le pouvait.

Stan doubla la pension et posa le plus souvent possible ses valises dans l'appartement de la rue Powiśle dont le balcon permettait de lire l'heure sur la grande horloge de la tour du château. Dans ces moments-là, elle oubliait tout, se sentait comblée, et ne regrettait rien.

Un jour, pourtant, Stan ne vint pas. Aussitôt, Aniela redouta que son épouse n'ait découvert son existence. Elle se mit à trembler. Ses filles avaient deux ans, elle ne leur apprenait pas le français.

Peu après, lorsque la pension mensuelle cessa brusquement d'être versée, dormir lui devint impossible. Elle paniqua, sans aucun moyen de joindre l'homme qu'elle aimait. Elle attendit, attendit, en vain. Craignit le pire.

Un matin de la fin d'octobre, n'y tenant plus, elle décrocha le téléphone, composa le numéro qu'il lui avait donné en cas de force majeure et demanda à parler à Stanisław Baliński.

Un blanc s'éternisa à l'autre bout du fil avant qu'une voix fêlée ne daigne lui répondre :

— Mais il est mort, madame. Vous ne lisez donc pas les journaux ? Si c'est pour organiser une exposition, laissez-moi du temps. Je suis en deuil, vous comprenez ?

Le silence changea de camp et Aniela finit par raccrocher avant de s'effondrer par terre.

Le voilage ondulait à la porte-fenêtre, caressé par le vent. Recroquevillée au sol sur le flanc, elle avait les pieds nus et les cheveux dénoués. Le corps désarticulé, elle semblait n'avoir plus de visage, mais un dos large et long, une croupe lourde et figée sous laquelle ses mains se retrouvaient écrasées.

Le corps d'Aniela gisait, comme mort. Bientôt, deux petites innocentes en robe plissée vinrent la réveiller. Pour elles, ce fut un jeu. Maman dormait sur le parquet, elle faisait une longue sieste et c'était l'heure d'ouvrir les yeux. La douceur du vent sur la jambe d'Aniela se transforma soudain en un assaut de doigts fins dans ses cheveux et sous la plante de ses pieds. D'abord elle avait ri, joué, s'était laissé surprendre par les taquineries des fillettes qui s'étaient mises à gravir son dos comme une montagne jusqu'à la chevaucher. C'était une attaque de petites filles, une tornade de rires sur son corps engourdi. Aniela se redressa, s'assit en tailleur et fixa son regard sur le rideau qui continuait à frémir comme si de rien n'était. Les jumelles s'étaient détachées d'elle, se roulant par terre jusqu'au tapis. Aucun son ne résonnait à ses oreilles. Elle ne voyait plus que le blanc du voilage qui préfigurait le vide dans lequel elle s'apprêtait à plonger.

Un long moment s'écoula où elle demeura dans cette position. Sous le choc.

Puis la voix des filles lui parvint à nouveau à l'oreille, suivie des bruits de la rue et il lui sembla entendre le souffle du vent dans le rideau malmené.

Dehors, le vent redoublait ; à l'intérieur aussi.

C'était un grand vent de panique dans l'esprit d'Aniela. Les paroles du téléphone saturaient ses oreilles. Stanisław était mort, alors que ses filles jouaient sur le tapis, sous le regard d'une mère ahurie.

Stan était mort. Le rideau s'enroulait sur lui-même, offrant le spectacle de la grande horloge qu'ils se plaisaient à contempler ensemble, le soir, à la tombée du jour. La vue était grandiose, se disaient-ils. Parfois, ils buvaient un verre sur le balcon, s'enlaçaient. S'embrassaient.

La vie avait pris un tour qui ne leur déplaisait pas, toute fragmentée qu'elle fût. Et qu'il soit l'homme de deux femmes n'était pas une souffrance pour Aniela. Il lui donnait assez de bonheur pour qu'elle le prenne tel quel, sans réclamer davantage, sans chercher à bouleverser ce qui, avant elle, s'était construit de beau à Varsovie.

Stan était mort.

Elle sentit son cœur se fendre et se répandre tout autour d'elle. Alors le rideau vira au rouge.

L'horloge de la cathédrale du château sonna dix coups.

Ils s'étaient rencontrés un 10 octobre, elle s'en souvenait. Le 10 était même devenu leur chiffre fétiche. Un porte-bonheur, un gage que tout ce qu'ils feraient ce jour-là serait couronné de succès.

Stan était mort et Aniela n'eut plus qu'à s'agripper à ses filles. Incapable de pleurer.

La scène aurait pu faire l'objet d'une sculpture si l'artiste avait été là pour en être le témoin, mais Stan était mort. Où ? Comment ? Depuis combien de temps ?

Aniela serra ses jumelles si fort qu'elles se dégagèrent aussitôt de son étreinte.

Elle aurait pu les rattraper, leur imposer de rester tranquilles, serrées tout contre elle, quitte à leur faire mal. Leur dire que la douleur, à leur âge, elles n'y connaissaient rien. Que leur douleur à elles, comparée à celle qui s'emparait déjà de son corps, ne serait jamais rien, mais elle préféra les laisser filer dans leur chambre pour rester seule face au vide. Elle pensa à ses parents dont elle ignorait tout. Il avait fallu s'appuyer sur Helena et se satisfaire des rencontres heureuses qui avaient jalonné sa vie. Heureuse, elle l'avait été, malgré l'arrachement, malgré la guerre, malgré tout. Elle avait été protégée. Le silence l'avait mise à l'abri.

Elle songea que les jumelles étaient encore de toutes petites créatures innocentes, malléables comme de l'argile. Capables d'oubli. Elles oublieraient leur père, sa présence serait gommée, effacée. Il n'y aurait même rien à en dire. Ou pas avant longtemps. Avant le temps des questions qui resteraient sans réponse. Comme Helena, elle apprendrait à éviter le sujet, à changer de propos, à regarder vers l'avenir plutôt qu'en arrière.

Aniela se leva, fit quelques pas en direction de la porte-fenêtre, rassembla le voilage dans sa main et resta debout, agrippée au tissu, happée par la grande horloge.

Il n'y avait pas de mots pour se dire que Stan était mort, que le père de ses filles n'était plus. Il n'y avait pas de mots dans sa bouche de feu pour prononcer ce genre de paroles. Alors, elle décida de rendre à la page de leur idylle le blanc initial que seule l'imagination féconde.

Le rideau coulissa vers la droite, la porte vitrée donnant sur le balcon s'ouvrit.

Elle sortit, se pencha et hurla en elle-même à défaut de sauter.

Jamais elle ne s'avoua que sa vie n'avait alors tenu qu'à la présence de ses deux fillettes qui jouaient en toute innocence.

Carré blanc

À partir de ce sinistre jour, elle se mit à porter les vêtements en organdi de sa confection. Blancs, comme les sculptures en plâtre de Stanisław auxquelles elle n'aurait plus accès en dehors des expositions publiques. Dans son atelier, il demeurait une pièce presque achevée qu'il avait sculptée tandis qu'elle peaufinait le détail d'un col. Parfois, ils levaient les yeux et s'échangeaient un regard avant de sourire. Chacun se souciait du travail de l'autre et s'en nourrissait. Elle cherchait à sonder un vide en ménageant des espaces creux dans ses tissus ; lui cherchait plutôt à combler le manque par la création de pièces imposantes, dérangeantes et torturées.

Dans les premiers temps, elle traversa une période intermédiaire, suspendue à un fil comme une araignée. Légère et invisible, enfermée avec ses filles, elle cousait à longueur de journée pendant que les petites jouaient à la poupée. Parfois, quand elles devenaient trop agitées, elle leur enfilait les cirés corail qu'elle avait cousus avec la toile imperméable qu'Helena lui avait envoyée à l'approche du printemps. Elle attrapait les petits souliers venus de France, les enfilait aux pieds des fillettes et leur ouvrait la porte. Une fois les jumelles prêtes sur le palier, elle s'habillait à son tour, chaussait ses escarpins, mettait son sac à main en bandoulière et s'emparait des deux chapeaux assortis aux cirés épinglés sur la patère. Selon la direction que prenaient naturellement les filles, la balade s'orientait vers la Vistule ou vers le Planty. En route, les jumelles quémandaient un bretzel au parc ou une glace sur la berge qu'Aniela ne leur refusait jamais. Elles tournoyaient autour d'elle, deux fleurs folâtres et babillardes qui se dépensaient en toute innocence.

Le plus difficile à ce stade était de simuler une vie normale. Bientôt, le plus difficile serait de mentir, de leur mentir, mais elle préférait ne pas y songer. Le choc anesthésiait la douleur et brouillait le futur. Pour Aniela, le lendemain n'était qu'un carré blanc, neutre et inoffensif, un espace différé qu'elle explorerait en temps voulu. Pour l'heure, sa seule préoccupation était de retenir ses larmes. Il fallait bloquer la respiration, balayer le chagrin, se concentrer sur ce qu'il restait de vivant autour d'elle. Tenir.

Elle pensait à Helena. À la possibilité de retourner en France, où elle serait accueillie à bras ouverts avec ses jumelles, mais elle ne pouvait s'y résoudre. Ses filles étaient nées à Cracovie, possédaient une carte d'identité polonaise, tout comme Aniela était devenue polonaise immédiatement grâce aux papiers que Stan lui avait fait faire.

— Les étrangers sont suspects en Pologne, tu seras plus en sécurité avec cette carte, et nos filles aussi. Tu peux toujours garder tes papiers français, on ne sait jamais, mais cache-les. Dissimule-les sous le plancher, avec l'argent. Ne place rien sur un compte, tu risquerais de tout perdre. Tu parles si bien polonais que personne ne peut douter du fait que tu sois une parfaite Polonaise. Ne fête pas les anniversaires, achète une carpe à Noël, va à la messe tous les dimanches, et tu seras protégée.

— Et les colis de France ?

— Tu diras que tu as étudié quelques années la haute couture à Paris et que tu t'es fait des amis.

Elle avait approuvé d'un mouvement de tête résigné. Parfois, il lui semblait être passée sans transition d'une autorité à une autre, d'Helena à Stanisław, et d'avoir toujours obéi. La mort de Stan la laissait seule à tenir les rênes, lestée d'une douleur indicible difficile à surmonter.

Une fois le choc passé, vint le besoin effréné de comprendre. Comment Stan avait-il pu mourir alors qu'il était en pleine santé ? Elle se mit à élucubrer : une septicémie, un arrêt cardiaque, un accident de voiture, une chute à vélo, un assassinat fomenté par les communistes, un règlement de comptes, une chute quelconque (dans les escaliers), une noyade, un étranglement… Elle envisageait toutes les possibilités et, parce que nulle n'était sûre, recommençait sans cesse, tissant une toile d'hypothèses qui la rendait folle. Elle compulsa les journaux, en vain.

Un matin, elle habilla ses filles à la va-vite, leur ordonna de jouer sagement dans leur chambre et s'enferma dans la salle de bains. D'abord, elle prit des ciseaux et se coupa les cheveux. À sec. Mèche après mèche, elle dessina un carré parfait.

Stan aurait posé la main sur son visage aux traits fins, une main forte et sûre, qui serait allée à l'os pour mieux jauger la matière. Une main avide et contenue à la fois. Le geste expert ne visant que le mille. Après, il aurait fixé ses yeux, en aurait défini la nuance de noir. Tout dépendait de la lumière. Le matin, ils avaient plutôt la teinte du réglisse ou de l'ébène. Plus tard, le noir se durcissait à mesure que le ciel se plombait et l'iris se gorgeait d'une encre moirée tirant légèrement sur le bleu. À la tombée du jour, le regard virait au noir de carbone sombre et mystérieux. Là, il lui semblait entrer dans le silence des cathédrales. La peau, il se concentrait pour en garder une empreinte éternelle, car c'est dans son atelier de Varsovie qu'il travaillerait à retrouver le velours de la peau d'Aniela, la souplesse de la peau d'Aniela, la chaleur de cette membrane miraculeuse qui le submergeait de désir. Chaque coup de burin visait à dupliquer le corps d'Aniela dans le plâtre. Il traquait la forme juste, la courbe naturelle, le reflet de la lumière. Parce qu'il en était séparé, elle devenait son obsession, sa muse, son péché. L'élan sans lequel il aurait perdu l'inspiration. Sur ses toiles, il recherchait l'intensité vibrante de son regard, le trouble de ce noir instable. Il en diffractait un fragment dans chacun de ses tableaux, une note de beauté dans le chaos de la misère humaine qu'il peignait de plus en plus décharnée. Aniela était le dernier soleil de son œuvre, l'ultime reliquat d'espoir sur des toiles et des sculptures guidées par le supplice de la Shoah.

Tout le ramenait à cette tragédie. C'était une plaie dont il refusait de parler autrement que par son art. Un espace tabou, intouchable et sacré, qui le hantait toujours davantage. Aniela avait compris. « Peins, Stanisław, peins ce que tu vois dans ta tête, même si c'est dur et que personne ne veut rien savoir. Peins et mets cela de côté, pour l'instant, d'autres comprendront à la place de ceux qui veulent oublier. Ne te bride pas sinon tu te laisseras déborder par ces fantômes qui te rongeront comme un poison. »

Elle ne savait rien de son histoire ni de son passé. Cependant elle semblait tout connaître. À force d'écouter ses silences, elle avait appris à l'aimer du plus profond de son âme et de son cœur au point d'en être plus proche que n'importe qui d'autre.

En manière d'introspection, elle fixa le miroir. L'absence de Stan était une morsure sur ses lèvres, une explosion dans son ventre, un gouffre qui la rendait fébrile et vacillante comme une flamme sur le point de s'éteindre.

Ce matin-là, ce fut la voix tremblante et le cœur au galop qu'elle appela ses filles du palier. Ensemble, elles quittèrent l'appartement et s'orientèrent vers la rue Floriana qui menait tout droit à l'université Jagellonne. Aniela avançait à petits pas, une jumelle à chaque main. Elle avait déjà promis le bretzel, si elles étaient sages. La route leur était familière, elles cheminèrent avec quelques pauses. Sur un banc, au pied de la statue de l'Ange, sur les planches d'un kiosque. Toujours les mêmes haltes aux mêmes endroits du même Planty. Bientôt, elles s'approchèrent de la majestueuse façade néo-gothique du Collegium Novum et le cœur d'Aniela s'emballa de plus belle. Privée de souffle, elle stoppa au milieu de l'allée. Ses filles lui lâchèrent la main pour courir s'asseoir sur les marches de l'université. Les laisser seules n'était pas concevable à leur âge, aussi regretta-t-elle de n'avoir personne à qui confier ses enfants, personne sur qui s'appuyer. Elle attrapa donc les mains de ses filles et les encouragea à s'introduire dans le bâtiment voûté. Un homme était assis à l'accueil, posté derrière une vitre, la tête penchée sur le registre des entrées et des sorties.

— C'est pour quoi ? demanda-t-il dans un polonais nasillard.

— Je voudrais voir le professeur Marek Kubiak.

— Vous avez rendez-vous ?

L'homme n'avait pas levé le nez de son registre, sa voix était désagréable, elle devait se montrer convaincante si elle voulait avoir une chance de revoir le collègue de Stan.

— J'ai une lettre à lui remettre, de la part d'un artiste avec qui il a été souvent amené à travailler. Appelez-le, dites-lui que c'est au sujet de Stanisłas Baliński, il viendra. Je peux vous l'assurer.

L'homme se décolla du registre, la dévisagea à travers ses épaisses lunettes, ne vit pas les deux fillettes cachées derrière le guichet, muettes comme des carpes.

— Je vous en prie, implora-t-elle avec une fermeté neutre, sans le moindre sourire. C'est important.

Il héla un collègue qui passait par là, lui ordonna d'aller chercher M. Kubiak, une femme l'attendait à l'accueil.

Le professeur arriva quelques minutes plus tard, au pas de course, les yeux exorbités de surprise. Il tendit la main à Aniela, la salua cordialement. Elle se présenta avant de lui préciser qu'elle venait le voir au sujet de Stanisław. Il lui proposa d'aller discuter au café Jama Michalika. Elle accepta.

Les fillettes, encore trop petites pour poser des questions, se montraient curieuses de voir un homme apparaître dans leur cercle proche. Dorota se laissa porter dans les bras du monsieur tandis que Stanisława réclama l'étreinte maternelle. Ils traversèrent la vieille ville jusqu'à la rue Floriańska. En chemin, ils échangèrent quelques banalités : le printemps était ensoleillé, plus clément que d'habitude, fleuri à souhait. Ils marchaient de plus en plus vite, pressés de se réchauffer sur les banquettes vertes, sous la verrière, en face des vitraux de style Art nouveau.

C'était le lieu de rendez-vous des artistes d'autrefois, le fief du mouvement Jeune Pologne, des écrivains et des peintres modernes qui avaient agi sur Marek et Stanisław comme de vénérables maîtres.

Les jumelles entrèrent dans le café dépourvu de la moindre fenêtre. On se serait cru dans une grotte obscure. Tout y semblait étrange et biscornu, bizarre et torturé. Là, elles auraient de quoi s'amuser…

Marek invita Aniela à s'installer en face de lui, à une table isolée.

— Alors comme ça, vous êtes venue pour me parler de Stanisław ? se risqua-t-il en premier.

— À vrai dire, vous êtes l'unique personne vers qui je puisse me tourner. J'ai rencontré Stan à Paris, nous sommes tombés amoureux et il m'a proposé de le suivre. J'habite à Cracovie depuis cinq ans et nous avons eu des jumelles en dépit du fait qu'il ait déjà une autre vie à Varsovie, alors...

— Je comprends, l'interrompit-il avec pudeur.

Un long silence plana autour d'eux. Jusqu'où pouvait-elle parler sans trahir l'intimité de l'homme qu'elle avait aimé en secret ? La douleur était si forte, l'ignorance tellement cruelle, qu'elle se lança.

— Il a eu le courage de m'aimer et de m'emmener avec lui. Je savais qu'il était marié, qu'il avait des enfants, il ne s'en est jamais caché, mais c'était déjà trop tard. Nous nous sommes aimés immédiatement, sans question, sans raison, comme un éclair. J'étais bien avec lui, assez comblée pour l'attendre quand il partait vivre son autre vie à Varsovie. Jamais je ne l'aurais appelé ni dérangé s'il n'avait disparu durant plusieurs semaines sans me donner la moindre nouvelle. J'ai cru mourir d'inquiétude, j'en perdais la raison, je le voyais partout. Un jour, j'ai téléphoné chez lui, sa femme m'a prise pour une galeriste qui souhaitait organiser une exposition. Elle m'a dit qu'elle était en deuil, que c'était trop tôt pour elle. J'ai raccroché. Sa voix, à elle, je ne m'en souviens plus. Je n'en ai jamais été jalouse. J'ai aimé le même homme, c'est tout. Vous m'en voulez ?

— Non. Je n'ai pas à vous juger. Ni vous ni Stan.

Soudain, les fillettes s'approchèrent de la table, légères et guillerettes, en quête d'un peu d'attention.

Marek leva la main, une serveuse apparut.

Il leur commanda des sirops et une tarte Sacher.

— Vous aimez le chocolat, n'est-ce pas ?

Les yeux des jumelles pétillèrent. Aniela baissa les siens, gênée par les propos qu'ils venaient d'échanger.

— Et pour vous, Aniela, un café, un thé, un verre de vin ?

Elle voulut un café, il prit de même. Les fillettes accaparèrent la table d'à côté et se tinrent assises l'une contre l'autre sur la banquette.

— Elles sont plutôt autonomes pour leurs deux ans, précisa Aniela. Je les élève seule, c'est pour cela. Comment leur avouer que leur père est mort ? Elles sont encore si innocentes. Moi-même, j'ignore la manière dont il a perdu la vie. Je n'ai pas pu poser la question, j'étais abasourdie et je n'avais pas le droit…

Il lui prit la main, la serra, lui prouva ainsi qu'il compatissait.

— C'est pour cela que je suis venue vous voir, Marek, reprit-elle, après avoir ravalé ses larmes. Je ne trouve plus le sommeil, je ne cesse de me poser des questions et d'imaginer des scénarios plus terribles les uns que les autres.

La conversation fut interrompue par l'arrivée de la serveuse qui se cramponnait au plateau, maladroite et lente dans ses gestes. Elle servit d'abord les jumelles, puis déposa les cafés devant ce qu'elle prit pour un couple qui n'en était pas.

— Que vous a-t-on rapporté de sa mort ? demanda alors Aniela en fuyant son regard.

— Pourquoi ne retourneriez-vous pas en France avec vos filles ? Il n'y a pas meilleur pays pour grandir. Ici, on manque de tout. Ne voyez-vous pas les files d'attente dans les magasins, les étals vides, la grogne qui ne cesse de monter ?

— Nous vivons de peu, ce n'est pas le plus important puisque nous avons un toit. Je ne veux pas quitter le lieu où j'ai vécu avec Stan, vous comprenez ?

— Bientôt, sans lui, si vous restez seule ici, vous serez forcée de partager votre appartement ou de le quitter. C'est le Parti qui décide à présent, en avez-vous conscience ?

Aniela baissa les yeux et se tordit les mains pour ne pas pleurer.

— Non, je n'y ai pas réfléchi. Je vends des vêtements, je gagne ma vie. Je me débrouille. On m'envoie des tissus de France que personne ne peut trouver en Pologne, c'est un avantage conséquent. Je pourrais peut-être augmenter mes prix…

— Si vous voulez que vos filles reçoivent une éducation en Pologne, il vous faudra bien plus d'argent que cela.

— Et Stan, pourquoi ne me parlez-vous pas de Stanisław ?

— Sa mort est honteuse, personne n'a voulu en toucher mot. Il n'a pas été enterré, sa femme se cache à présent. Vous tenez vraiment à savoir ?

Elle avala son café d'un trait et acquiesça, prête à tout entendre.

— L'avez-vous déjà vu en crise ? En crise de démence, je veux dire.

— Pas à ce point-là. Il était sombre, triste, mélancolique, noir parfois mais sûrement pas fou.

— Il exposait en France quand la guerre a éclaté. Grâce à ses relations, il a pu fuir en zone libre et vivre caché durant de longs mois avec sa famille. Il vous l'a dit ?

— Non, pas vraiment, murmura-t-elle, en jetant un regard désespéré sur ses filles qui s'étaient assises en tailleur pour jouer avec les fleurs artificielles plantées dans un vase au centre de la table.

— Parce qu'il était juif, ils ont vécu enfermés dans une cave, ce qui leur a permis de survivre. À son retour, la plupart de ses amis avaient été tués. Il ne s'est jamais pardonné d'être encore en vie.

Aniela prit conscience qu'elle ne connaissait presque rien de lui, comme elle ne connaissait rien d'Helena. *Une fatalité*, pensa-t-elle. Ou une aptitude à partager la vie de ce genre de personnes.

— Je suppose qu'il voulait vous protéger et oublier, ajouta Marek.

— Cela n'aurait rien changé. Je l'aimais. Il aurait pu être n'importe quoi, je l'aimais tel qu'il était et sans raison. C'était plus fort que moi. Il aurait pu tout me dire, même qu'il ne m'aimait plus, je l'aurais aimé encore et pour toujours.

— Il n'y a pas de toujours en amour Aniela, c'est un leurre. Une vue de l'esprit. Un piège aussi. Pensez à vous, à vos filles…

— Aimer Stanisław ne m'empêche ni de penser à moi ni à mes filles, bien au contraire, notre amour me donne de la force.

— Il n'y a plus que le vôtre à présent. Stan s'est suicidé.

— Comment ?

Sa voix avait bifurqué dans l'aigu, avant de se briser.

— Il a plongé dans la Vistule. Une nuit. À Varsovie. Son corps a disparu.

— Il est peut-être encore vivant ?

— N'allez surtout pas vous mettre cela en tête, vous sombreriez dans la folie, comme lui. Un groupe de jeunes le suivait depuis le parc Praski et l'a vu sauter du pont reliant la cathédrale au château royal.

— Je ne connais pas. Je ne suis jamais allée à Varsovie. Je ne pouvais pas.

— Rentrez en France, Aniela. Vous avez de la famille, vous avez grandi là-bas. Ne restez pas seule ici, avec les filles. Le pays se referme de jour en jour, méfiez-vous.

— Helena m'enverra de l'argent si je lui en demande. Ce n'est pas un problème. Je veux rester en Pologne, dans l'appartement face à l'horloge et au Wawel, là où j'ai contemplé le lever et le coucher du soleil dans les bras de Stan.

— Il y aura d'autres bras, d'autres étreintes, dit Marek d'une voix claire et illuminée, comme si ces autres bras pouvaient être les siens.

Il y pensa, furtivement, mais c'était hors de propos. Le visage décomposé d'Aniela lui laissait deviner combien il lui serait long et douloureux de tourner cette page de sa vie.

— Parlez-moi de Varsovie, le pria-t-elle pour gagner le temps de se ressaisir.

Les fillettes étaient venues s'asseoir sur ses genoux, tête contre tête, leurs fins cheveux emmêlés.

Il lui raconta Varsovie, la ville détruite, reconstruite, ressuscitée.

— Voulez-vous un autre café ? proposa-t-il enfin, comme pour la réveiller.

Elle eut un sourire étrange au coin des lèvres et il lui sembla qu'elle n'était plus là. Soudain, elle demanda aux jumelles de remercier Marek de leur avoir offert une tarte délicieuse.

Les filles tendirent la joue avant d'attraper les mains de leur mère.

Aniela remercia à son tour, d'une manière mécanique, les yeux hagards.

— On pourrait se revoir ? proposa-t-il du bout des lèvres. Dans quelque temps, je veux dire, lorsque vous irez mieux.

Elle s'entendit refuser, dire non, le gifler, mais aucun son ne sortit de sa bouche, pas plus que ses mains ne se dégagèrent de celles de ses filles.

Elle fit quelques pas en avant, pensa à Stan et s'imagina que c'était lui qui était assis là, dans son dos, à la place de Marek. Le souvenir de leur amour incendia sa poitrine et la fit se retourner. Le professeur s'était levé, en attente, suspendu à sa voix. Elle se revit à Paris, sur le banc du jardin du Luxembourg, en attente, suspendue à la voix et aux lèvres de Stan. Sans réfléchir, elle formula une réponse instinctive :

— Pourquoi pas…

Marek afficha un sourire retenu qu'elle lui rendit.

Lorsqu'elle revint à l'accueil du Collegium Novum de l'université Jagellonne un an plus tard jour pour jour, il l'emmena au café Jama, lui commanda un café et lui caressa la main sous la table. Le corps de Stan avait été retrouvé, enterré dans le cimetière juif de Varsovie et ses œuvres étaient exposées au Musée national de la capitale.

Elle s'était laissé embrasser. N'avait pas retrouvé l'ardeur des baisers de Stan, mais s'en était contentée.

Une question s'était imposée :

— Avez-vous prévu un voyage en France dans les temps à venir ? avait-elle demandé, surprise de s'entendre prononcer de telles paroles.

— Vous viendriez avec moi ? s'était-il empressé de renchérir. Avec les filles ?

Elle avait hésité, un peu gênée, mal à l'aise aussi. Elle avait eu à cœur d'être sincère, de lui confesser qu'elle ne l'aimait pas, pas comme Stanisław, même si elle avait envie de faire un bout de route avec lui malgré tout. Finalement, elle avait gardé ses pensées pour elle, se contentant de répondre à la question.

— Je les présenterai à ma famille, et vous aussi, par la même occasion.

Ils s'étaient compris en un regard. Marek avait rougi et elle l'avait embrassé.

Un goût nouveau sur ses lèvres, un peu de douceur pour conjurer la noirceur qui s'était emparée d'elle depuis que Stanisław l'avait quittée.

LE SILENCE DES GRANDS LACS

Les cannelures du gâteau

Ici, personne ne m'appelle autrement que Micha. Ça m'arrange. Ces noms à rallonge qu'on se refile de génération en génération sont lourds à porter.

Ma mère, elle, tient à toutes ses syllabes. Moi, je coupe.

J'ai grandi au premier étage d'un immeuble séparé du Planty par deux tronçons de rails et un carrefour. La fenêtre de ma chambre donnait sur la façade gothique de l'université Jagellonne et, le soir, je glissais mes avant-bras sur l'appui de fenêtre avant de poser mon menton sur mes mains pour contempler la façade illuminée. Des piétons circulaient, des prêtres, des bicyclettes… Aujourd'hui, on peut rajouter les trottinettes et les vélos cargo, mais je ne suis plus là pour les observer. Mes parents ont vendu leur modeste trois-pièces à un promoteur qui leur a versé la somme nécessaire à l'achat d'un vaste appartement neuf dans le quartier rénové de Podgorze. Longtemps, ma mère n'y a pas cru. Elle avait passé sa vie à faire le ménage dans le labyrinthe du Collegium Maius pour un salaire modique, mon père tenait une boutique d'alimentation et gagnait un peu mieux sa vie. C'est pour cela qu'ils s'étaient contentés d'un enfant unique. Pour me gâter, comme ils disaient, m'offrir des glaces sur le Rynek et me permettre de faire des études à l'université d'en face plutôt que d'y passer le balai.

Lorsqu'on lui a précisé l'emplacement du nouvel appartement, mon père a tiqué et ma mère a soupiré.

— C'est l'ancien quartier juif, a dit Janek, mon père.

— Ce sera toujours le quartier juif, a corrigé Stanisława, ma mère, en plissant les yeux.

— Tu te trompes, maman. Le ghetto, c'est de l'histoire ancienne. On vit bien ensemble à présent.

Pour moi, la repartie était une pure évidence en dépit du regard orageux de ma mère qui avait le don de me faire douter.

— C'est ce que tu crois, toi, avec tes amis juifs.

— On ne parle pas de ça. Ce n'est pas important.

— Toi et ceux de ta génération, vous ne pouvez pas savoir, mais rien n'est jamais vraiment réglé. Et c'est sur les ossements des morts que nous allons vieillir.

— Le quartier a été fouillé, nettoyé, rénové. Tout est neuf, entièrement réhabilité. Même l'architecture est différente. Des blocs épurés, des balcons, des couleurs et le tout à quelques pas seulement du pont de Bernatek. Nous serons bien. Au calme.

Janek a cru bon d'intervenir et de tempérer. Contrairement à ma mère, il préférait aller de l'avant. À ses yeux, fouiller le passé était cause des pires tourments et il avait assez vécu pour s'en persuader.

— Loin de tout, a contredit ma mère.

— Comme toujours, tu exagères.

— Je ne verrai plus le Wawel…

— Tu auras de l'espace, un ascenseur, une terrasse et tout le confort.

— Mais je ne verrai plus le Wawel et je sentirai la présence des morts. Aussi souvent que je traverserai la place pour faire mes courses, je verrai les chaises vides et ces abrutis de touristes s'asseoir dessus et se prendre en photo dans le pur mépris des déportés qu'elles commémorent. Les enfants slalomeront autour, sans parler des vélos. Tous indifféremment mèneront leur train, les Polonais aussi, comme si de rien n'était.

— Personne n'oublie, maman. N'y a-t-il pas chaque jour des files de visiteurs agglutinés devant l'usine Schindler ? Et puis, cela ne nous concerne pas directement.

— Détrompe-toi, Michalina.

Je me suis figée, traversée d'un courant froid, étrangement mal à l'aise. Ma mère ne m'appelle jamais ainsi d'habitude.

— Qu'est-ce que tu veux dire ?

— Rien, a dit Janek en tournant une page de la plaquette de présentation de la nouvelle résidence.

— Mais encore ?

— Rien, c'est tout. On va vivre à Podgorze, on sera bien. On n'a pas d'autre choix.

Ma mère a reniflé, une larme au coin de l'œil avant de se lever brusquement. Lorsqu'elle est revenue s'asseoir, pimpante après s'être rafraîchie dans la salle de bains, elle a arraché le fascicule des mains de Janek et tourné les pages à la va-vite pour me montrer le projet final en arborant un sourire satisfait.

— Regarde, Micha, regarde où vont vivre tes parents. La classe, non ?

— C'est sûr !

— Eh bien, soyons contents, a ironisé ma mère. Nous allons revenir à notre place. On n'échappe pas à son destin de toute façon.

— Stanisława, ne serait-il pas l'heure de goûter la *babka* que tu as préparée pour Micha ? a enchaîné mon père, pressé d'interrompre le dialogue.

Une étrange sensation de nausée m'est montée à la gorge, parce que mon père faisait diversion et que ma mère avait parlé plus que de raison.

Rompue à l'exercice, habituée à servir, elle s'est levée.

— La *babka*, oui, je l'avais oubliée… Avec du café ?

Elle n'a même pas pris la peine d'écouter la réponse, trop contente de trouver un prétexte pour changer de sujet.

On en est resté là pour cette fois, mais le ver était dans la pomme. La preuve, maman avait oublié de répandre le sucre glace sur les cannelures du gâteau.

L'œil furieux du cheval cabré

Deux ans plus tard, en janvier 2020, mes parents ont quitté l'appartement du 25 de la rue Floriana en face de l'université Jagellonne et je me suis installée dans un studio, au quatrième étage d'une maison sur la place du Rynek avec vue plongeante sur la statue d'Adam Mickiewicz. Je venais de terminer un stage au Musée Czartoryski où *La Dame à l'hermine* de Léonard de Vinci retenait autant mon attention que le fonds consacré à l'histoire polonaise. À force de cheminer dans la maison, je m'étais prise d'affection pour les multiples représentations de la princesse Izabela et je pouvais commenter le portrait en armure de Stanisław August Poniatowski, dernier roi de Pologne, dans les moindres détails. Surtout, je ne manquais jamais de m'arrêter devant l'étude pour *La Bataille de Grunwald* de Matejko, hypnotisée par l'œil furieux du cheval cabré. Dans ce seul regard, je sentais la cruauté de la guerre mieux que dans toutes les armures, boucliers et autres épées exposés dans ce précieux lieu de mémoire. Il y avait de la rage dans ces soleils oculaires, la rage de conserver intacte l'âme d'un peuple que l'histoire n'avait cessé de déchiqueter. En cela, Lituanie et Pologne étaient à égalité, mais encore fallait-il rajouter l'Ukraine à la liste des peuples sacrifiés.

Cette rage, je peux parfois l'entendre rugir en bas de chez moi, au pied de l'immense statue de notre héros national, là où drapeaux ukrainiens, polonais et européens se mêlent aux pancartes brandies à bout de bras.

Stand with Ukraine
Free ukrainian prisoners !
Support Ukraine
Protect Ukraine Save Europe
No war

Autant de slogans pour conjurer les larmes que certaines avaient peintes sur leur visage en même temps que le drapeau du pays assiégé.

Aussitôt qu'une femme s'enroule dans un étendard bleu et jaune, arborant une couronne de fleurs sur la tête, je me demande si elle est polonaise, ukrainienne ou les deux à la fois. Est-ce que cela lui vient du sang, du cœur ou d'une alliance qu'elle aurait conclue ? Parfois, je sors à l'instant où l'hymne ukrainien hypnotise l'échiquier de la Grand-Place, ramenant les pièces autour de la statue comme autant de pions autour de la reine, pour la protéger. Je veux en être, moi aussi, à ma modeste façon, je veux au moins pouvoir compatir.

C'est lorsque j'ai appris que la Russie avait déclenché une opération spéciale en Ukraine que j'ai fait percer mon arcade sourcilière. Pour me donner du courage, parce que j'avais peur. Peur que ce soit bientôt notre tour.

Comme autrefois, le soir, il m'arrive encore de poser mon menton sur mes mains afin de regarder ce qui se passe en contrebas. Les rassemblements, les pigeons, les calèches et les deux tours de la basilique Sainte-Marie. J'observe, pensive telle la petite *Helenka au vase* de Wyspiański dont je suis en charge. Depuis la fermeture du pavillon, la question de la conservation de ses œuvres se pose, et c'est à moi de la résoudre. Ce privilège, je le dois à mon métier de régisseuse d'œuvres d'art et surtout à ma thèse, fruit de ma passion précoce pour ce peintre encore trop méconnu à mon goût.

Durant mon enfance, ma mère m'emmenait faire le tour du Planty tous les week-ends. Le samedi, dans le sens des aiguilles d'une montre, le dimanche en sens inverse, avec papa qui ne travaillait pas cet après-midi-là. En chemin, on achetait toujours un bretzel à une vieille marchande ambulante dont j'offrais la plus grande partie aux pigeons de la Barbacane. Sur le sentier, je m'arrêtais pour contempler les statues. Si certaines m'attiraient plus que d'autres, toutes semblaient m'inviter à écouter leur histoire.

— C'est qui, ça ?

Je posais la question, le nez en l'air et l'index tendu, emmitouflée dans mon manteau de laine assorti à mon écharpe. Pour ma mère, c'était toujours une personnalité importante de la Pologne. Stanisława ne faisait aucune différence entre un dieu grec, un général ou un peintre polonais, pour elle ce n'était qu'une balise de plus sur le sentier de notre promenade rituelle. Moi, j'imaginais des personnages, je leur attribuais des noms et leur faisais signe de la main comme s'ils étaient vivants. Plus tard, j'appris au détour d'une visite organisée par le collège que j'avais dû saluer un millier de fois un artiste polonais génial qui, en plus d'être peintre, dessinateur et designer, était l'auteur de pièces de théâtre qu'il avait lui-même mises en scène. Et, cerise sur le gâteau, il avait même voyagé en France, vécu à Paris et rencontré Gauguin. La France, Paris, tout ça… Je me souvenais qu'on en parlait beaucoup à la maison autrefois, et puis plus rien. J'en fis mon héros, mon amour, mon guide avec d'autant plus de facilité qu'il était magnifique dans cette statue qu'on avait érigée en son honneur devant le Musée national. À ses pieds, je me sentais minuscule, mais protégée. Comme s'il planait sur moi pour me donner la bénédiction de marcher dans ses pas. Il m'est arrivé d'essayer de dessiner comme lui, la petite Helena était massacrée sur mes feuilles toutes neuves et le grammage du papier n'y changeait rien. Si je n'avais aucune disposition de ce côté-là, pas plus que pour l'écriture, je n'en frissonnais pas moins sous le regard du maître.

Peu à peu, mon admiration tourna à l'obsession au point que j'en vins à modifier notre balade du Planty qui s'allongea d'une trentaine de minutes, au grand dam de ma mère. Au lieu de n'avoir qu'à traverser la rue Floriana avant de rejoindre les allées du parc, j'infligeais à Stanisława un détour par l'avenue Foch pour faire allégeance au géant chevauchant les personnages de ses œuvres. Ensuite, je tenais à passer devant son buste en bronze. Je voulais toucher du doigt le bout doré de son nez, imitant ainsi le geste de *La Création d'Adam* de Michel-Ange. Je voulais recevoir le souffle sacré qui balayait les cheveux et la barbe de mon unique dieu.

Chaque fois, ma mère me disait : « Tu ne vas tout de même pas aller jusqu'à t'agenouiller, quand même ! »

C'était devenu un jeu, une saynète qu'on se plaisait à rejouer à l'infini. Je mimais une série de génuflexions, parfois elle me photographiait et l'on se tordait de rire au lieu de crier au blasphème comme dans toute bonne famille catholique polonaise qui se respecte.

Après seulement, on rejoignait les allées du parc, avec une halte au pied de la statue de Matejko face à la Barbacane. À lui, je touchais plutôt le pied pendant que Stanisława prenait une photographie qu'elle ferait développer plus tard, une fois la pellicule arrivée à son terme. Avec le temps, j'avais compris qu'il n'était pas bon de nourrir les pigeons et avais cessé de manger du bretzel. La vieille marchande avait été remplacée par une autre vieille marchande. Il y en avait à tous les angles de la promenade. Des marchands aussi, tous avec leur bonnet, leurs gants et leur couverture sur les genoux. Un jour, on avait eu l'idée de baptiser notre tour « La promenade Stanisław » et c'était resté. Avec mes parents, après le traditionnel *bigos* du dimanche midi, ce délicieux ragoût préparé la veille, on y filait par tous les temps.

« Tu portes le même prénom que lui », avais-je lancé un jour à ma mère qui préférait regarder les arbres plutôt que les statues.

Elle était partie d'un rire narquois, avant de répliquer sur le même ton :

« La preuve que le génie n'a rien à voir avec le nom ! À part jouer du balai ou du couteau à légumes, je ne sais rien faire de mes dix doigts.

— Ne dis pas ça, maman. Tout le monde a son propre génie, tout le monde est important.

— Si tu le dis, mais tâche de lui ressembler plutôt qu'à moi, si tu ne veux pas d'une vie morose. »

J'avais acquiescé pour lui faire plaisir, passant sous silence le destin tragique de ce symbole de la Jeune Pologne. Drogué, alcoolique, syphilitique. Un artiste maudit. Une comète, en définitive. Pourtant, rien de ses excès ne transparaissait ni dans son œuvre ni dans les statues faites à son image. Comme s'il cachait bien son jeu, ou comme si la Pologne n'avait voulu conserver que la facette élogieuse de cet homme d'une beauté saisissante.

Aussi naturellement que le fleuve se jette dans la mer, ma dévotion pour Wyspiański m'orienta vers les Beaux-Arts et l'université Jagellonne. Je voulais avancer dans son sillage, combler le vide, travailler à ce que son œuvre devienne accessible, ici et partout ailleurs. Je voulais faire de lui le héros que je portais dans mon cœur. Lorsque j'étudiais dans la grande bibliothèque du Collegium Maius, je sentais sa présence et mon admiration prenait un sens. Je voulais tout connaître de l'histoire de la peinture pour lui octroyer une place de choix. Qui connaissait Wyspiański en dehors d'une poignée d'artistes et d'intellectuels polonais ?

J'en fis une mission de premier ordre. Grâce à ma thèse renforcée par mon stage au Musée Czartoryski, j'obtins un poste de régisseuse à la hauteur de mes ambitions au Musée national de Cracovie. Ce fut à cette époque que je quittai mes parents et la rue Floriana pour prendre mon indépendance. Ce fut alors aussi que mes parents déménagèrent dans leur nouvel appartement de Podgorze, de l'autre côté de la Vistule. Ce départ mit fin à la promenade Stanisław et transforma ma mère.

Dès lors, rien ne fut plus jamais comme avant.

Conversations muettes

Le bruit du tramway me manque ici. Son « broun-roun », les vibrations sur le sol, comme une berceuse. Ma mère ne le supportait plus, mon père avait cessé d'y prêter attention. Moi, je l'entends toujours. C'est tout ce qui me fait défaut aujourd'hui, la clameur du tramway et peut-être un peu de compagnie aussi, et encore, je n'en suis pas sûre. Je vis bien tranquille dans mon studio avec vue plongeante sur le Rynek Główny. Sans chien ni chat, je le précise, mes revues d'art me suffisent et c'est elles que je mets en lumière sur mes réseaux sociaux. Ma mère ne me comprend pas, refuse de me suivre sur Insta, prétend qu'on est pisté avec tout ça, me répète qu'il faut se méfier, protéger sa vie privée, on ne sait jamais…

« Se protéger de quoi, au juste ? »

Après un long silence, j'ai toujours droit à la même réponse.

« Crois-en mon expérience », me dit-elle en posant sa main sur la mienne.

La tristesse voile ses yeux clairs. Elle est brune, ma mère, d'une beauté fanée dont seul le regard a gardé l'empreinte. Ses mains sont sèches alors que sa peau semble à peine ridée parce qu'elle a les joues replètes et le teint rougeaud, à cause des petits vaisseaux qui ont explosé sur son visage. La faute au froid de l'immense université, nettoyée tôt le matin et tard le soir, l'espace de toute une vie. Jamais je ne l'ai entendue se plaindre. Elle disait qu'elle avait la chance d'entretenir un lieu de culture centenaire et de côtoyer l'élite intellectuelle de la nation. Certains professeurs la saluaient, quelques-uns avaient même fini par l'appeler par son prénom. Un honneur insigne.

« Passez de belles fêtes, Stanisława, et mes amitiés à votre famille », lui répétait chaque fin d'année M. Krupicz, docteur en Beaux-Arts, directeur des collections nationales au musée de Wawel et membre de l'Académie des arts et des sciences de Cracovie.

Quand elle prit conscience de mon intérêt pour les arts, c'est tout naturellement vers lui qu'elle se tourna. Laissant son chariot, son balai et son tablier dans le couloir, elle entra dans la chaire et demanda l'autorisation de lui parler.

Il la fit asseoir.

Depuis qu'elle s'est installée à Podgorze, ma mère a changé. Elle est fatiguée, toujours fatiguée. C'est ce qu'elle me répète lorsqu'elle vient me voir.

— Ces escaliers, quelle misère, ça m'épuise de monter jusqu'à toi !

— Je peux venir, si tu préfères.

— Tu as mieux à faire, tu es tellement occupée par ton travail.

Je prends son manteau, son écharpe et ses gants que je dépose sur mon lit pendant qu'elle s'installe sur le rocking-chair du salon. C'est sa place quand elle vient.

Depuis son déménagement, elle se plaint de cette fatigue continuelle qu'elle assimile à une décompression post-retraite. Un nouvel équilibre à trouver pour tous les deux. Les journées ne sont plus les mêmes, plus d'obligations, plus de réveil, plus de Wawel.

— Tu peux toujours aller t'y promener. Longer la Vistule est tellement agréable, et c'est bon pour ta santé.

— Je sais, je sais, mais je n'y arrive pas.

Ma mère se balance dans le fauteuil, fixant le plafond.

— C'est à cause du quartier, du ghetto, de tout ce qui s'est passé avant, non ?

Je mets plusieurs mois avant d'oser lui poser la question, de peur de la blesser et de toucher quelque chose qui risquerait de me plonger dans un état de vague à l'âme semblable au sien.

Elle hésite, attrape un coussin et le pose sur ses genoux, tout en continuant à se balancer. Du bout des doigts, elle caresse la couture du tissu bariolé, ouvre les lèvres, inspire, s'apprête à parler. Ne dit rien finalement.

Dans ce silence, j'estime le poids de son secret. Et il me pèse.

Je pourrais insister, mais je lui fais assez confiance pour savoir que ce qu'elle me tait est voué à me protéger. Janek garderait le silence, lui aussi, j'en suis sûre. Je pourrais jouer la carte de l'inquiétude, avancer que maman n'est plus la même, se plaint de fatigue, est peut-être souffrante… Janek, autant qu'elle, saurait à quoi s'en tenir. À part du passé, Stanisława n'est malade de rien. Cette maladie mérite toutefois d'être prise au sérieux.

Dans mon for intérieur, j'en viens à penser que nous étions juifs avant. Forcément. Pourquoi maman réagirait-elle si vivement, sinon ? Ses paroles refluent parfois dans ma mémoire : « Nous allons revenir à notre place. » Dans le ghetto, souricière des Juifs affamés, violentés et déportés par milliers... « On n'échappe pas à son destin, de toute façon. » Fatalité. Je savais pourtant ce qu'elle me répondrait si j'osais lui poser la question qui me brûlait les lèvres dès que nous passions un moment ensemble.

« On était juif dans la famille, avant ?

— Enfin, qu'est-ce que tu vas chercher ? On est catholique, rien d'autre que catholique ! Cesse de te mettre de pareilles idées en tête, c'est ridicule. »

Son ton serait tellement incisif que je n'oserais pas lui rappeler les paroles qu'elle avait laissé échapper par mégarde, pas plus que je ne m'aventurerais à lui signaler ses plaintes et sa fatigue continuelles.

Sa réponse était déjà fin prête dans ma tête.

« J'ai travaillé dur toute ma vie et je me fais vieille, c'est normal d'être fatiguée à mon âge. »

Nos parcours n'auront que peu en commun, je le sais. Ne suis-je pas jeune, promise à un bel avenir et libre de mes choix ? Cette différence nous condamne à des conversations muettes.

Il me faudra donc trouver d'autres biais pour connaître la vérité.

Une villa et un jardin

Hier, un peintre français est venu au musée. Il s'est présenté à l'accueil en anglais, demandant à rencontrer un spécialiste de la peinture polonaise. La jeune fille au guichet a appelé la directrice qui l'a renvoyé vers moi. Pas la peine de la déranger sur ces questions-là, voyez directement avec Micha.

J'hésite un moment avant de quitter mon bureau. Les artistes qui viennent en personne au musée pour réclamer une exposition ont tendance à manquer de talent tout en étant persuadés du contraire. Ils se pointent avec leur book, me vantent leurs créations, allant parfois jusqu'à me flatter à outrance. Je les quitte agacée, mal à l'aise et confuse, forcée de promettre d'étudier avec intérêt leur projet. Je déteste devoir mentir. Je sais déjà que je ne les rappellerai jamais.

Je commence par inciter la standardiste à convaincre l'artiste d'envoyer une candidature par voie postale ou de prendre un rendez-vous. Je n'ai pas envie de me rendre disponible sur-le-champ pour écouter son auto-campagne de pub, et surtout, j'ai la tête plongée dans la liste des œuvres de Wyspiański éparpillées à l'étranger que nous cherchons à rapatrier. Je raccroche vite, impatiente de reprendre mon inventaire quand le téléphone retentit de nouveau. La même standardiste, le même artiste à l'accueil. Un peintre français.

— Français ?

— Il me suggère de vous dire que ses tableaux sont cotés. Que vous pouvez le googliser. Qu'il ne vous fera pas perdre votre temps.

— Son nom ?

La standardiste m'explique à son départ que le jeune homme lui a pris le téléphone des mains à ce moment-là.

— *Nazywan się Thomas Delvaux.*

— *Jesteś Francuzką ?*

— *Tak.*

— *Zaraz tam będę. Poczekaj na mnie chwilę.*

Attendez-moi un instant. J'arrive tout de suite…

Mes dernières paroles ont dépassé ma pensée. D'habitude, je prétends être en rendez-vous pour différer ou simplement éviter ce genre de rencontre. Mais cette fois, au comble de la curiosité, je me lève de ma chaise et me rue vers la porte avant même d'avoir pris la peine d'effectuer une recherche sur Internet. Au son de sa voix, à sa manière de prononcer maladroitement le polonais avec une réelle envie de s'y frotter, je devine que la personne qui lambine à l'entrée du musée n'est pas venue là sans raison.

Au bout du couloir, pourtant, j'ai le réflexe de réfréner mon élan. Il faut ralentir. Calmer ma respiration. Contenir les émotions qu'un mot a suffi à réveiller.

S'il avait été d'une autre nationalité que française, mon cœur ne se serait pas emballé. Je n'aurais pas senti mon sang battre dans mes veines avec autant d'ardeur. Je n'aurais pas eu le sentiment de flancher au sommet de l'escalier en marbre.

Je m'adosse au mur, histoire de recouvrer mes esprits. Un tableau parisien de Wyspiański me revient alors en mémoire, intitulé *Intérieur d'un atelier d'artiste à Paris.* Une simple mansarde transformée en mise en abîme de ses croquis. Du papier enroulé, des fleurs sur le rideau, un lit stylisé et des vitraux.

J'ai envie de faire demi-tour, de retourner à mon bureau et de taper dans la barre de recherche le nom de celui qui m'attend en bas. Peint-il comme cela, lui aussi, de cette manière élégante et délicate, d'un trait capable d'entailler l'œil sans le blesser ? Je demeure pourtant collée au mur, regrettant d'avoir oublié mon téléphone sur le bureau, d'être partie sans rien, d'avoir laissé ma curiosité l'emporter sur tout le reste.

Les marches, je les descends en me tenant à la rampe.

Lentement.

Paris

Helena

La rue Octave-Feuillet

À chaque marche que je descends, un souvenir me revient à l'esprit.

Une villa et un jardin

Un long voyage en train

Autant d'images qui se sont gravées en moi parce que ma mère m'en a fait le récit autrefois. Peu à peu, elle a pourtant cessé d'évoquer ses souvenirs d'enfance. Elle est passée à autre chose, et moi aussi. Une zone d'ombre supplémentaire dans ma mémoire.

Je reprends mon souffle et retrouve un certain calme intérieur lorsque je rejoins l'accueil. Là, j'aperçois un homme de dos, feuilletant un livre sur l'histoire de Cracovie. De taille moyenne, il se retourne à mon approche, comme s'il avait senti ma présence, et me tend la main.

Son visage m'intimide. À cause de son regard qui m'est familier.

Il se présente de façon sommaire. N'ayant ni book, ni attente particulière, il est venu à Cracovie afin de renouer avec ses origines polonaises par le prisme de l'art. Puis-je le conseiller ?

Je lui réponds dans sa langue qu'en ma qualité de régisseuse, je suis enchantée de faire sa connaissance et de pouvoir l'aider autant que possible. Sa requête me déçoit pourtant, je m'attendais à autre chose, mais pour l'encourager dans sa démarche, j'endosse le rôle de la conférencière et le guide dans le dédale du musée.

L'exposition temporaire ne semblant pas l'intéresser, je décide de l'emmener directement dans la galerie des peintures du XXe siècle, persuadée qu'il n'y trouvera pas son compte.

Plus je le regarde, plus j'ai l'impression de trouver en lui l'artiste qu'il me faut pour impulser un projet nourri de longue date. Ma raison a beau me dicter d'attendre, d'étudier son style avant de lui attribuer ma confiance, mon instinct m'assure qu'il est le peintre idéal.

Ne pouvant raisonnablement pas lui formuler une telle offre dans la précipitation, je prends le temps de l'initier à nos pièces maîtresses avant de lui poser la question qui me brûle les lèvres.

— Avez-vous déjà entendu parler de Stanisław Wyspiański ?

Son étonnement m'indique que, de toute évidence, ce n'est pas le cas. Je lui conseille donc un itinéraire au cœur de la vieille ville afin de découvrir ce peintre incontournable à Cracovie. Il note mes recommandations sur son carnet de croquis.

Une fois ma feuille de route achevée, j'ai peine à cacher le trouble qui me saisit corps et âme. Cet homme ressemble tant à mon idole que j'en frissonne, au bord des larmes. Il a une manière posée de m'écouter sans jamais m'interrompre qui redouble ma curiosité à son égard. Bientôt, n'y tenant plus, j'en viens à lui parler de mon désir d'organiser une exposition de grande envergure.

Il m'écoute en griffonnant sur son carnet quelques traits d'une élégance rare. Le voyant inspiré, je poursuis ma présentation. Il s'agit d'une résidence d'artiste d'un mois dans un atelier aménagé au cœur du Musée national. Le projet nécessite la création d'œuvres originales impulsées par deux thèmes majeurs de l'œuvre de Wyspiański.

Je suis fière de lui en donner les détails en français. Ma mère m'en a appris quelques mots et j'ai étudié cette langue durant toute ma scolarité avec l'espoir de me rendre un jour en France. Parfois, je caresse même l'envie de m'y installer pour quelques mois voire quelques années… C'est l'un de mes fantasmes les plus ardents.

Plus je lui dévoile les arcanes de mon projet, plus je sens l'euphorie me gagner et mes yeux s'agripper aux siens. Pour achever de le convaincre, je lui fais l'inventaire des villes polonaises qui accueilleront l'exposition tout en lui permettant de visiter le pays de ses ancêtres dans les meilleures conditions.

À la manière d'une fillette qui apprend à compter, j'utilise mes doigts pour énumérer les villes où les toiles seront accrochées : Łódź, Poznań, Gdańsk, Wrocław, Lublin et pour finir… Varsovie.

Avec soin, j'articule clairement et prononce les toponymes en français afin qu'il comprenne et se raccroche à une réalité enviable.

Il note avec avidité, ce qui décuple encore ma ferveur. Comme si sa nationalité avait agi sur moi à la manière d'un sortilège, je sens que chacun de mes mots ne vise qu'à le retenir. Par acquit de conscience, il me faut pourtant conclure que si la peinture de Wyspiański ne l'envoûte pas, il me sera impossible de travailler avec lui.

Il acquiesce, me fixant d'un regard intense. De gêne, je faillis baisser les yeux, mais son visage, sa barbe taillée en pointe et jusqu'à la forme de son front me happent. Ce visage, je le connais bien… Trop émue pour poursuivre la conversation, je le raccompagne à la porte et prends congé.

Dans le silence de mon bureau, je sors les livres consacrés à l'œuvre de Wyspiański, à ses autoportraits en particulier. Force est de constater que l'homme que j'adore par l'esprit trouve sa réplique dans la réalité.

Combien d'heures me sont nécessaires pour retrouver mon état normal ? Je l'ignore. Je suis sous le choc d'une coïncidence si improbable que je me crois dans un monde parallèle.

Ma journée de travail terminée, je rentre chez moi sans passer par le Planty où j'aime me promener un peu chaque soir. Je veux être seule pour penser à lui, consciente que c'est une erreur. Je devrais, au contraire, le mettre à distance immédiatement, le chasser de mes pensées, ne pas le laisser atteindre mon cœur, mais j'ai la conviction que cet homme n'a pas fait irruption dans ma vie par hasard. Après de longues minutes consacrées à écouter la clameur de la place du Rynek en suivant du regard la trajectoire des pigeons, je prends conscience que ce peintre est en train d'accomplir une quête semblable à la mienne.

Je dors mal, agitée de spasmes qui me réveillent en sursaut. La nuit, dans ces conditions, s'éternise.

J'attends 8 heures pour appeler ma mère, je ne veux pas la brusquer au sortir du lit ni la froisser avant qu'elle n'ait eu le temps de boire son demi-litre de café.

— Maman, pourquoi as-tu cessé de me parler de la France ? D'Helena, du directeur de la Bibliothèque polonaise à Paris, de la rue Feuillet où tu te rendais chaque été en vacances ? Aide-moi à y voir plus clair, j'ai besoin de savoir.

— Mais comment peux-tu t'en souvenir ?

Elle a failli raccrocher. Je l'ai senti. Elle a hésité, compris que j'allais attendre qu'elle se décide à continuer. Ce qu'elle a fini par faire.

— Écoute-moi bien. Avec l'expérience, j'ai pensé qu'il valait mieux taire tout cela, au risque de te rendre malheureuse plus tard. Les eldorados font souffrir, crois-moi. On s'imagine venu d'ailleurs, on idéalise un pays perdu et l'on ne vit plus. J'ai réussi à contourner ce piège, mais cela m'a coûté tellement cher que je ne veux plus y penser. Tu comprends, Michalina ?

— Appelle-moi Micha, maman. Allons faire notre promenade du Planty demain, c'est samedi. Nous irons voir Wyspiański ensemble, comme avant, caresser son nez doré, tu me prendras en photo, et…

— Tu n'es plus une enfant… Tu ne vas tout de même pas me réclamer un bretzel que tu émietteras pour les pigeons de la Barbacane, j'espère ?

— Et pourquoi pas ? Je viendrai te chercher, à 10 heures du matin. Nous déjeunerons au Zalipianki sous la verrière, j'aimerais tant que tu me racontes ton enfance. Tu te souviens, tu le faisais lorsque j'étais petite ?

Stanisława ne répond rien, mais je la sens aussi troublée que moi devant le peintre.

La conversation s'achève sur un silence qui nous laisse tristes et désarmées, chacune de notre côté. Nous sommes si proches que tout grief nous contrarie autant l'une que l'autre. En reposant mon téléphone sur la table du salon, je crois voir le rocking-chair se balancer. J'y reconnais le signe de la présence indéfectible de ma mère, le signe que demain elle me racontera son histoire, malgré ses réticences.

J'ouvre la fenêtre et me penche pour observer ce qui se passe sur la place. Deux femmes agitent des drapeaux jaune et bleu au pied de notre grand poète national. Cette fois, il n'est plus seulement question de se complaindre à l'aide d'une lyre comme le fait l'allégorie de la poésie glorifiant Adam Mickiewicz, mais encore faut-il résister, s'armer de courage et admettre que la lutte sera longue, sanglante et amère.

Pas de cris, pas de chants, les drapeaux dodelinent en silence.

Le combat est sans voix, ce soir-là, comme moi.

Et je me surprends à pleurer. Des larmes lourdes et salées. Je pleure dans le secret de mon mirador, déplorant la douleur des autres, à défaut de connaître la mienne. Pour me consoler, je me culbute dans la chaise à bascule, pose mes mains sur les accoudoirs, mes pieds en l'air. L'hymne ukrainien vient alors frapper mes oreilles, résonnant dans une enceinte puissante. Mes pieds reprennent ancrage au sol, d'un bond je me lève et sors sur le Rynek sans même verrouiller la porte.

Je veux me mêler à la foule, sentir l'hymne. Et qu'il ne soit pas le mien m'est bien égal. C'est un chant d'union, de ralliement et de paix. Proche de la prière. La musique a ce pouvoir d'effacer les différences autant que les frontières.

Je n'ai pas vu les femmes déposer leurs drapeaux dans les bras de la Poésie, cela a dû s'opérer pendant que je descendais les escaliers, mais je suis prise d'un profond respect lorsque je les vois se tenir droites, alignées main dans la main, l'œil braqué sur les tours asymétriques de la basilique.

Un couple achète des diadèmes de fleurs pour ses deux fillettes. Les petites se tiennent collées l'une à l'autre, de la même taille, les mêmes cheveux tressés. L'une porte une robe rouge, l'autre une blanche. La mère dépose les diadèmes sur la tête des fillettes pressées de rejoindre les pigeons agglutinés à proximité des calèches.

Le chant est terminé, remplacé par d'autres musiques, d'autres voix, d'autres cris puisque la place du marché bat son plein, comme chaque soir à Cracovie.

On continue à offrir des diadèmes et des couronnes de fleurs pour les petites filles, mais aucune n'a la grâce de ces jumelles parées des couleurs de la Pologne. Je n'ai plus qu'à remonter chez moi, regrettant de n'avoir pas rencontré le peintre français sur le Rynek. Sans me l'avouer, j'en nourrissais l'espoir. Le tableau des Ukrainiennes silencieuses portant drapeau au pied de la statue me semble crucial pour bâtir l'exposition dont je lui ai parlé, comme s'il devenait soudain évident que la guerre devrait jaillir en filigrane entre la femme et la nature. C'est cela que je rêve de voir sur les murs du Musée national, cette force contenue de celles qui résistent à distance sans jamais baisser les bras, mais je ne suis pas l'artiste.

Je n'ai d'autre choix que de faire confiance.

Le vide

En sortant du lit, je suis frappée d'entendre le timbre du réveil s'obstiner à m'agresser les tympans. Je croyais pourtant y avoir mis un terme en pressant par deux fois l'interrupteur. J'y vois un mauvais présage, le signe d'une journée mal commencée qui deviendra forcément calamiteuse. À force de réitérer l'opération en vain, je finis par comprendre que c'est mon téléphone qui m'alerte depuis tout ce temps.

Enfin, le crincrin s'interrompt lorsque je saisis mon portable en charge sur la console du salon. Il reprend aussitôt après. J'hésite à répondre, encore à moitié endormie, la tête lourde de rêves violents. Il est 6 heures, mon réveil n'a donc pas encore sonné, je regarde l'écran de mon portable, le prénom de ma mère s'y affiche tandis que la sonnerie s'échine à retentir.

Elle parle la première. S'excuse. Oublie de me dire bonjour et de prendre de mes nouvelles comme elle a coutume de le faire.

— Ma chérie, je suis désolée, mais ne viens pas aujourd'hui. Je ne suis pas en état de marcher.

— Dans ce cas, je peux venir chez toi, on discutera sur ta nouvelle terrasse.

— Ce n'est pas possible, Micha, je ne me sens pas bien.

— Qu'est-ce que tu as ?

— Des nausées, des vertiges, je n'ai pas fermé l'œil de la nuit, j'ai besoin de me reposer.

— Tu ne veux pas me parler, c'est tout.

— Ne dis pas ça, Michalina.

— Ne nie pas, maman.

— Ce n'est tout de même pas ma faute si je suis nauséeuse, non ?

— C'est psychologique.

— Arrête avec ça. Toi et ceux de ta génération, vous croyez toujours que les vieux somatisent parce que vous somatisez pour un oui ou pour un non. Moi, je ne somatise pas. Je…

La voix de ma mère s'étiole. J'entends une suite de pas précipités et puis, plus rien. Le vide. Papa au bout du fil me confirme que ma mère a des nausées, il faut l'excuser. Il m'embrasse. Elle va revenir…

Je comprends qu'elle s'est précipitée aux toilettes pour vomir l'histoire qu'elle n'est pas en mesure de me raconter. J'attends son retour sans bouger, le regard fuyant pareil à celui du lévrier trônant dans un fauteuil en cuir sur la toile que j'ai achetée dans une boutique du centre-ville. Le tableau en noir et blanc est posé sur ma commode parce que je me garde de percer les murs, cela m'obligerait à repeindre la pièce à mon départ.

Au moment où elle prononce mon prénom en entier afin de me signifier qu'elle est de nouveau disponible, je dis l'exact contraire de ce que j'aurais voulu.

— Ce n'est pas grave, maman. Je comprends, nous parlerons une autre fois, quand tu seras prête. Quand tu le pourras. Je ne veux ni te brusquer ni te blesser. Je te promets de ne plus t'en parler, mais laisse-moi venir te voir pour me rassurer.

— Ton père est là, ne t'inquiète pas. Je préfère rester au calme, je ne suis pas belle à voir et j'ai besoin de repos. Je préfère…

— Ne pas me voir.

Ma voix a chuté, rugueuse et désolée, laissant ma mère mutique.

Incapable de supporter le moindre froid entre nous, je reprends tendrement la parole.

— J'ai compris. Je comprends. Prends soin de toi et rappelle-moi, dès que tu pourras. On fait comme ça ?

— Oui, ma chérie.

Elle raccroche et je me sens épuisée, les jambes coupées à 6 heures du matin. Je repars me coucher, incapable de fermer l'œil. Je grelotte sous la couette sans comprendre pourquoi.

Pour quelques gouttes de sang

Le lendemain de ma découverte de l'œuvre de Wyspiański et de ma nuit de feu, je me réveille avec l'impression d'une gueule de bois. Ma fièvre créatrice étant retombée au petit matin, il me semble que tout cela n'a aucun sens.

Face à mes gribouillages confus, je ressens un vide profond, un gouffre abyssal qui me pousse à réduire à néant l'élan de toute une nuit de travail pour recommencer à zéro.

Me prenant pour autrui, j'ai peint à faux, dans un style qui n'est pas le mien, cherchant en l'autre meilleur qu'en moi-même. Qui suis-je ici, à me prosterner devant la statue d'un peintre génial ? Qui suis-je dans cette ville où je me suis cru chez moi, pour quelques gouttes de sang polonais dans mes veines ?

Mes œuvres de la nuit ne sont que des croûtes à mes yeux. D'autres les trouveraient belles, acceptables, intéressantes peut-être, qui sait ? Moi, je veux plus. Trouver le trait nouveau, vu nulle part, inventer le sujet, inédit, créer l'effet qui suscitera un bouleversement de tous les sens. Je veux un choc, un ébranlement intérieur pareil à un coup de foudre. Je veux l'Absolu.

J'enfile à la hâte mes vêtements de la veille et marche jusqu'à une boulangerie où j'ai repéré des spécialités aux graines de pavot. La vendeuse refuse de me servir, devient agressive, répète : « *ser ser ser* » en un crescendo de crécelle. Je montre du doigt le gâteau roulé et baragouine en polonais que je veux bien cela, malgré la galette de fromage posée dessus.

Elle finit par me l'emballer dans un sachet, je lui laisse la monnaie, en lui disant au revoir dans sa langue. Elle s'en fiche, est déjà passée à autre chose. Je prends un café à emporter dans un mini-market, le vendeur ne conteste pas mon choix, encaisse mes zlotys et me salue avec le sourire.

Le soleil brille, les dernières feuilles des arbres du Planty rayonnent tout en se balançant. Au sol, des tapis cuivrés encerclent les troncs, recouvrant la pelouse vert tendre.

Je bois mon café sur un banc qui fait face à un autre banc vide à l'effigie de William Styron, l'un de mes auteurs cultes. En me levant, je remarque que le mien est tagué en rose, *Jebac homofobi* en majuscules. *Putain d'homophobie*. Une religieuse passe juste à ce moment-là et je me demande ce qu'elle peut bien en penser, elle, de tout ça.

Je compte consacrer ma matinée à la visite du Musée national. Connaître la collection me semble être la moindre des politesses avant de revenir vers la régisseuse avec quelques esquisses pour la convaincre de m'accorder la résidence dont elle m'a parlé. Mais les esquisses ont été réduites à néant.

Au musée, je reconnais une vue du Planty sur un tableau de Wyspiański. Les arbres sont à nu. Au bout de l'allée, devant le château de Wawel en arrière-plan, se dresse un lampadaire coiffé d'une auréole dorée. Mon regard est aspiré par ce détail insignifiant, se concentre sur cette note de lumière au centre de cette composition terne. Je me sens comme ce paysage, un décor plombé, mort et décharné, avec quelque part, une petite lueur qui ne réclame que d'être ravivée.

Je sors du musée calme et détendu, résolu à me replonger dans le vide du Canson pour en sortir quelque chose de beau, mais la faim me pousse plutôt à faire halte dans un restaurant traditionnel. À la faveur du temps clément, je peux m'installer en terrasse, à une table recouverte d'une nappe imperméable en vichy blanc et rouge décorée d'une bruyère pourpre. Face à l'autre chaise vide, j'ai une pensée pour la régisseuse du musée dont j'ignore le nom. Elle pourrait me raconter sa vie en Pologne, m'apprendre tout ce que j'ignore de ce pays. Je commande un *żurek*, une soupe servie dans une boule de pain entière. En attendant, j'avale une bière. Face à moi, je finis par sentir la présence familière de Sylvie. Je suppose qu'elle commanderait des *pierogi* plutôt que ce brouet opaque. Elle les découperait avec élégance, du bout de ses couverts et les dégusterait par petites bouchées sans déformer les traits de son visage en mâchant. Sylvie a cette grâce naturelle des femmes discrètes dont les lèvres gercées redoublent le charme.

Le restaurant est somme toute assez ordinaire, avec ses murs badigeonnés de peintures typiques plutôt grossières et ses serveuses peu souriantes malgré leurs nattes et leurs costumes folkloriques. Située sur l'ancienne Voie royale menant tout droit au château de Wawel, la rue Floriańska est l'une des plus fréquentées de la ville, j'ai donc du monde à passer en revue. Chaque silhouette peut m'inspirer, me donner une idée, un angle, une teinte, une texture… Je scrute tout dans les moindres détails, et j'imprime.

Dans la boule de pain, je trouve des lamelles de champignon et quelques quartiers d'œuf dur. La soupe est épaisse et bien relevée. Je m'en régale, ainsi que de la mie trempée à l'intérieur. Repu, je laisse un reliquat de croûte sur l'assiette avant de partir avec la certitude qu'on marche plus lentement ici que chez moi.

Ensuite, je passe l'après-midi à photographier les murs peints de Kazimierz. J'y suis arrivé en longeant la Vistule jusqu'au pont de Bernatek avec ses statues suspendues. Les figures acrobatiques se balancent dans le ciel céruléen. La fillette perchée sur un cerceau me donne le vertige, tandis que la dame enroulée dans un voile me fait penser aux pleureuses des tragédies antiques. Je traverse le pont, aller-retour le nez en l'air, alpagué par une cycliste qui me reproche d'empiéter sur son espace. Le parapet est couvert de centaines de cadenas sur le modèle du pont des Arts à Paris naguère, mais je ne le remarque qu'à la fin.

Quel temps magnifique pour une première fois ! pensé-je.

L'azur du ciel et les feuilles d'or.

Un miracle pour conjurer les préjugés. On m'a dit : « Tu verras, ça pue le charbon en Pologne, c'est tout gris et il fait froid. » L'expérience m'enseigne le contraire.

Je continue ma route au rythme des peintures de rue. D'abord, une immense cloche agitée par une main de fer. Je vois ensuite un chat la tête à l'envers et la queue aux couleurs de Bob Marley, un cheval rouge se balançant sous un parachute, un globe terrestre en trompe l'œil encadré de graffitis, puis une soucoupe volante tel un Big Brother survolant les maisons pour les épier, des yeux partout. Autant de façades anciennes entièrement taguées, originales à défaut d'être belles. Le tout me laisse l'impression d'un peuple sur la défensive, espionné à outrance, qui s'extériorise en laissant des traces à la fois graves et loufoques. Plus loin, je tombe sur une galerie de portraits signée Piotr Janowczyk représentant cinq personnalités attachées au quartier, toutes peintes en noir et blanc, les yeux bandés d'un ruban doré. Plus loin encore, un gros plan sur le visage d'une femme au regard de biche, les lèvres pulpeuses, le visage posé sur la main. Sa chevelure constitue un assemblage hétéroclite de feuilles, de formes et de couleurs qui évoquent des plumes d'oiseaux. *La femme et la nature*… Je prends une photo.

Sur le mur perpendiculaire à cette femme-fleur, en trône une autre, chaussée de lunettes de soleil, plongée dans un décor aquatique. *La femme et la nature*… Je prends une deuxième photo.

J'avance dans le quartier, furetant partout, cherchant l'inspiration. Les photos s'accumulent. Tous les portraits féminins y passent. Je travaille déjà à l'exposition du Musée national, dans le mépris du reste.

Je veux me dépouiller, me réinventer et trouver dans mon inconscient la clé de voûte qui me permette de relier mes fantasmes à la réalité.

Je veux cristalliser mes chimères et en extraire le suc pour toucher la beauté du doigt avant de tout plaquer.

Les doutes, le tumulte intérieur, je n'en veux plus. Il me faut de la sérénité, une ardeur sans contraintes et la possibilité de souffler pour me réconcilier avec moi-même au lieu de me fuir.

Au moment de bifurquer pour rejoindre mon appartement, je me surprends à continuer mon chemin sur l'allée centrale du Planty. Noyé dans le flot des marcheurs, des vélos, des trottinettes et des rollers, j'ai peine à rejoindre le château avant d'évoluer plus paisiblement jusqu'au dragon qui crache du feu. Ce n'est plus l'heure où les enfants lui grimpent dessus, photographiés par leurs parents. Le soleil a décliné depuis longtemps, laissant des traînées orange dans le ciel pâle de la Vistule. La vue, sans être exceptionnelle, n'en demeure pas moins magnifique, car j'ai l'impression d'être revenu chez moi. À mon point d'origine.

Une vieille femme insiste pour me vendre des *oscypec* fumés au fromage de brebis, je les achète sans les manger. À l'odeur, ils me répugnent. Un goût de hareng insupportable pour la petite nature que je suis. Par respect pour la vieillarde qui fume chaussée de tatanes, j'attends pour jeter à la poubelle le paquet de demi-lunes grignées de losanges.

Je vogue ainsi jusqu'au jardin du château où je me retrouve face à la cathédrale avec ses tours en briques, son dôme doré et son horloge d'un vert assorti à celui du clocher. À ce stade, j'ai assez emmagasiné d'informations pour me laisser porter par le rythme vif de mes pas.

Cette fois, il est grand temps de rentrer, mais je ne peux m'empêcher d'accomplir un dernier détour par la rue Grodzka. Là, j'aperçois une haute croix noire qui me stoppe dans mon élan. Celle-ci est frappée de l'inscription « Katyń » gravée en lettres d'or sur la traverse. La lecture de la plaque commémorative me glace, je reprends ma marche le dos lourd et le souffle court jusqu'au Rynek.

Le ciel est noir, les lampadaires allumés et les terrasses bondées. Je me promets de traverser la place sans m'arrêter, résolu à me mettre au travail au plus vite afin de conserver l'empreinte exacte de ce que j'ai vu. Je me sens pourtant aspiré par un attroupement au pied de la statue de Mickiewicz.

À mesure que j'avance, des voix de femmes retentissent avec une telle intensité que je suis surpris de n'en découvrir que deux. Deux jeunes filles qui se tiennent proches l'une de l'autre, vêtues d'une robe et de talons identiques. Presque jumelles. Leur unique différence tient à la couleur de leurs châles ornés de fleurs. Elles chantent main dans la main, les yeux portés vers la foule.

Le duo s'appelle Krakofolk. Le nom du groupe figure en majuscules sur la pochette du disque vendu entre deux morceaux par la chanteuse aux joues écarlates. Sans réfléchir, je lui tends un billet qu'elle glisse dans une pochette en me remerciant. Elle sautille et reprend aussitôt sa place au micro tandis que l'autre chanteuse relance déjà la musique.

Toutes deux portent des collants blancs et de longs colliers de perles rouges. Leurs voix se confondent comme les cous fuselés des cygnes au bord des lacs.

Je me laisse envoûter, subjugué par leur chant autant que par leur beauté naturelle.

Bientôt, sans s'arrêter, elles enchaînent sur une mélodie qui me donne le frisson. Celle qui m'a insufflé le besoin vital et urgent de revenir ici sans y être jamais venu. La mélodie du souvenir perdu.

Une larme glisse sur ma joue lorsqu'elles forment un cœur de leurs mains pour le ramener contre leur poitrine.

Oj oj oj

La même tonalité que dans le film.

Deux cœurs, quatre yeux… qui ne peuvent pas se rencontrer…

— Vous aimez cette chanson ?

Étonné qu'on m'adresse la parole en français, je me tourne vers la voix qui m'a interrogé.

— C'est tout petit, Cracovie. On est toujours à peu près sûr de s'y croiser souvent. Wisława Szymborska, notre grande poétesse prix Nobel, a écrit un poème là-dessus, vous le connaissez ?

— *Nie.*

Je réplique en polonais du tac au tac, confus de lui dire non, une fois encore.

— « Coup de foudre », déclame-t-elle.

— Pardon ?

— Le poème s'intitule « Coup de foudre », répète-t-elle, en détournant les yeux.

— Je le lirai.

— Alors, cette chanson, vous l'aimez. Je constate qu'elle vous émeut autant que moi. C'est pour cela que je suis descendue. Dès les premières notes, j'ai couru pour entendre la fin. J'habite juste au-dessus.

Je ne sais ni quoi répondre ni quoi ajouter. L'émotion me pétrifie. Par chance, les chanteuses entonnent un autre air traditionnel qui ravive la conversation.

— Ah ! Celui-là, je parie que vous ne l'avez jamais entendu, reprend-elle, enjouée. Il n'est pas arrivé jusqu'en France grâce au cinéma, c'est un refrain bien connu dans les campagnes. Regardez, tout le monde va bientôt taper dans les mains.

Et c'est le cas.

Elle s'y met aussi, moi, je n'ose pas. Je reste planté comme un piquet à observer autour de moi sans participer. Une posture qui m'est familière. De son côté, la régisseuse d'art, dont j'ignore toujours le nom, continue à profiter du spectacle, comme si elle m'avait oublié.

Son look n'a rien de commun avec celui des chanteuses, mais la musique les rapproche par-delà les apparences.

Je reste près d'elle, avide de tout, aussi vivant à l'intérieur que je peux paraître figé de l'extérieur.

Aussitôt que les chanteuses remballent leurs affaires, la régisseuse se reproche d'avoir passé outre les formules de politesse ordinaires.

— Au fait, je ne me suis même pas présentée à vous hier au musée. Je m'appelle Michalina Stowikowska, mais c'est trop long pour moi, alors j'abrège. Mes amis m'appellent Micha Stowik.

— Est-ce que Micha Stowik accepterait de prendre un verre sur l'une de ces jolies terrasses qui font le charme du Rynek ?

La tournure de ma phrase m'amuse. J'y perçois une autre voix que la mienne, un autre désir, un autre feu, une autre façon de nouer contact avec une touche d'humour.

Nous nous retrouvons ainsi autour d'un guéridon du Kraków Cafe.

Bizarrement, il n'y a pas la moindre gêne entre nous. Que souhaite-t-elle boire ? Une bière, assume-t-elle ; j'en commande une aussi. Nous n'avons pas faim.

Elle me demande si j'ai réfléchi à sa proposition et je réplique que j'y travaille déjà, espérant lui apporter quelques croquis au début de la semaine suivante. Elle paraît satisfaite et passe à autre chose.

— Vous êtes français, vous avez de la chance !

— Pourquoi dites-vous cela ? La Pologne n'est pas mal non plus.

— J'ai toujours entendu dire que la France était le pays de la liberté, de l'élégance et de la gastronomie. Lorsque j'étais enfant, ma mère me répétait qu'elle n'avait jamais mangé de meilleur poisson que là-bas, même la carpe de Noël ne faisait pas le poids.

Micha se cale contre le dossier de sa chaise, un large sourire au coin des lèvres.

— J'ai un coffret entier d'écailles de carpe que j'ai conservées chez moi après avoir quitté mes parents. Trois par an. Une pour moi, une pour ma mère et une pour mon père. Il paraît que ça porte bonheur pour toute l'année. J'imagine que les garder toutes porte bonheur pour toute la vie ! Quel est votre plat rituel, à vous, les Français, pour le 24 ?

Je fais une moue hésitante, car je ne sais pas trop quoi lui répondre. Mes parents se disent athées, fêtent Noël par convention, parce que c'est une occasion de partager un bon repas et de s'échanger des cadeaux. Pour lui faire plaisir, je lui explique que nous avons coutume de manger des noix de Saint-Jacques en entrée, puis des tournedos agrémentés de pommes dauphine, suivis de choux à la crème pour le dessert. Rien de traditionnel, en définitive.

Elle me coupe parfois la parole pour que je précise le sens d'un mot, s'excusant de l'imperfection de son français que je trouve excellent. Lorsqu'elle cherche à savoir ce que je suis venu chercher à Cracovie, ma réponse évasive me désarçonne.

— J'aimerais cesser de vivre dans l'ignorance de mon passé et repenser mon art sans cette lacune, dis-je, comme en dedans de moi-même mais à haute voix.

Elle acquiesce.

Le serveur dépose les bières au centre de la table. On trinque en silence, les yeux fuyants.

— Auriez-vous du sang polonais ? reprend-elle en reposant son verre sans avoir bu.

Je ne suis pas du genre à parler de ma vie privée à une inconnue, mais la curiosité impatiente de Micha fait sauter cette barrière.

— Du côté de ma mère, oui, même si elle refuse d'en parler. Elle est allée jusqu'à modifier son prénom afin de gommer ses origines, se faisant appeler Dorothée plutôt que Dorota. Elle veut être plus française que les Français. Même son nom de naissance, elle refuse de le prononcer. Je sais depuis peu qu'elle s'appelle Baliński parce que j'ai consulté son acte de naissance qui précise qu'elle est née à Cracovie. D'où mon désir de revenir ici d'abord. Précisément.

— Baliński ? répète Micha sur un ton qui mêle la surprise à la fascination. C'est le nom d'un peintre renommé en Pologne, c'est aussi le nom de jeune fille de ma mère. Elle non plus ne veut plus entendre parler de son passé.

Un temps d'arrêt est marqué. Un temps pour apprendre à nous regarder autrement.

— C'est une drôle de coïncidence, vous ne trouvez pas ? dis-je d'un air dubitatif.

— Szymborska ne s'en étonnerait pas. Elle écrit ceci, tenez :

Et puisqu'ils ne se sont jamais connus avant,
rien entre eux, le croient-ils, n'est jamais arrivé.
Mais qu'en pensent les rues, escaliers et couloirs
où, depuis si longtemps, ils pouvaient se croiser ?[1]

— Voilà qui est troublant, sans doute. Mais puisque nous vivons dans deux pays différents, dans notre cas, ce n'est pas pareil, nuancé-je sur un ton railleur.

— Ne prenez pas tout au premier degré, ce ne serait pas intéressant. D'ailleurs, un peu plus loin, dans le poème, elle écrit :

Ils seraient étonnés d'apprendre
que, depuis un moment déjà,
le hasard jouait avec eux.

---

1. Wisława Szymborska, « Coup de foudre », *De la mort sans exagérer*, traduction de Piotr Kaminski, coll. « Poésie », Gallimard, Paris, 2018.

— C'est joli, en effet.

— Oh, ce n'est pas que cela ! La poésie de Szymborska est un souffle qui dépasse la simple beauté. C'est autre chose que l'on sent dans ses vers, une puissance qui n'a d'autre quête qu'un absolu dérisoire, un peu comme ce qu'inspire la peinture de Wyspiański. Avez-vous remarqué que ses autoportraits pourraient être les vôtres ?

Son obstination à me dévisager est déroutante. D'habitude, c'est moi qui regarde, pas l'inverse. Me sentant gêné, elle relance le dialogue.

— Revenons-en à votre mère. Pourquoi vous a-t-elle caché votre histoire familiale ?

— Quand j'étais enfant, elle m'apprenait quelques mots de polonais et me cuisinait une espèce de roulé au pavot.

— Du *makotch*.

— J'en ai trouvé ce matin dans une boulangerie. Enfin, une sorte de brioche qui pouvait y ressembler, avec du fromage dessus. La boulangère était bizarre, elle hurlait et refusait de me servir.

Micha hausse les épaules en guise d'incompréhension. Je reprends donc le récit de ce que je sais de ma mère.

— J'ai découvert qu'elle avait une jumelle en relisant son acte de naissance avant de m'envoler pour Cracovie. Jamais elle ne m'en avait parlé.

— *Signes et indices il y eut,*
illisibles, mais quelle importance.

— Vous continuez à citer Szymborska ? m'amusé-je, intrigué par sa manière de digresser.

Parfois, son regard change, devient mélancolique.

— Ma mère aussi a une sœur jumelle, celle-ci s'est établie en France et elles se sont perdues de vue. Dans mon souvenir, elle ne m'en a parlé qu'une fois. Lorsque j'ai cherché à la questionner davantage, elle s'est repliée sur elle-même, a renié ses paroles et soutenu que j'avais mal entendu. Avec le temps, j'ai fini par douter, confesse-t-elle à regret.

— La mienne a agi d'une façon semblable. Ne serait-ce pas une autre de vos étranges coïncidences ? J'imagine que vous allez encore m'expliquer cela par un fragment de Szymborska !

La régisseuse se retient de rire, les yeux plissés, son strass brillant sur son arcade sourcilière.

— *Tout début, c'est très clair,*
n'est jamais qu'une suite,
et le livre des événements
toujours ouvert au milieu.

Voilà, la clé du mystère se cache dans ces vers, conclut-elle, fière de son coup.

— C'est tout ? Serait-ce la fin du poème ? demandé-je, sans une once de dérision cette fois-ci.

— En effet, c'est la chute, comme on dit. Auriez-vous par hasard l'état civil de votre mère sur vous ?

— Ici, non, mais il est dans l'appartement que je loue.

— Allons-y, alors.

— Maintenant ?

— Oui, pourquoi attendre ?

Malgré nos verres encore bien remplis, Micha se lève et m'enjoins de l'imiter. Je remarque son chapelet de piercings à l'oreille gauche briller sous le halo du lampadaire. J'imprime cette image et je la suis au pas de course dans les ruelles de Cracovie jusqu'aux grilles en fer forgé du Collegium Novum. Elle s'arrête sous le Chêne de la liberté où elle m'invite à contempler les arcades baignées d'une lumière chaude et dorée comme le miel. Mon esprit divague, ensorcelé par la majesté solennelle du fronton néo-gothique, jusqu'à ce qu'elle me ramène à la réalité.

— Vous savez que c'est ici que nombre d'intellectuels ont été arrêtés par les nazis au début de la Seconde Guerre mondiale ? Le film *Katyń* d'Andrzej Wajda en témoigne. Vous connaissez ?

J'ai honte d'avouer que non, mais elle ne semble pas s'offenser de ma réponse et poursuit sa page d'histoire.

— L'opération *Sonderaktion Krakau* est une entaille qui reste à vif dans le passé polonais, le massacre de Katyń en est une autre parce que, dans les deux cas, il s'agit d'étouffer notre âme après l'avoir humiliée sous prétexte qu'elle ne mériterait pas d'exister.

— D'où la grande croix de la rue Grodzka, sur la place, devant l'église. Elle commémore les victimes de cette tuerie, n'est-ce pas ?

— En effet, il faut vivre avec ce passé sanglant et s'en nourrir pour avancer, c'est la seule solution. Où se trouve votre logement ?

— À deux pas d'ici. Suivez-moi.

Elle m'accompagne en silence jusqu'à l'angle où se croisent deux tramways faisant vibrer le sol sous nos pieds.

— C'est là, au premier étage.

Sans raison apparente, elle recule d'un pas, lève les yeux au ciel et se retourne vers le Planty.

— Tout va bien ? lui demandé-je, persuadé du contraire.

— Vous avez loué l'ancien appartement de mes parents ! J'ai grandi ici, au-dessus du passage des trams. Ma chambre avait une vue sur le chêne et la façade de l'université Jagellonne. C'est incroyable !

À la manière dont je la vois submergée d'émotion, il me paraît évident qu'elle n'est plus venue là depuis longtemps et que les souvenirs affluent trop vite.

— Je n'en reviens pas ! répète-t-elle trois fois de suite, avant de traverser la route.

Étape charnière

Bientôt, nous nous retrouvons au numéro 4 de la rue Floriana. D'une main tremblante à cause de la fraîcheur du soir, je compose le code d'entrée et Micha me suit dans l'ascenseur sans me dire qu'elle préférerait emprunter les escaliers.

À peine ai-je ouvert la porte de l'appartement qu'elle se faufile dans son ancienne chambre. Elle pourrait me faire l'inventaire de ce qui décorait autrefois cette pièce, se remémorer le papier peint, les bibelots, la lampe de chevet, le bureau sur lequel elle faisait ses devoirs et la bibliothèque où elle devait classer ses livres par ordre alphabétique d'auteurs, mais elle n'en fait rien.

Durant de longues minutes, je la sens ailleurs, hermétique et opaque, plongée dans une époque révolue. Elle se laisse aspirer… et je la laisse tranquille… respirant dans son dos, avec l'impression soudaine de lui être lié.

Lorsqu'elle se tourne vers moi, elle sourit, les yeux emplis de larmes.

— Excusez-moi, murmure-t-elle en évacuant une larme de sa joue. Revenir ici ravive une enfance perdue. Je n'ai jamais aimé les caps, les changements, les ruptures. Tout virage me paralyse et les transitions m'angoissent tellement que j'ai besoin de les inscrire sur mon corps pour les affronter. C'est pour cela que je me suis fait percer l'hélix la veille du jour où j'ai dû quitter le logement de mes parents. Chacun de mes piercings à l'oreille correspond à une étape charnière de ma vie.

Je n'ai pas de réponse à lui adresser car je me reconnais trait pour trait dans l'autoportrait qu'elle vient d'esquisser. Nous sommes de ceux qui vivent la nouveauté comme une souffrance.

— Votre ressemblance avec Wyspiański me sidère, continue-t-elle. Vous l'avez remarquée ?

— Je ne pense pas avoir son talent.

— Il ne s'agit pas de cela, mais de votre visage, de vos lèvres, de vos yeux… Où se trouve l'état civil de votre mère ?

La feuille est rangée dans le premier tiroir d'une commode sur laquelle des cadres exposent des photographies de Cracovie en noir et blanc. J'attrape le document plié en deux et l'apporte à Micha qui vient de s'asseoir sur le canapé.

Elle le déplie, le lit plusieurs fois, blêmit et serre le papier un peu plus fort entre ses doigts.

— Oui, votre mère porte le même nom que la mienne. La coïncidence est frappante, mais ça ne s'arrête pas là.

— Comment ça ?

— Elles ont aussi la même date de naissance. Et les mêmes parents. Votre mère et la mienne seraient donc jumelles.

— Alors j'en déduis que nous serions…

— Cousins, conclut Micha, les yeux perçants.

— C'est incroyable ! lancé-je, abasourdi.

Sceptique par nature, j'attrape le document et le relis par tous les bouts.

— Mais pourquoi auraient-elles chacune tenu à nous cacher un lien si fort ? pensé-je à haute voix.

— Comme toi, je l'ignore, me répond Micha en glissant vers un tutoiement que notre filiation soudaine induit.

La somme des coïncidences qui réunit nos mères a cela de si incongru qu'elle nous empêche de nous pencher sur nous, raison pour laquelle Micha croit bon de préciser que sa mère est une tombe au sujet de ses parents.

— La mienne, j'évite de la voir, dis-je d'un ton plus dépité que je ne l'aurais cru.

— C'est un comble ! lance-t-elle avant de nuancer. C'est fâcheux pour nos recherches, je veux dire.

Je pourrais rétorquer que j'ai bien compris, mais je sais qu'elle regrette l'idée même de la rupture familiale. Ne semble-t-elle pas toujours quelque peu contre nature ?

— Ma mère m'a fait faux bond ce matin, ce qui n'est pas son genre, reprend Micha. Elle savait que j'avais l'intention de lui poser des questions sur notre passé et je suppose qu'elle n'a pas eu le courage d'y faire face. D'ailleurs, elle ne cesse de se lamenter depuis qu'elle vit à Podgorze...

— Le quartier juif.

— L'ancien quartier juif, se défend-elle, piquée.

— Il en restera toujours des traces, elles sont omniprésentes à Cracovie et dans toute la Pologne.

— C'est ce que répète ma mère. Elle prétend même avoir honte. À bien y réfléchir, je me demande si le poids de cette tragédie ne lui pèse pas davantage qu'elle ne veut l'avouer. Vivre dans le quartier rénové la fait déprimer. Elle était plus épanouie ici, dans cet appartement vieillot, sans terrasse et sans ascenseur, mais un promoteur a tout racheté, alors...

— Ta mère aurait des origines juives ?

— Pas à ma connaissance. Elle serait plutôt devenue athée. Elle possède une croix de baptême qu'elle ne porte jamais, se prétend catholique sans se rendre à l'église et répète que les religions sont la cause de tous les maux de ce monde. Et la tienne ?

— Elle ne croit en rien d'autre qu'en elle-même.

La mine que fait Micha me laisse mesurer combien le lien que nous avons noué avec nos mères est aux antipodes. Chez elle, je sens une attache, de l'inquiétude, du soin et un amour profond qui contraste avec ma défiance perpétuelle et ma tendance à croire qu'après la religion la famille est sans nul doute la source de malentendus la plus redoutable.

Pour faire retomber la pression, je lui propose de boire un verre qu'elle accepte. Je n'ai qu'une bouteille de jus de fruits multivitaminé dont nous devons nous satisfaire. Micha revient alors sur le refus de sa mère de la voir ce matin-là.

— Si elle ne cesse de se défiler, ce doit être parce qu'elle tient à garder son secret, conclut-elle avec conviction.

Verre à la main, je me contente d'approuver.

Son regard, par intermittence, se replonge dans le mien. Je vois ses yeux se troubler, fixer le vide et il me semble qu'une tristesse insidieuse vient lui serrer le cœur.

Entre nous, les portes s'ouvrent pourtant avec naturel car elle parle d'une manière si spontanée et dépourvue de calcul que je suis enclin à l'écouter autant qu'à lui répondre lorsqu'elle m'interroge.

— Crois-tu que tu pourrais, malgré vos différends, interroger ta mère en vue de confirmer ce qui figure sur cet état civil ? finit-elle par me demander avec précaution.

— Non, ce n'est pas possible.

À mon grand étonnement, elle m'assure qu'elle comprend. De son côté, elle me fait part de sa volonté de ne plus acculer sa mère et d'accepter qu'elle ait le droit de mettre un voile sur son histoire.

— Nous devrons nous contenter de ce que nous savons. Nous faire à l'idée que nos mères sont sœurs et peut-être nous mettre à croire aux coïncidences, finit-elle par conclure en se levant pour diluer son jus de fruits dans de l'eau du robinet. Pardon de faire comme chez moi, enchaîne-t-elle en souriant, mais je n'aime vraiment pas les boissons sucrées, je préfère l'amertume.

Elle allume un second lampadaire et reprend place à mes côtés, sur le canapé.

— Tout a changé ici. Avant, cette pièce en comprenait deux dont la chambre de mes parents. La cuisine était minuscule et le salon insignifiant. Tout était si petit que je ne pouvais pas m'endormir dans le silence. J'entendais le bruit de la télévision qui se mêlait à celui des klaxons, des moteurs de voitures et des pots d'échappement qui n'étaient rien à côté du va-et-vient des trams jusque tard dans la nuit. Tu as dû entendre tout cela. À cette période, s'ajoute encore le vacarme des souffleurs avant l'aube censés retirer les feuilles qui obstruent les rails, tout autour du Planty.

Mes nuits blanches m'ont permis de m'en rendre compte, en effet.

Un peu de vodka dans le cocktail multivitaminé serait la bienvenue. Nous sommes dépités. Vidés de prendre conscience que l'inaccessibilité de nos mères respectives nous condamne à l'amnésie.

Vient pourtant le moment où Micha se lève du canapé et s'approche de la fenêtre qui donne sur l'université Jagellonne. Je la vois se tordre les doigts et les chevilles comme si elle se contorsionnait pour trouver une issue. Elle sort son téléphone portable, prend quelques photos de la rue, pose l'appareil sur la commode et revient se poster à la vitre.

Tout à coup, elle se retourne vers moi, une tout autre expression sur le visage. Sa mélancolie pensive s'est muée en une ferveur optimiste qui lui rend la parole.

— Mais j'y pense ! Il y a toujours M. Krupicz ! s'exclame-t-elle avec une confiance retrouvée.

— Qui est-ce ? En quoi peut-il nous aider ?

— C'est un membre influent de l'université. Ma mère a peu d'amis. En dehors de mon père et moi, il n'y a qu'à M. Krupicz qu'elle fasse confiance. Ils se connaissent depuis longtemps, si quelqu'un sait quelque chose sur son passé, c'est lui. Nous pourrions le solliciter. Il m'a beaucoup aidée lorsque j'ai décidé de me lancer dans des études d'art. Il me suffit d'un coup de fil pour qu'il me donne rendez-vous au café Jama.

Avec autant d'admiration que de respect, elle me confie ce qu'elle sait de cet homme aussi bardé de diplômes que de titres honorifiques qui n'en demeure pas moins d'une humilité touchante tant sa dévotion pour l'art l'emporte sur tout le reste.

— Je crois qu'il a bien connu ma mère et qu'il pourra nous aider. Sans lui, je n'en serais pas là aujourd'hui. Il a été mon guide et mon soutien durant toutes mes études, je suis certaine de pouvoir compter sur son appui.

Je devine dans sa voix une infinie gratitude, une attache profonde à cet homme qu'elle ne peut appeler autrement que « Monsieur » malgré leur complicité.

Toujours sous le choc, nous reprenons la lecture de l'état civil de Dorota.

Dehors, un tramway passe. Nous nous levons pour l'observer depuis l'immense baie vitrée de la cuisine. Aussitôt après, une chenille multicolore glisse à toute vitesse sous les fils aériens. De notre mirador, nous pouvons apercevoir un fragment de la tour de l'horloge éclairée dans la nuit. Nous avons peut-être l'impression de flotter, bercés par les embruns d'une histoire nous reliant malgré nous, le regard rivé sur un paysage familier qui coule dans nos veines comme le sang de nos ancêtres.

Micha me propose alors de me saouler de l'ambiance nocturne de sa ville. C'est là qu'elle me retrace la genèse de ses piercings au lobe gauche. Si le premier, le plus répandu, remonte à l'enfance, le second correspond à l'obtention de son bac et le troisième à son master d'art. Quant à l'anneau qu'elle porte à la conque, il immortalise la réussite de sa thèse. La croix en or blanc qui l'orne symbolise sa foi en l'art. Son unique religion. À mon grand regret, elle fait l'impasse sur son strass à l'arcade et sur l'étoile en diamants qu'elle porte au tragus. Par respect, je ravale ma curiosité, me contentant de lui dire combien j'admire sa manière d'utiliser son corps pour créer du sens et de la beauté. J'en serais bien incapable et cela ne m'est d'ailleurs jamais venu à l'esprit, sans doute parce que mes Canson sont mon support de prédilection.

Nous nous promenons jusqu'à épuisement partout où nos pas nous portent, si bien que les calèches sont rentrées au bercail depuis longtemps quand nous cessons de jouer les noctambules.

En la quittant en bas de chez elle, j'ai envie de la serrer dans mes bras, mais une gêne incontrôlable fige tous mes membres et je la laisse filer sans un geste, étourdi au pied de l'immense façade noyée dans un clair-obscur ambivalent.

Si nos mères sont sœurs, que sommes-nous l'un pour l'autre après tout ce temps ?

Toujours en état de choc, je reprends ma route en solitaire, l'esprit submergé de doutes.

Heures suspendues

Je passe le week-end enfermé dans mon appartement, les genoux à même le carrelage. Un damier parfait en noir et blanc. À la manière de Wyspiański, je laisse l'huile de côté, ne me fiant plus qu'aux crayons, pastels et autres sanguines pour esquisser des portraits polymorphes.

Une série de femmes apparaît en plan rapproché. Dans leurs cheveux, la nature s'invite comme sur la peinture de rue que j'ai photographiée la veille. Un oiseau se pose sur une épaule ou vient se nicher au creux d'une oreille. Des fleurs servent de maquillage sur la joue. Parfois, les traits saillants du corps ressemblent à des branches d'arbre plus ou moins fines, plus ou moins lisses. L'harmonie règne, la douceur, la beauté. Un duo équilibré entre le féminin et le naturel qu'un détail sanglant vient briser. Un cœur percé d'une balle. Des larmes de sang. Une grenade tatouée sur le cou. Une arme incendiaire à la main. Je juxtapose la douceur à la violence. Joue de l'euphémisme. L'arme est un détail presque insignifiant qui corrode le dessin, crée la discordance, épingle l'anomalie. Je pense une fois encore aux femmes violées. Je sais que les Russes enferment des femmes qu'ils violent à répétition avant de les relâcher. J'ai entendu l'histoire de celle qui a dû défiler publiquement nue avant d'y passer. Je sais que la plupart des victimes se tairont, s'estimeront heureuses d'être encore en vie, et tiendront le coup pour leurs enfants. Je sais que la douleur viendra plus tard, dans un an, dix ans, trente ans... Elle explosera comme une bombe à retardement. Je me demande comment inscrire cette violence-là sur le corps des femmes qui s'animent sous mes crayons.

Une chaîne, une croix et les points de jonction. Je revois la jeune femme blonde au bord de la piscine, pense à cette douleur-là pour elle, imagine que c'est tout le sens de son tatouage à la cuisse, son moyen de hurler au lieu de se laisser faire, de se relever au lieu de s'anéantir. L'unique recours pour transformer la honte en fierté au lieu de se cacher.

Je dessine cette femme-là. La chaîne, la croix, et les points de jonction sur le bras, puis recommence et les place sur le sein ou encore sur le ventre. Je cherche, entasse les feuilles à grains épais, recommence. Je relie la guerre à la femme que seule la nature peut sauver. La beauté vibre dans ce que l'homme n'a pas touché, dans l'envol d'une hirondelle qui surgit en arrière-plan. Je dessine. L'art aussi peut sauver, être l'onguent qui cautérise. Je peaufine les détails. Micha m'apparaît souvent, son corps réinventé à son image, fidèle à ses engagements. Assumée. Dessiner m'aide à attendre le rendez-vous promis. Inutile de me chercher des raisons de rester à Cracovie, je ne bougerai pas d'ici avant que n'ait eu lieu cette rencontre dont je pressens l'importance.

Le retour au passé justifie l'élan vers le futur, la quête des origines prépare le sens à venir. Je travaille, m'oublie et me répare.

Cette pulsion de vie se cristallise sur le papier. Je trace, gratte, estompe. Le moindre geste produit un son qui crée une bulle dans ma tête. Je respire et reviens à une vérité qui se passe de mots. Lorsque je travaille à mon œuvre, tout s'oublie et se comprend ailleurs et autrement. Le temps ne se compte plus, il passe, glisse. Il suffit de retourner le sablier pour que la matière s'écoule sans bruit d'un bulbe à l'autre. Je fais de même d'une feuille à l'autre, transforme le temps en une poudre que je laque sur le papier, seul moyen de laisser une trace pérenne. Les femmes ont des visages changeants, chaque dessin est unique, mais la matrice reste identique. Je tiens la note, comme en musique, conserve la tonalité, trouve mon propre style. Mes doigts vibrent, électriques. Je me réinvente. Les feuilles s'empilent les unes sur les autres. Je me lève, des fourmis dans les jambes, me dégourdis à peine, me replonge au sol. C'est ma prière. L'Art est un dieu qui me guide autant qu'il m'éprouve. Sans chevalet, je transforme le dépouillement en humilité. Bientôt le carrelage en damier noir et blanc s'efface sous mes feuilles, j'ai les doigts multicolores à force d'estomper.

Il faudra me relever, cesser la frénésie, me reposer, dormir, les rideaux ouverts pour contempler la façade illuminée du Collegium Novum en cas d'insomnie. Rares sont les moments où je parviens à dessiner sans douter. Constamment ailleurs, en quête de ce qui viendra plus tard, en reconquête de tout ce qui est déjà passé, je tangue, crains de chavirer, de passer à côté de ma vie à force de la transposer sur le papier. Micha projette la sienne sur sa peau.

Plus tard, lorsque je la connaîtrai mieux, elle me dira : « Mon corps est un brouillon. » Elle sera vêtue de blanc à ce moment-là, portera un corsage en organdi, noué jusqu'au menton par un lacet, deux cœurs tissés sur la poitrine.

Plus tard encore, elle me montrera la grosse pièce dans son dos. Le tatouage qu'elle se sera fait faire après la révélation. « Pour ne jamais oublier », m'affirmera-t-elle. C'est à ce moment-là que me viendra l'idée de la statue.

Lorsque le téléphone sonne enfin, je viens de prendre mon petit déjeuner sur la table ronde du séjour. J'ai bu du café lyophilisé, avalé un gâteau au pavot déniché le matin au Delikatesy de la place du Rynek où j'espérais croiser Micha par hasard même si les hasards ne se reproduisent pas. Il faut les prendre comme ils viennent et savoir ne pas les espérer.

Le téléphone sonne au moment où je fais ma petite vaisselle.

Micha m'invite à la rejoindre avec le professeur le soir même, à 18 heures, au café de la Halle aux draps. Je m'étonne que ce ne soit pas au Jama Michalika comme elle me l'avait annoncé.

— Le professeur dit que c'est trop enfermé, qu'on étouffe dans tout ce vert qui a pris la poussière.

Micha éclate de rire, elle est belle. Sans la voir, je sais qu'elle est belle parce qu'elle rayonne de spontanéité.

J'y serai, à l'heure fixée, sans faute je les rejoindrai.

— Apporte tes dessins, ajoute-t-elle. M. Krupicz m'aidera à prendre une décision pour la résidence. Quoi qu'il nous révèle, sache que je ne m'engage à rien te concernant. C'est ton œuvre qui décidera, ton œuvre et rien d'autre. Tu comprends ?

Mes dessins forment à présent plusieurs tas éparpillés sur la commode, le canapé et la table du salon. Il ne me reste qu'une poignée d'heures pour sélectionner le meilleur de ce que je viens de produire dans un état second. Incapable de trancher, je pars faire le tour du Planty. D'aucuns l'accompliraient à trottinette, mais je veux imprimer mon pas sur ce sentier dessiné par Wyspiański, faire le tour du Wawel, surplomber la Vistule et contempler la montgolfière qui monte et redescend tous les quarts d'heure. Plus loin, je retrouverai la poésie des jardins le long des anciens remparts, apercevrai la Barbacane et ses pigeons fous, longerai les bancs, contemplerai les statues, détaillerai les branches des arbres et sentirai les feuilles d'or frissonner sous mes chaussures.

Midi bien sonné, je déjeune sous un tilleul de *pizza al taglio*, prends un double espresso au café d'à côté et remonte les allées ensoleillées jusqu'à l'université où j'aperçois la statue de Copernic.

La route pour regagner mon appartement m'est déjà si familière que je l'emprunte avec un sentiment de bien-être inédit. Comme si je me sentais chez moi, enchanté de retrouver la beauté flamboyante de mon pays couvert d'automne. Influencé par Micha, je prends les escaliers, négligeant l'ascenseur. *Ce n'est pas plus mal de se donner de la peine pour accéder à son but*, pensé-je, et la règle vaut pour tout.

Arrivé au premier étage, je compose le code à la hâte, pousse la porte, me précipite au milieu du séjour percé de vitres surdimensionnées. Une image bien éloignée de ce que je m'étais imaginé de la Pologne actuelle. Très vite, je recouvre à nouveau le damier du sol de mes dessins. Je les balaie du regard. De long en large et de bas en haut. Une triple rangée de dix feuilles chacune. Trente dessins dont je prélève le tiers.

Je me remémore les mots clés, puis cherche à rendre tout son sens à cette alliance par la sélection des pièces les plus adaptées. Le reste n'est plus de mon ressort. J'ai tout donné, tout lâché, tout offert. Mon sang, mon cœur, mon âme peut-être. Et peu importe que je me retrouve pareil au pélican à l'arrivée, j'ai eu la grâce de traverser des heures suspendues où la vie s'écoule sans demander pardon.

Combler les blancs

À son arrivée sur la terrasse du café de la Halle aux draps, Thomas s'étonne de se retrouver à l'endroit exact où il est parti en calèche le soir de sa venue.

Ses esquisses sous le bras, classées dans un carton à dessin, il a eu le temps de faire un tour jusqu'à la porte Florian et de passer par deux fois devant le café Jama, avant de revenir au point de rencontre. Comme toujours, il est en avance, toujours le premier de peur de louper l'essentiel. Après ce détour voué à tuer le temps, il aperçoit Micha assise avec un homme grisonnant, replié sur une canne. Elle lui fait signe de s'approcher. Il tend la main au professeur qui, du haut de ses soixante-sept ans, continue à exercer ses fonctions avec une passion égale à son dévouement. Ce dernier se réjouit de rencontrer un jeune artiste français. Il a eu la chance d'en côtoyer un grand nombre au fil de sa carrière et se félicite de pouvoir lui adresser ses premiers mots dans la langue de Molière.

Thomas bafouille sans trop savoir dans quel idiome répondre. Amusée, Micha décide que la conversation se fera en polonais, assurant qu'elle se chargera, plus tard dans la soirée, de reprendre en français ce qui aura échappé à son ami. Après avoir déposé son carton au pied du parasol chauffant, Thomas s'assied.

Le professeur Krupicz commande une vodka avec un verre d'eau, les deux autres prennent une bière. La joie des retrouvailles mêlée à l'alcool délie les langues. Désireuse d'avancer masquée, Micha commence par évoquer la résidence d'artiste qu'elle organise au Musée national. Elle en précise la double thématique puis invite Thomas à montrer ses croquis.

Le résultat est au-delà des attentes de la régisseuse, des œuvres à part entière, auxquelles ne manque qu'un cadre pour les fixer au mur et les mettre pleinement en valeur. Ce qu'elle a espéré en envoyant le peintre sur les traces de Wyspiański apparaît vivant et palpable sur ces œuvres inédites. Un jeu d'ombre et de lumière, des motifs naturels, un trait fin mais bien marqué. Le tout composé sous un angle original, qui joue de la transparence pour mieux faire saillir les éléments cruciaux. Une espèce de filigrane capable de donner de l'épaisseur à une œuvre qui ne comporte aucune masse de matière.

— Tout à l'économie et à l'épure pour un effet sublime, lâche le professeur.

Micha fait la traduction.

Thomas remercie sans avoir écouté ce qu'on vient de lui dire.

L'émotion le rend sourd, les compliments ruissellent sur lui, le positif l'effraie. Malgré ses réussites passées, il n'en a pas l'habitude. Sans doute parce qu'il a manqué de reconnaissance dans l'enfance et que certains silences entament et fragilisent à défaut de donner confiance.

Micha se charge de renouer les cordons du carton à dessin, puis le cale au pied de sa chaise.

— Je tiens à les garder, si tu veux bien. Je les étudierai à tête reposée, seule et tranquille chez moi. L'exposition, je la vois déjà ! Ce sera magnifique !

Combien de temps faut-il à Thomas pour prendre conscience que la résidence lui est acquise ? Il reste d'abord pantois, donne le change avec l'air de les écouter sans même les entendre. Les premiers mots de Micha à l'adresse du professeur se confondent au brouhaha de la place du Rynek avant qu'un sourire ne fende ses lèvres. Par réflexe, il se ressaisit et s'efforce de comprendre ce qu'ils se disent dans leur langue.

Pour en venir au vif du sujet, Micha s'exprime d'abord en polonais avant de traduire chacune de ses répliques dans un français exemplaire.

— Vous avez bien connu ma mère, Stanisława, n'est-ce pas ?

Le professeur fait l'éloge de cette femme cultivée et intelligente qui aurait pu ne pas se contenter de faire le ménage à l'université, mais qui n'a pas eu de chance.

Micha renchérit immédiatement. Moins elle laisse de vide, plus il parlera dans un flot hypnotique propice à la confidence.

— Pourquoi dites-vous cela ?

— Quand sa mère a disparu, Stanisława a souhaité rester ici tandis que sa sœur est partie vivre à Paris.

— Sa jumelle, vous voulez dire ?

— Oui, mais elles ne se ressemblaient pas beaucoup. Elles avaient des caractères opposés d'après ce que prétendait leur mère, ta grand-mère.

— Aniela ?

— Une femme talentueuse, parfaitement instruite et bilingue, qui n'a pas eu de chance, elle non plus.

— Que voulez-vous dire ?

— Parce que tu ne sais pas ? Stanisława ne t'a pas raconté ce qui était arrivé à sa mère ?

Micha hésite, jette un regard affolé à Thomas qui l'incite à continuer.

— Non, elle a toujours refusé de m'en parler.

— De peur de te contaminer, je suppose.

— Me contaminer ?

— Oh, excuse cette formule maladroite, mais ta grand-mère est morte dans des circonstances tragiques, tout comme ton grand-père. C'est donc pour cela que tu m'as appelé ? Tu voulais savoir ce que ta mère refuse de te dire ?

Micha opine, trop mal à l'aise pour articuler un son.

— Ne te sens pas gênée, formule-t-il d'une voix compatissante. Il est normal de vouloir revenir un jour ou l'autre sur son passé. Et, pour peu que l'on tombe sur la bonne personne, autant tirer le fil aussi loin que possible. Mais es-tu vraiment sûre d'être prête à connaître la vérité, Micha ? C'est un poids lourd à porter.

Thomas frissonne. Il en comprend assez pour sentir que Micha risque de se raviser à ce moment-là. Vivre dans le déni comme leurs mères l'ont fait, est-ce la solution ?

Contre toute attente, Micha boit sa bière à petites gorgées, repose son verre et prie le professeur de lui révéler tout ce qu'il sait de son histoire.

Il commence par évoquer un certain Marek Kubiak qui a été son collègue à l'université. Se sachant atteint d'une maladie incurable, il lui avait raconté sa rencontre avec Aniela lorsque celle-ci était venue le voir pour l'interroger sur les circonstances de la mort de Stanisław Baliński qui était le père de ses jumelles.

— Et par conséquent, ton grand-père, Micha.

Pour elle, c'est un raz-de-marée, une émotion violente qui la déborde et la laisse bouche bée.

— Le mien aussi, renchérit Thomas, ruinant les précautions prises par Micha pour obtenir les confidences du vieil homme.

Le professeur ferme les yeux et serre les accoudoirs de son fauteuil.

— Alors comme ça, vous êtes cousins ! reprend-il, comme s'il se trouvait face à des revenants. Et dire que je suis en compagnie des petits-enfants de Baliński ! C'était un très grand artiste, vous savez… Sa peinture, était… comment dire… vibratoire, puissante et dérangeante à la fois ; il était tellement torturé…

— *Les plus désespérés sont les chants les plus beaux*, récite de mémoire Thomas qui se trouve quelques points communs avec son aïeul.

Mais le vers de Musset laisse de marbre le professeur car il en a fini d'admirer les victimes sacrificielles qui, pareilles aux oiseaux des poètes romantiques, s'offrent en pâture pour se donner bonne conscience.

— Sans doute, concède-t-il afin de ne pas contrarier le peintre, jusqu'à un certain point. Baliński a fini par se jeter dans la Vistule, nous privant à la fois d'un ami et d'une œuvre qui aurait pu être grandiose. Aniela ne s'est jamais remise de cette perte, son cœur est resté scellé à celui de Stanisław malgré son mariage avec Marek. Ce dernier le savait, acceptait ce partage, comprenait sa douleur. Il a tout fait pour l'emmener à Paris le plus souvent possible afin qu'elle revoie sa mère adoptive immigrée en France. Marek adorait cette femme. « Une sainte », disait-il, qui avait recueilli Aniela au berceau et s'en était occupée comme une mère, renonçant elle-même à se marier. Je crois que la mort de Stanisław a ravivé la blessure originelle d'Aniela. La perte de ses parents biologiques, je veux dire. Marek me racontait qu'elle avait des angoisses et passait des jours et des nuits à faire des sculptures en organdi qu'elle détruisait à peine achevées. Il avait réussi à en sauver quelques-unes qu'il lui subtilisait lorsqu'elle s'endormait sur sa table de travail. Elle suppliait pendant des heures pour qu'il les lui rende, mais il tenait bon et les entreposait dans une pièce de l'université, persuadé qu'un jour il pourrait les réunir pour les exposer. Il n'en a malheureusement pas eu le temps.

Le professeur s'arrête, laissant à Micha le soin d'échanger avec son cousin qui s'est noyé dans cette tirade. Il hèle le serveur, commande à nouveau une double vodka bien tassée avec des glaçons, réclame deux autres bières et sort une cigarette de la poche de son veston.

— On peut fumer, ici, à la bonne heure ! s'exclame-t-il.

Les terrasses se remplissent à mesure que les tours de la basilique deviennent cuivrées. Bientôt les parasols chauffants répandent leur chaleur incandescente et le professeur tend un billet de cent zlotys à Micha.

— Va donc acheter une couronne aux couleurs de notre belle Pologne. Nous pouvons en être fiers !

Sans se faire prier, Micha quitte sa chaise en rotin pour rejoindre le fleuriste campé devant le portail de l'église. Elle échange quelques mots avec le vendeur, puis revient avec une composition de fleurs rouges et blanches, décorée de rubans assortis.

— Voilà, dit-elle en remettant la couronne au professeur avec la monnaie qui reste du billet.

— Garde tout ça, petite. Ça me fait plaisir ! Surtout si tu acceptes de la porter !

L'espace d'un instant, elle regrette de ne pas avoir les nattes blondes qui font le charme des Polonaises en costume traditionnel, mais elle est brune et se plaît bien ainsi, alors elle arbore fièrement la parure de fleurs que son mentor lui a offerte.

À leur gauche, un attroupement se rassemble autour de la statue de Mickiewicz, quatre danseurs de hip-hop s'échauffent, une horde de pigeons s'envole.

Micha n'a pas encore fini son premier verre que le second arrive sur la table. Elle passe donc au suivant, plus frais, et Thomas l'imite au moment où le premier battle de break dance est lancé. Les spectateurs applaudissent, acclament les figures, attirant d'autres curieux. Bientôt, Micha se détourne du spectacle, prête à poser une dernière question.

— Comment ma grand-mère a-t-elle disparu ?

— Puisque tu es une adulte à présent, je vais te le dire, mais sache que ton héritage est difficile à porter.

La couronne est ôtée, posée sur les genoux de la jeune femme et Thomas lui prend la main. Le geste se fait de lui-même, naturel, évident. Un geste qui relie les membres d'une famille quand le drame les frappe d'un même coup.

— À force de s'enfermer dans sa création, Aniela s'est mise à perdre le contact avec la réalité. Elle ne dormait plus, prenait des médicaments, toujours plus de somnifères jusqu'au jour où Marek l'a retrouvée morte dans son lit. Les jumelles avaient alors dix-sept ans. C'est à ce moment-là que la sœur de Stanisława a souhaité partir vivre en France.

— Dorota ?

— Je ne me souviens plus de son prénom. Je ne l'ai jamais rencontrée. Ta mère, en revanche, je l'ai bien connue. Elle faisait le ménage à l'université sans jamais dire qu'elle était la fille adoptive de Marek, alors que ce dernier ne s'en cachait pas. Bien sûr, il regrettait qu'elle ait interrompu ses études pour gagner sa vie, deux ans après la disparition d'Aniela.

Elle ne voulait dépendre de personne. Pour lui, c'était du gâchis. Il répétait qu'elle aurait pu être diplômée, comme sa sœur, mais les études ne l'intéressaient pas. Tout ce qu'elle voulait, c'était se marier à un gars du pays dont elle était amoureuse et vivre à Cracovie, au plus près du lieu où elle avait grandi avec sa mère. Parfois, elle me disait que la vue de son appartement donnant sur le Wawel faisait tout son bonheur. Elle répétait que l'art avait tué ses parents et qu'en aucune façon elle ne désirait tomber dans ce piège.

— Elle ne m'a pourtant pas dissuadée, lorsque je l'ai serinée avec Wyspiański !

— Il lui a fallu bien du courage pour te laisser cette liberté ! C'est tout à son honneur.

Une vive émotion s'empare de Micha qui baisse soudain les yeux. Thomas profite de ces instants de flottement pour en revenir à un point crucial de la vie du peintre.

— Baliński était juif, lâche-t-il. Voilà sans doute pourquoi ta mère dépérit depuis qu'elle vit à Podgorze.

Le professeur écarquille les yeux et se redresse d'un coup sur sa chaise.

— Parce que Stanisława a quitté son appartement de la rue Floriana ?

— Elle y a été forcée, répond Micha d'une voix désabusée. Le bâtiment a été racheté par un promoteur qui a relogé mes parents dans une résidence toute neuve avec ascenseur, balcon, cuisine équipée, murs blancs et pièces démesurées. Depuis, ma mère n'est plus la même.

— Il faudra lui parler, Micha, la rassurer, lui dire ce que tu sais.

— Elle a peur que ça recommence, vous comprenez ? Et la guerre en Ukraine décuple ses angoisses. Elle croit qu'on veut exterminer les Ukrainiens comme on a exterminé les

Juifs et l'élite polonaise. Elle le répète en continu, mon père s'en plaint, dit qu'elle se renferme sur elle-même, perd le sommeil.

— Le temps est venu pour toi de l'épauler. La vérité libère plus qu'elle n'emprisonne, en dépit de ce que l'on peut penser. Puisque tu as le mérite d'être allée la chercher, tu as gagné le droit de t'en servir pour revenir en arrière, combler les blancs et vous affranchir ensemble du poids de votre histoire.

Micha repousse son verre de bière. Le professeur l'imite avec sa double vodka.

Leur silence détonne avec la musique qui tambourine de plus en plus fort sur la place du Rynek. Les danseurs de hip-hop ont fait place à un groupe de rock lorsque M. Krupicz finit par s'adresser directement à Thomas en français.

— Pas étonnant que vous soyez le petit-fils de Baliński. Vous dessinez comme il sculptait, happé par la beauté et rattrapé par la gravité. C'est ainsi que l'on touche au sublime.

Sur ces paroles, il empoigne sa canne, se redresse et prend congé.

— Il faut vivre, mes enfants. Vivre et créer. Ce sont les seules obligations que nous ayons sur cette terre, conclut-il avant de traverser la grande place, penché sur son bâton.

Valser dans l'ombre

En serrant Micha dans ses bras, Thomas sent des larmes rouler comme des perles sur les joues de sa cousine.

La main de Thomas dans son dos est brûlante, incandescente, pareille à une brûlure si intense qu'elle lui inspire l'idée d'un tatouage à cet endroit même. Des entrelacs de cœurs, voilà ce qu'elle visualise.

Un cumul de vies se répliquant les unes dans les autres, comme les poupées gigognes s'emboîtent sur les étals de la Halle aux draps. Pour eux, il conviendrait que certaines poupées figurent en double exemplaire, identiques et de même taille. Et la dernière serait une fille et un garçon, pour clore la lignée.

C'est cette image-là qui jaillit à l'esprit de Thomas tandis que ses larmes glissent dans le cou de Micha, l'image d'une filiation dont les destins imbriqués se sont souvent dupliqués. Ne porte-t-il pas cette empreinte dans l'étymologie de son prénom ? Thomas, le jumeau. Sa jumelle à lui, il l'a dans ses bras, en dépit de leur différence d'âge, de langue et de mère, un même sang coule dans leurs veines. Celui d'Aniela et de Baliński, un couple d'artistes torturés qui les a réunis à Cracovie, parce qu'il n'y a pas de hasard, parce que tout est écrit avant, bien avant leurs retrouvailles et l'espace des souvenirs.

Tout début, c'est très clair,
n'est jamais qu'une suite,
et le livre des événements
toujours ouvert au milieu.

Ils écoutent résonner la voix de la grande poétesse polonaise. Michalina récite, Thomas répète.

Ils se bercent, se serrent. Leurs bras sont le châle qui a accompagné Helena et Aniela dans leur migration. Le tissu brodé par Leokadia, offert par Bronisława qui plus tard réclama le même pour elle, car le vide était trop grand.

Des détails, ils ne savent rien et ne sauront jamais rien, mais qu'importe, l'émotion bat dans leur poitrine comme un tambour qui scande une histoire qui leur appartient.

Chacun à sa manière est une facette de l'autre. Ils se ressemblent parce qu'ils se sont retrouvés. Ils se reconnaissent et pleurent en silence.

C'est une émotion contenue. À peine dicible. Presque inaudible, qui ne se mesure qu'à la manière qu'ils ont de s'étreindre sur les pavés du Rynek où plane l'âme de Cracovie.

En cet instant, s'ils sont cousins, frères, amis, amants, ils sont tout ce que l'amour dépose dans les corps qui traversent le temps.

Ils pourraient se fossiliser là. Se laisser enrober de résine et rester soudés pour toujours, prisonniers d'une pierre précieuse. Thomas y pense, le sent dans ses doigts, le transposera dans une œuvre qu'il dédiera à la mémoire retrouvée.

Des détails, ils ne savent rien. Du faux, du vrai, de la légende et de la réalité, ils se moquent. Le factuel leur échappe assez pour qu'il devienne sans importance. Seules les larmes de Thomas comptent et la brûlure dans le dos de Micha. Seuls importent les vers de Szymborska et le coup de foudre qui les soude l'un à l'autre pour sauver l'essentiel.

La nuit, ils ne dorment pas.

Le sommeil est impossible maintenant qu'ils savent d'où ils viennent.

Lui, repense au moment où il a reposé la couronne de fleurs sur la tête de Micha avant de quitter le café de la Halle aux draps. Pour l'impressionner, elle a fait un tour sur elle-même en criant : « Iii-haaa… ! » Une interjection typique des chansons folkloriques. Il a ri, l'a prise par la main et emmenée au pied de la statue de Mickiewicz où ils se sont mis à valser dans l'ombre de la nuit sous le halo d'un lampadaire.

Il la trouvait belle. Ses cheveux courts et sa kyrielle de boucles sur le pourtour de l'oreille. Il fixait le strass sur l'arcade sourcilière, se disant qu'un diamant sur le nez aurait pu lui convenir tout autant. Ils tourbillonnaient lentement.

Elle le trouvait beau, pensant que leur aïeule avait peut-être croisé la route de Wyspiański. Ils se seraient aimés au bord de la rivière et il l'aurait croquée avant de poursuivre son chemin. N'avait-il pas dessiné quelque paysanne entourée de fleurs des champs, un panier à la main ?

Après la danse sous le regard surplombant du grand poète national, il l'a raccompagnée à sa porte et l'a attirée dans ses bras.

Elle, repense à la chaleur qui lui brûle le dos. Elle la sentira toujours, elle le sait, en gardera la trace et lui donnera forme. Elle réclame qu'il reste. Se séparer maintenant serait prématuré. Elle lui demande de monter. Parce qu'elle ne pourra pas s'endormir toute seule après ces révélations. Elle s'étendra sur le canapé, il prendra place dans le fauteuil à bascule et chacun cherchera le sommeil à sa manière.

La nuit est blanche, mais qu'importe, ils éprouvent ensemble le cataclysme de la mémoire qui ouvre une brèche sur une culture dont ils ignoraient être les dépositaires.

La nuit est blanche. Qui sont-ils l'un et l'autre en dehors de ce legs occulté ?

Les langues se délient au petit matin. Ils parlent et s'étonnent encore de ce qu'ils ont appris et qui les changera forcément.

Thomas repense aux sensations qu'il a éprouvées lorsqu'il s'est aventuré dans le quartier de Podgorze, sur la place aux chaises, à proximité de l'usine d'Oskar Schindler. Son corps était devenu lourd, si lourd qu'il s'était senti vieux, le dos courbé comme celui d'un vieillard qui aurait porté le poids du monde sur ses épaules. Il repense à toutes les fois où il a pleuré sur le sort des Juifs, à tous les livres qu'il a lus, aux films regardés, aux impressions diffuses de proximité. Il sait à présent que cela lui vient de son grand-père maternel, ignore qu'il y eût encore un Szymon, bien avant, pour le relier par deux fois au grand peuple martyre.

Il comprend. Pense qu'il a reçu une double culture, comme Micha, une culture qui l'a façonné en conscience pendant qu'une autre le façonnait à son insu.

Nul dieu dans leurs cœurs cependant, l'art est venu remplacer.

Micha se dit que sa mère a de bonnes raisons de trembler, de cacher un passé qui a raflé la famille de son père. *Rien ne revient par hasard*, pense-t-elle. Chaque geste, chaque pensée, chaque choix prend racine dans une terre qui nous a portés bien avant nous. Elle se persuade pourtant qu'elle s'affranchira de la peur, fière d'avancer dans le respect du passé pour conquérir la liberté d'un présent tout neuf.

Il faudra assumer, pense Thomas. Porter deux croyances en soi, même si aucune ne le définira. Ne pas oublier, s'abreuver d'une terre qui a réuni au lieu de séparer, une terre ambivalente et secrète qui lui aura donné la vie. Il prend acte, doucement, au rythme du balancement de la chaise à bascule. Il se dit que son histoire rachète les préjugés.

Ils recousent ensemble les lambeaux d'un passé qui, loin d'être une relique, se réinventera sous leurs doigts. L'ancien nourrit l'avenir, la liberté n'existe qu'à la jonction des deux, dans le présent.

Elle se tortille sur le canapé, il se balance.

Tout est mouvement dans leurs corps, leurs cœurs battent plus vite.

Ils sont abasourdis autant que nerveux, ils font des listes. Des listes de questions à poser, de réponses à se partager, de preuves à recueillir.

Ils se nourrissent de mots, échangent leurs places.

Elle sur le rocking-chair, lui en face.

Le temps est une éternité qui a la vie devant soi.

Ils pleurent, parfois. Rient aussi. S'aiment déjà.

Ils sont la somme de femmes et d'hommes dont le parcours est un chemin qu'ils n'auront de cesse de retracer à leur manière.

Le chaos du monde

Les vieux troncs fissurés des frênes s'inclinent sur la promenade du Planty, auréolés d'un reste de feuilles jaunissantes.

C'est sur un banc, à l'angle de la Barbacane, qu'ils se sont revus à heure fixe les jours suivants. Là, ils préparent la résidence programmée à partir du 1er décembre.

En creux, ils ont décidé d'inclure la guerre, entre la femme et la nature.

Est-ce une manière de réagir au supplice que subit l'Ukraine et de résister à leur façon ? Flotte-t-il, quelque part en eux, le sentiment d'être unis à ce peuple déchiré à de multiples reprises comme le fut également le peuple polonais ? Le chaos du monde décuple leurs émotions.

Le thème de la guerre viendra se greffer à celui de la femme, par un simple détail gravé sur le corps. Un symbole ou un mot. À la manière d'une signature ou d'un blaze. Pour scander la souffrance universelle.

Micha imagine l'exposition comme on se fait des plans sur la comète, mais Thomas ne s'en effraie pas, persuadé que ses œuvres lui permettront de renouer avec le travail de ses aïeux. En ce sens, il compte s'inspirer des sculptures en organdi d'Aniela et des peintures de Baliński.

Une fois l'esprit de la résidence défini, Micha en vient aux détails pratiques.

— Et pour les fêtes, tu pourrais rester ici et faire venir ta compagne. Personne ne résiste au charme de Cracovie à cette période, même si l'on est athée. Je te présenterai à maman, je suis persuadée qu'elle voudra te connaître en dépit des souffrances que cela réveillera en elle.

Sa voix fléchit alors et ses yeux se voilent. Elle marque une pause, reprend son souffle et enchaîne, happée par la vie.

— Tu verras comme on fête bien Noël ! Selon la tradition, il ne faudrait rien manger avant le soir. Même goûter un plat est interdit. Il importe de se faire confiance, on a toute l'année pour apprendre et le jour de Noël pour concrétiser. Nous achèterons une carpe que nous mettrons dans la baignoire. J'irai changer l'eau deux fois par jour. Stanisława ne sera pas contente, elle dira que c'est sale, qu'elle ne peut plus se laver, que c'est une vieille tradition polonaise périmée au même titre que les douze plats, le partage de l'*opłatek* et le pardon des offenses.

Brusquement, elle cesse de parler. Pensive et triste à la fois.

— Pourquoi tant de mystères, Thomas, dis-moi ?

— La peur, Micha, quoi d'autre ? Je ne vois rien d'autre qui puisse séparer les êtres et les plonger dans le secret.

— Mais la peur de quoi, au juste ?

— Oh, ça… Chacun compose avec ses souffrances refoulées, mais toutes en reviennent à la perte, à la mort et sans doute aussi à l'angoisse de décevoir.

Dans un même élan, Micha et Thomas s'éloignent du banc.

— Si seulement ma mère acceptait de nous parler de cette femme qu'elle retrouvait à Paris et qui serait notre arrière-grand-mère adoptive…

— Elle ne doit plus être de ce monde, regrette Thomas, tirant vers la Barbacane.

Il songe alors que sa mère doit avoir, elle aussi, une pelote de souvenirs qui pourrait les aider à repriser leur histoire effilochée.

— C'est dommage, Tomek, je sais, dit Micha comme si elle avait lu dans ses pensées. Vraiment dommage pour nous, mais c'est son droit de garder le silence.

Cette fois, après l'avoir baptisé de son surnom polonais, c'est à son tour de l'enlacer, scellant une fraternité qui allège leurs pas jusqu'au Musée national.

Thomas se fait prendre en photo au pied de la statue de Wyspiański. Dans l'ombre du grand peintre, il paraît tout petit, mais ce n'est qu'un leurre, car leur passion commune les met à égalité.

La fin de la journée, ils la consacrent à préparer l'exposition de décembre. Emportés par un bouillonnement artistique insatiable, ils mesurent combien, ensemble, ils se sentent soudain vivants.

Dans le corps d'un autre

Une dernière étreinte devant l'aéroport. Micha a tenu à y emmener Thomas alors que la nuit recouvrait encore les arbres du Planty. Un instant, ils regrettent cette filiation qui les empêche de s'embrasser autrement que sur la joue. Se fondre l'un dans l'autre, ne plus se quitter, ils y ont pensé, mais une quête plus intime encore les attend.

En route, Micha a promis à Thomas de retrouver les sculptures en organdi d'Aniela. Si elles sont suffisamment en état, elle les exposera parmi ses dessins. Elle imagine qu'il pourrait systématiquement ajouter une ombre blanche sur ses portraits, ce serait une manière de lui rendre hommage. Qu'en pense-t-il ? Après tout, c'est lui, l'artiste.

— Regarde-toi, Micha. Quand je t'observe, je vois une œuvre d'art. Un portrait en train de se faire. Tout élément que tu ajoutes à ton visage est une signature indélébile, un signe que tu imprimes comme le peintre appose sa touche. N'oublie jamais que l'artiste est en chacun de nous puisque nous nous façonnons nous-mêmes. Et toi, autant que les autres.

Elle n'a encore jamais vu les choses sous cet angle. Soudain, une porte s'ouvre. Jusque-là, elle s'était consacrée à l'étude de peintres dont l'œuvre était achevée si bien qu'elle se croyait davantage dépositaire que concernée par l'acte même de créer. Sous l'effet des paroles de Thomas, elle sent ses doigts se dégourdir, comme si c'était à son tour de manier l'aiguille et de juxtaposer son regard à celui de sa grand-mère. Son visage se déride, devient plus souriant, quasi lumineux, et elle se sépare de Thomas avec la certitude que leur rencontre n'est pas anodine.

La tête posée contre le hublot de l'avion en direction de Munich, Thomas rembobine le fil de ces dix premiers jours passés en Pologne. Il fouille dans sa mémoire et entend la voix fuyante de sa mère qui s'évertue à gommer les souvenirs. *À quoi bon insister ?* se dit-il. Scellée comme un coffre-fort, Dorothée rayonne d'une vie toute neuve qu'elle a taillée sur mesure juste pour elle. Le silence est son code secret, un silence apte à renier un passé qu'elle a abandonné comme une peau après la mue. Une part d'elle-même, laissée en route, sans aucun regret. Il le respecte, ira son chemin, ne lui demandera rien. C'est à Sylvie qu'il racontera ce qu'il a appris de son voyage. Il commencera par nommer Michalina Stowikowska en entier. Il aime sentir claquer chaque syllabe de ces longs mots contre ses incisives. Il parlera de sa cousine, la fille de la jumelle de sa mère partie vivre en France, fille d'Aniela, amoureuse d'un peintre juif ayant parfois séjourné en France, déjà marié, qui s'est suicidé en sautant d'un pont de Varsovie. Combien de migrations, combien d'exils, de rencontres improbables et combien de pertes ont travaillé à forger une lignée d'êtres dont les silences ont engendré de nouveaux exils ? Son don vient de cette souffrance-là, sa rage de peindre aussi. Pour combler un vide. Que lui restera-t-il à créer quand il saura tout de son histoire ?

Sylvie écoutera, comprendra, nuancera. « On ne sait jamais tout de sa propre histoire, Thomas. Entre les mailles, subsiste un interstice par lequel l'imagination navigue. Il ne tient qu'à toi de te laisser porter... »

La Pologne, il y retournera, pense-t-il. Ce ne sera pas une parenthèse, un simple aller-retour nostalgique avant de tourner la page d'un récit qui ne le concernerait plus.

Le ciel est blanc au-dessus des nuages quand il s'endort. Il rêve de retrouvailles avec Sylvie devant les tours carrées de Notre-Dame de Paris. Aucun des deux n'attend l'autre. Ils arrivent en même temps. Aussitôt, il l'enlace avec l'ardeur de celui qui rattrape le temps perdu. Elle lui murmure quelques mots au creux de l'oreille et son corps s'embrase.

Une annonce le réveille à ce moment-là.

L'avion est sur le point d'atterrir et l'hôtesse lui intime de redresser son siège.

Il s'exécute, déplore l'interruption abrupte d'un rêve agréable après de longues nuits d'insomnie, chausse ses écouteurs et écoute la musique d'Hania Rani. Quoi de mieux pour demeurer encore un peu dans sa bulle polonaise ?

Lors de son escale à Munich, il écrit à Sylvie. Un long message qu'il se surprend à signer de son nom entier. Il a calculé qu'il arrivera vers 17 heures à l'aéroport et qu'il sera de retour chez eux en début de soirée. Il a hâte. On est mardi, jour du cours de flamenco de sa compagne, mais qu'à cela ne tienne, il fera un détour par la salle de danse, la regardera taper des pieds sur le plancher avant de lui proposer d'aller dîner en ville. Il brûle de la revoir, de la serrer dans ses bras, de tout lui raconter.

Le second vol lui paraît elliptique, la mélodie de la compositrice polonaise intitulée *Malasana* en boucle dans sa tête, les mains secouées d'électricité. La matière, il la sent, dense et humide au bout de ses doigts. Il s'imagine dans le corps d'un autre qui a sculpté avant lui. Voilà ce qu'il cherche à exprimer dans son exposition. Ce legs sans visage qui traverse la barrière du temps et roule comme la pierre d'une vie à l'autre pour frapper le corps du sceau du souvenir. Dans les airs, au-dessus des nuages, il compose par l'esprit le tableau central qui servira d'épine dorsale à l'ensemble de la série.

À Paris, le ciel est gris et les arbres nus. Les feuilles d'automne ont disparu, emportées par les aspirateurs de la capitale. Sylvie n'aime pas cette saison vide où la pluie attriste les visages. Par chance, ils sont à l'abri sous les néons de l'aéroport lorsqu'elle sent le cœur de Thomas battre contre le sien.

— Alors, la Pologne ? lance-t-elle dans un éclat de rire.

Il entend sa voix pétillante avant même de l'apercevoir, s'attendant à tout sauf à sa présence dans l'aérogare.

— Mais qu'est-ce que tu fais ici ? Je pensais…

Elle l'embrasse comme si de longues années les avaient séparés et, pour la première fois depuis longtemps, il se sent heureux. Entier et réconcilié avec lui-même. Présent à cette étreinte qui l'ancre dans la réalité de sa vie.

Main dans la main, ils rejoignent leur voiture. Thomas propose à Sylvie de la déposer directement à son cours de danse, mais celle-ci a d'autres projets pour la soirée, d'autres envies. La première étant de l'écouter lui raconter tout ce qui, du pays de ses origines, l'a déjà changé.

Rassembler les fragments

Elles marchent dans la neige sur l'allée centrale menant à la Barbacane. Les arbres ressemblent à des squelettes blanchis. Les bancs sont couverts d'une épaisse couche de blanc, eux aussi.

Elles se retrouvent pour préparer Noël.

Leurs bottes impriment des pas profonds, elles marchent côte à côte, d'un pas régulier et parfaitement ajusté.

Stanisława porte un bonnet de laine bleu, Micha un béret rouge qu'elle a incliné sur sa tête. Elles ont chacune un long manteau d'hiver.

La lumière est vibratoire en ce début de matinée, elle caresse les angles, souligne les contours.

Elles sont parties de l'université Jagellonne.

En chemin, elles passent sous l'effigie de Stanisław Wyspiański, gravée en médaillon sur la façade du musée des Beaux-Arts.

Espérant encore rassembler les fragments, Micha engage la conversation à ce moment-là.

— Parfois, je me dis que ma passion pour Wyspiański ne vient pas de nulle part.

— Rien n'arrive par hasard, ma chérie. Quoique tout reste souvent assez mystérieux et c'est sans doute mieux ainsi.

— Tu es toujours aussi triste, maman ? Mélancolique, je veux dire ?

— Le Wawel me manque, le quartier aussi, mais je commence à m'habituer à Podgorze, même si…

Son pas glisse sur la neige fondue, Micha la rattrape par le bras.

— Ça va ? Tu ne t'es pas fait mal ?

— Oh ! Il m'en faut plus que ça ! Ne t'inquiète pas pour moi.

Micha hésite à reprendre leur échange, comme s'il fallait franchir un cap et s'aventurer dans les eaux troubles au risque de s'y enliser.

— Sur quoi travailles-tu ces derniers temps ? demande Stanisława, sans se douter qu'elle tend une perche à sa fille.

— Je fais un inventaire en vue d'élaborer un catalogue pour une exposition en janvier au Musée national. Et j'accueille un peintre français en résidence. Il s'appelle Thomas Delvaux. Son œuvre est prometteuse, je suis sûre qu'elle te plairait beaucoup.

— Oh, moi et l'art, tu sais bien…

— Oui, maman, je sais, et je te remercie de m'avoir laissée partir dans cette voie que tu n'as jamais tellement prise au sérieux.

— Ce n'est pas ce que tu crois, Micha.

— Je sais. Thomas travaille sur des portraits de femmes en lien avec la nature, mais pas seulement. Je passe le voir chaque jour depuis qu'il s'est installé dans une grande pièce du musée, et sa manière de dessiner et de mélanger les techniques pour juxtaposer la couleur me fascine.

— On dirait qu'il te plaît bien, ce garçon !

— Il aurait pu me plaire.

— Qu'est-ce que tu entends par là ?

— C'est-à-dire que…

— Ah, je vois, tu tiens à rester discrète, ne précipitons pas les choses, surtout s'il est français. N'aie crainte, cela ne nous dérangera pas, sache que…

— J'ai peur que cela ne ravive des souvenirs que tu tiens à oublier.

— Ne t'empêche pas de tomber amoureuse à cause de moi.

— Mais je ne peux pas !

— Comment ça ?

Micha hésite, sent que c'est maintenant ou jamais, craint la rupture. Pourtant la réplique fuse, affûtée comme une flèche.

— Thomas est le fils de ta jumelle, Dorota.

— Où vas-tu chercher tout ça, toi ? Qui t'a permis ?

Elle stoppe net, ôte son bonnet, tourne le dos à sa fille pour ne pas la gifler.

Micha s'arrête de marcher, une larme entaille sa joue.

— J'ai vu le professeur Krupicz et il a bien voulu me raconter ce qu'il savait à ton sujet. Il m'a aussi parlé d'Aniela et du peintre Stanisław Baliński dont tu portes le prénom.

Leur cadence se ralentit petit à petit. La mère glisse son bonnet dans sa poche et retire ses gants parce qu'elle étouffe soudain de chaleur.

— J'ai retrouvé les sculptures de ta mère dans une remise de l'université au troisième étage. Le professeur m'a affirmé qu'Aniela en avait détruit un grand nombre lors de ses crises de folie.

— Ma mère n'était pas folle. Elle souffrait, c'est différent. Elle n'en dormait plus.

— Pardon, je ne voulais pas te blesser. Je suis désolée.

— C'était à moi de te raconter tout cela, mais je ne le pouvais pas. On m'a appris à me taire, à garder le secret. Il fallait nous protéger, à cause du ghetto, des rafles, des exterminations, parce que ton grand-père…

— Était juif.

Stanisława se fige, adopte la physionomie creuse et dépouillée des figures peintes par son père.

— J'ai vu une vingtaine de ses tableaux et quelques sculptures, ose ajouter Micha. Dans une petite salle du musée du Diocèse de Varsovie. J'ai fait le trajet en bus. Sur la route du retour, je n'ai cessé de pleurer. Son œuvre est tellement puissante… Elle nous confronte à l'insoutenable.

— Ma mère disait que les deux guerres l'avaient miné chacune à leur manière. Bien sûr, il a fallu avancer. Il s'est marié, a fondé une famille à Varsovie avant de tomber amoureux de ta grand-mère à Paris, mais rien n'a pu le soulager de la souffrance qui l'accablait. Souvent, je m'en veux de ne pas avoir su lui donner envie de vivre plus longtemps, avec nous.

— Mais tu n'étais qu'une toute petite fille, comment peux-tu te reprocher quoi que ce soit ?

— Je n'ai pas su protéger ma mère non plus.

— Ce n'était pas ton rôle, pas à cet âge-là.

Micha prend sa mère dans ses bras et la serre aussi fort qu'elle peut.

— N'aie pas peur, maman, ni pour toi ni pour moi, personne n'a plus rien à craindre à présent.

— Regarde ce qui se passe en Ukraine !

— Cela n'a rien à voir avec la religion.

— Oh, tout a toujours un lien avec ça, crois-moi.

Micha garde le silence, refuse de la contredire pour l'instant. Elle se contente de lui prendre la main pour continuer à cheminer sur l'allée du Planty.

La neige se remet à tomber à gros flocons. Micha relève la capuche sur la tête de sa mère qui n'a plus de bonnet. Toutes couvertes qu'elles soient, elles baissent la tête pour ne pas être aveuglées.

— Pourquoi n'es-tu pas partie vivre à Paris avec ta sœur à la mort de ta mère ?

— Ma vie était ici. Je voulais qu'il reste quelqu'un. Helena n'a jamais voulu parler de ses parents à Aniela. Ce secret les a séparées comme il nous a séparées avec Dorota. J'ai appris à faire mes choix et à vivre avec des lacunes dans la mémoire.

— Tu te souviens de la chanson des *Trois Pigeons* que tu me chantais lorsque j'étais petite ?

— Aniela l'avait apprise d'Helena. Elle disait que c'était la seule qui parvenait à l'endormir.

— Thomas ne l'a jamais entendue. Dorota a tout effacé de la Pologne, elle a même modifié son prénom.

— Qui pourrait l'en blâmer ? Elle a échappé au communisme et à toutes ces années où nous avons vécu dans une extrême pauvreté, nous défiant du voisin, sous la surveillance du Parti.

— Dis-moi, est-ce qu'il t'est arrivé de regretter de ne pas avoir fait le même choix que ta jumelle ? Ta vie en aurait été transformée et vous seriez restées ensemble.

— Ma vie était ici, Michalina. Mais toi, aurais-tu aimé grandir ailleurs qu'en Pologne ?

Sur l'air le plus sérieux qui soit, Micha lança une réplique apte à rendre le sourire à sa mère.

— Pour être honnête, je préfère de loin une jolie carpe de Noël plutôt qu'une dinde farcie !

— Non, mais tu plaisantes ! s'exclame Stanisława en explosant de rire. Tu n'as pas de meilleur argument ?

Et dire qu'avec maman nous faisions la file pendant des heures dans le froid pour en acheter lorsque j'étais enfant.

— Et tu la rapportais fièrement dans un sac en plastique rempli d'eau ?

— Comment tu sais ça ?

— Oh, je sais tout, et dans le cas contraire j'invente. C'est le seul moyen d'avancer dans la vie !

Stanisława la revoit soudain enfant, avec son caractère bien trempé, faisant la conversation aux statues après avoir offert son bretzel aux pigeons de la Barbacane. À ce moment-là, il y a trois pigeons et deux cœurs dans sa mémoire, mais encore bien trop de blanc dans le pays de son passé.

Dwa serduszka cztery oczy, oj o joj

Ce couplet lui revient en mémoire en polonais.

Deux cœurs, quatre yeux…

Cette chanson lui rappelle sa jumelle, leur enfance, leurs jeux. Elles virevoltaient parfois, des fleurs en diadème sur la tête qu'elles gardaient précieusement jusqu'à ce qu'elles soient fanées. Deux sœurs, deux choix qui les avaient séparées. Nul mot d'adieu. Le temps avait passé et elles ne s'étaient ni revues ni écrit. Pour quelle raison inconsciente s'étaient-elles éloignées, elles aussi ? Stanisława l'ignorait, même si avec le recul, elle avait compris que c'était sans doute le seul moyen qu'elles avaient trouvé pour vivre libres sans se le reprocher.

Elles marchent en silence, assaillies de flocons. Stanisława se met à fredonner la chanson en accélérant le pas. Les questions se pressent dans son esprit. Elle a un neveu à Paris. Aimerait-elle y retourner ? Et sa jumelle, ferait-elle le voyage jusqu'à Cracovie pour assister à l'exposition de son fils ? Qu'auraient-elles à se dire après tout ce temps ? Elle se demande si Dorota sait à quel moment Helena a posé son regard pour la dernière fois sur les livres de la Bibliothèque polonaise qu'elle chérissait tant. Elle s'interroge, sonde les lacunes que son histoire lui a léguées.

Des yeux noirs qui pleurent
Que tu ne peux pas rencontrer

Une nuée de pigeons tourbillonne autour de la Barbacane. Prise de nostalgie, Stanisława demande à Micha d'aller toucher le pied de Matejko pour la prendre en photo.

— Tu te souviens ? Tu adorais faire ça lorsque tu étais petite !

Sans se faire prier, Micha se place sous le cadre métallique, prend la pose et sourit en regardant le peintre.

— Tu viendras voir l'exposition de Thomas, maman ? Il y aura dix sculptures d'Aniela et ce sera magnifique !

Stanisława acquiesce, plus émue qu'elle ne parvient à le montrer.

Dans son cœur, bat un autre cœur que la douleur est venue séparer du sien, mais de nouveaux liens se sont tissés.

— *Ô temps ! suspends ton vol !* lance Micha, toute à la joie de retrouver l'ivresse des promenades d'autrefois.

Le ciel est dense de flocons tandis que les deux femmes couvertes de neige sentent leur empreinte s'imprimer sur le chemin.

— C'est le pays blanc ici, je l'aime tant, confesse Stanisława.

— Oh, comme je te comprends ! renchérit Micha.

À la fin de leur parcours, la grande horloge sonnera dix coups et la Vistule continuera de couler. Leurs silhouettes se dilueront dans ce décor, deux cœurs dans l'ombre de ceux que le silence n'aura pas effacés.

REMERCIEMENTS

Je tiens à remercier Guillaume de Louvencourt pour son soutien et la précieuse documentation qu'il m'a confiée sur sa famille polonaise. Celle-ci m'a inspirée et guidée tout au long de l'écriture de cette histoire.

Merci à mes éditrices Émeline Colpart et Alice Serverin, ainsi qu'à toute l'équipe de Fleuve Éditions, de me suivre de livre en livre avec enthousiasme.

Merci à Andrea Field de rester fidèle à sa première lecture.

Merci aux lectrices et aux lecteurs, aux libraires et à toutes celles et ceux qui donneront vie à ce roman du retour vers les origines.

Composition : Facompo
Rouen

#lisez engagé !
www.lisez.com
Pour plus d'information :
Imprimé sur du papier issu de forêts gérées durablement.

CET OUVRAGE
A ÉTÉ ACHEVÉ D'IMPRIMER
SUR ROTO-PAGE
PAR L'IMPRIMERIE FLOCH
À MAYENNE EN JUILLET 2024

N° d'impression : 105133
R15816/01
Imprimé en France